芭蕉という精神

野崎守英
Morihide Nozaki

中央大学学術図書 62

中央大学出版部

はしがき

はじめに二つのことを記しておきたい。

一つは、この本の成立事情にかかわる事項である。このようなかたちになる元となった稿（俳句雑誌での連載。これについては「あとがき」に述べた）は、あたかも連句を巻くような仕方をとってできあがった、ということがいっておきたいのだ。連句を巻くような仕方をとって、という含意は、連載のうちで成立した元の文は、それぞれの回の稿を言葉にする際に、先行きどんな展開になるかということは、予測せずに（あるいは予測できずに）書いていた、ということである。一回分になる内容を書きあげると、その内容のうちから発生してくる先の問題を追うようにして事を展開させていたのである。この本のはじめの部分になる第二章〈『猿蓑』はつしぐれの巻評解〉、第三章〈連句表現の性格〉辺りのところは、模索して先行きを辿る雰囲気がきわめて濃厚な文章になって、もたつきが出ることにもなった。たまたま眼に触れたほかの人の文章を引くことで、もたつきから出る私の文のうちの灰汁《あく》のようなものを拭おうとしている様子でもある。この辺りは、書きなおすことを徹底させれば内容はもっとすっきりしたものになるはずだが、それをすると、事を探求的に模索している感じもある文体は消さざるを得ないことになる。私としては、その雰囲気を消したくはないので、原型の様子を留めるままにすることにしたのである。

そこで、読んでくださる方にいってみたいことがある。第二章、第三章辺りのもたつきを面白がってくださる方は、それはそれで貴重な方である。だが、もたつきを好まない方もおられるはずである。その方がたは、第五章、第六章、第七章辺りのどこからかお読みくださるのがいいのではないかと、今いっておく。終りに近いどこかの部分についてもしも興味を感じてくださる点があったら、はじめのほうに戻って、その興味を相乗するようにしてくださることが願わしい、と記しておきたい。

二つ目に述べておきたいのは、芭蕉という人間の人柄のあり方にかかわる、一つのことである。

まず『おくのほそ道』のうちの一文を引く。

松の木陰に世をいとふ人も稀まれ見え侍りて、落穂・松笠など打ちふりたる草の庵《いほり》閑かに住みなし、いかなる松の木陰に世をいとふ人とはしられずながら、先ずなつかしく立ち寄るほどに、月海にうつりて、昼のながめ又あらたむ。（岩波文庫、三七頁）

松島を訪れた際の記述である。

私が注目したいのは、芭蕉が、この文のうちで「先ずなつかしく立ち寄るほどに」という表現をしていることである。「松の木陰に世をいとふ人」が、芭蕉からすると「先ずなつかし」いと捉えられているのが、私の興味をきわめて惹くのだ。というのも、「松の木陰に世をいとふ人」のようなあり方は、のちに芭蕉が幻住庵のうちにしばらく住まう暮しぶりに酷似しているように見えるからである。幻住庵での芭蕉の孤影満悦の様子は、第七章〈芭蕉という精神〉のうちに追跡してある。

芭蕉からして「なつかし」く見えるのは、人工世界から隔たってある住まい方をしている人のあり方なのである、といえる。この書き物を進める過程で、私が、期せずして幾度も点検することになったのは、そうした性向を備える芭蕉の像だった。

そこで、次第に、私のうちに思いとして結晶してきたことがある。そうした芭蕉の面だけではなく、この人が示すさまざまな振る舞いの諸相が、この稿を書き進めながら、私からすると、きわめて「なつかしい」あり方であると感じられるように、だんだんなってきたのである。

「なつかしい」という形容語は、個人の内面のことにかかわる追憶の場面で使うこともあるが、もう少し広い含意もある。親しみがもてる、とか、心が惹かれる、といった意味合いである。その後者の面を際立てて、芭蕉を「なつかしい」人という言い方で括ってみると、私が籠めたいのはどんな内実になるか。こういうことができるか。その生き方に、何げなく微苦笑が誘われ、その生の姿にそっと身を添わせたくなる感情が引き起こされるそんなあり方だ、といえるか。また、私のうちの深い部分に、その人の生への構えを肯定したくなる気持ちが湧き出し、慕わしさを感ずる、そういったあり方のことである、ともいえるか。

この本の元になる稿を記述することから引き出されることになったのは、「なつかしい」人芭蕉のさまざまな局面であると、はじめのここの地点でいっておきたいのである。

野崎守英

目次

第一章

連句という表現の特質への探り

〔一〕

一〇代から二〇代の頃、私は、本を読むことで精神世界の地図を得ようとすることを通してしか生の手立てを構えられない青年だったが、二つの傾向のものにはなかなか馴染めなかった。一つは理論的な書物である。中でも、哲学的な内容のものとは相性が悪かった。そうであるのに、大学で専攻することになったのがその系統のことになったのは、ほかには特にこれといってやりたいことをイメージできなかったからだった。その領分のことが消去法の結果、辛うじて残るものだったのである。しかし、やってみたい何かを鮮明なイメージとして組み立てるのは困難だったから、強いられた苦渋は並大抵のものではなかった。挫折を何度もした。それでも、さまざまな経過があって次第にそうした性格の文章を読んだり、その領分に固有の用語を使って考えることに慣れてくる事態が自分のうちに生み出されてきた。そうした過程を経験できたことは、とてもいいことだった、と今になれば思う。というのも、浮き沈みを通して得意でない事柄を習得し、それに次第に馴染んでゆく心性を養えたことは、大体のことは、向って行きさえすれば理解できる状態に至るらしいという自覚やら自信やらを自分に与えることになったからである。

その面への言及は、ここではこれだけに留める。

もう一つ、馴染めなかった傾向の書物としてあったのは連句関係のものだったのである。

芭蕉に興味をもつ機会を与えられたのは高校生の時だった。敗戦からさほど隔たらない時期に高校に通ったが、新制として発足したばかりで、旧制高校に負けまいとして充実した授業を試みようと先生たちは気合いを入れていた。『おくのほそ道』を旅の中の思想形成の記述として読みとる試みが田代三良先生によってなされた講義だった。芭蕉にとっては、旅が実存的な生の探りといった性格のものとしてあるらしいことを知って私はきわめて刺戟されたのだった。

といって、その頃、何が分っていたのだろう！　私が初めて一人で旅に出たのは大学に入ってからのことで、その時も、見るものを契機にして自分のうちに何かを刻みこむという自覚の領分を形成するといった心の姿勢からは遠いところにいたように思われるのだ！　旅の方に自己投棄してあぶり出しのうちに浮き出る何かに言葉を与えようとしていた様子でもある芭蕉の心に、高校生の理解域でどのくらい接近できていたのか、今となってはおぼつかない。しかし、それはそれとしてである。田代先生は、大学を卒業すると、すぐ戦争に駆り出され、軍人勅諭を暗唱する領分を自分の心のうちにどうしても設定できないまま、士官になれず（あるいはならず）、一兵卒として、二〇代の大半をビルマ戦線を放浪して過し、帰還した方だった〔その戦争体験はのち、『インパール作戦敗軍行――インテリゲンチャ一兵卒の従軍記』（本の泉社、二〇〇〇年）にまとめられた〕。

芭蕉に関する講義の中にその体験が直接に重ねられることはさほどなかったが、捨てて事に当るしかないといった風な心の動きとして芭蕉の旅のあり方を読んでゆこうとする読解のうちに、先生の心の姿勢が反映しているのを私は感じとった。こうしたかたちで触れた芭蕉が、連句の達人であることを知ったのはのちのことである。彼の激しさに連句の側面はどうかかわるのだろうか、という疑問にかられて七部集に接してみた。が、複数の人の言葉を重ねて成るこの表現の方向が意図しているものはどういう内実なのか、まったく理解を結ぶに至らなかった。この領分のものが、青年期、分らない感じを与えた第二の種類の本になったのはそういうわけからだった。こうした性格の表現がこの世に分らないままあるという思いは、それ以来、消えなかった。それが分るものになるきっかけはずいぶん長いこと得られなかったのである。

ついでに俳句と私とのかかわりにも触れておこう。といっても、これは、単純なことでしかない。要するに、青年期の私は、俳句的表現に関心を抱くことはまったくなかったのだった。今になるとその理由が分る気がする。俳句、というより、俳諧といういい方の方が私は好きだが、それはともかくこの表現は、具体的な体験のうちに広がるものを短い言葉のうちに収斂し抽象してみることに本領があるといえるのではなかろうか。この収斂・抽象の作業の特質は、感じられているものをある地点に立って眺め返し、象徴的な言葉、比喩として選ばれる言葉をそれに矢のように投げかけて、矢として進む言葉の移りのうちに包みこもうとする点にあると私には感じられている。この種の言語行為こそ、私のうちでは、青年期に切実な関心にならなかったものだった。身を置くしかなかった領分は、自分の前にある混沌を掻き分け、掻き分けの作業を通してどういう筋を編み出せば説得的な理路が立つ枠組みの言語の道を組み立てられるか、ということだったからなのだ、と今にしては思う。俳諧的な表現に心を向ける者は、実際の場から飛び上がるようにしながら、また実際の場を振り向くように事を眺め返して象《かたち》をそこから抽き出す傾きの言葉を編み出すのだが、理路にだけこだわるうちはそうした表現からはきわめて遠いところにいるほかないのだ。

〔二〕

もう五・六年ほど前になるが、暮れの迫ったある年、さる友人夫妻と当方の連れ合いと私と四人で房総半島を旅したことがあった。その時、連句を巻いてみようという声が誰からともなく発しられて、一泊旅行の間に、今の知識からするとそうなるのだが、なんと歌仙二つ分の言葉を重ね合せた。五七五と七七とをつなげて行くのが連句だ、ということは周知のことだが、その時は、その五七五と七七とをセットにして一句に見立てるのが歌仙だと錯覚して、句の数にすれば七二を連ねてしまったのである。式目などに関しては何も分らず、まったくいい加減に事を進めたわけだったが、その経験の中に身を置きながら、これは、とてもこころよい、楽しい時間の過ごし方だ、ということは体感できた。相手から言葉を受けとり、それに応じて自分の側からも言葉を用意して世界を新たな方に向けて展開してゆくこの営みは、一人でいては凝り固まるかもしれない言葉をほぐす方向に働くように思われたのである。

その後、参考書などを読んだりして少し知識を仕入れた。何か機会があって人と集う際、この営みをしようと提案し、試みることも何度かしてみた。その時期は、しかし、まだ式目の把握に関しては断片的としかいえず、基本的には無知に過ぎたのだった。

そのうち、この営みに関して誰かしっかりした方にきっちり教わった方がよいのではないかと思って、さる教室に通ってみた。その道の先達、東明雅氏の主催するものである。ここに行くことになって知ったのは、この道に興味を示す人が世にかくもいるのか、ということだった。そうした方がたに実際に出会うことで、独学で参考の本を読むだけだった私の知識は大幅に広がることになった。

しかし、それとともにこの営みをする座の中に自分を置くことの苦痛をも知ることになった。誰かが言葉を投げかける。自分としてはそれに応じたい。応じるのには、冴えた言葉の方がいいわけで、それがすぐには浮かんでこない。こうしたわけで、この営みに身を置く時ほど自分の発想が貧困であることを感じないわけにはゆかなかった。

はじめは、それが自分だけのことなのだ、と思っていた。しかし、いろいろな人の話を聞くうちに、誰だってそうなのだということが分ってきた。特に初めはそうだったとは、人しなみにいうところである。不如意の感じを通り抜けてこそ達人ということになるらしいのだ。とすれば、芭蕉だって、あるときはそうだったのに違いない、と想像されてきた。逆の視点から見れば、芭蕉がどんな仕方で不如意の向うに行ったのかを推定できれば、どういうところを通ってどういう種類の達人に芭蕉がなったのか、ということが考えられるのではないかと思われもしてきた。七部集その他を読むことでそれが分れば面白いことになるに違いない。

七部集など、芭蕉の参加した連句の営みでの言葉の展開について点検しようと思い立ったのはそうした試みをしてみたいからである。考えてみると、七部集を読みたいという思いがこうした着想の中で自分の中でかたちになってきた次第が私にはきわめて興味深い。というのも、なんらかの実践の体験がなければ、私は七部集をついに読み得なかっただろう、ということをこの体験は示していることになるからだ。

読書の営みをするということのうちに隠されている一つの秘密の暗示になるようなことが、この体験には隠されているように思われるのだ。

私たちは、本屋に行ってある本を買い、それを読むことをする。読めば分ったと思うわけである。しかし、そういう仕方では分らないものとして私にとっては七部集があったことは、すでに記した通りである。

そこから、事を少し一般化する方向を考えてみる。

本当は、どんな読書にもそうした事情は潜みうるし、実際、潜んでいるのではなかろうか。しかし、そのことに気づく機会に私たちはなかなか恵まれず、分ったとしているものは、実際は、分ったと思いこんでいるといった場合が多いのではあるまいか。そう考えてみると、読書経験の実相はどんなものとしてあるのかということも見えてくる。このことは、事を正しく捉えるとはどういうことなのか、という哲学の問題にかかわるところもあるようである。

事を捉えていると思いこむことと、事を捉えているといえる場所に抜け出ることとがどう異なるのか、その点に言葉を与えるべく執拗に考えを展開したのはプラトンだった。私はプラトンの思考の匂いを嗅ぐことを愛する点においては人後に落ちたくないと思っている者だが、また、プラトンをプラトンだけで読んでいるのでは、何か一つの袋小路に入りこみそうに思えないこともない。

連句の世界で示されていることを検討することがプラトンが展開した思考の応用問題を考えることになるとすれば、これも面白いことだろうと思う。

〔三〕

ここでは、主として芭蕉が残した連句の注解をしたいのだが、そこに進む前に、なおいっておきたいことがある。

俳句の世界というものがある。現に、この稿が載る印刷物の大半を占めているのは俳句である。そこで、一つの問いを出してみたい。俳句の表現は、それが、五七五という形にまとまったとき、そこで一つの終りに達するのだろうか、それともそこで一つの始まりが始まったということなのだろうか、というのがそれである。

問いの含意をもう少しはっきりさせてみよう。表現というものが、自分の中に結晶したものをまわりに開いてみることだとすれば、一つの表現を言い当てたときには、そこから何かが波紋のように始まることがどこかで期待されているはずである。その意味では、自分の側に発した表現を軸においてこの世界で何かが新たに始まることが表現をする者のうちでは期されていることなのに違いない。つまり、その場合は、句の終りは、事の始まりということになるはずである。

しかし、作品という言葉があって、五七五が言葉として成立するとき、そこで一つの表現が作品として成ったのだ、そこで一つの世界が完了したのだ、と考える筋もある。そのとき、他の言葉ではなくこの言葉を立ち上げることでまさに一つの作品が結晶した、という考えの方に向うのが作品主義だ、ということになる。

何となく私が感じているのは、俳句という表現の形式は、他の表現と比較すると、作品主義からは遠い傾きに向うのではないか、ということである。五七五という制約された形式は、完結し固定した作品を成り立たせるのには、いわば不充分な形式だからだ。存分に作品にしたいのなら、長詩の方がずっとふさわしいのである。俳句に携わる者がもつ共通な感じ方の一面は、とことんまではいいきらないという、どこか欲求を抑制した感情なのではなかろうか。

それでも人は、なぜ、俳句という表現形式で表現するのか。このかたちの中で言葉を動かしてみてから日が浅い私に、しかとしたことがいえるとも思われないが、それでも、感じていることを書いてみる。

私が俳句の表現のうちに自分を置いて、そこで感ずることは二つある。

一つは、この表現の中にいる自分は、妙な安らぎを体験するということである。ほかの表現をしている際には、いつも言葉の先を追い、その追跡の中で、心を労するような気分になっている。それに対して俳句の場合は、終りがはじめから見えているからとても楽だ、という点に安らぎが生じる根はあるようだ。この安楽は、日常の通常の体験のうちでも感ずることがない性質のものである。生きるということは、概して、リハビリテーションに従事することだといえるのではないか、と私は考えることがあるが、俳句という表現は、とりわけ、自分の癒しとして働くように思える。

その点はもう一つの私の中の感じ方とつながる。

私には、俳句は、完結しないでよい表現、投げ出してよい表現としてあるように見えるのである。比喩的にいえば、投げ出しても、誰かがどこかで受けとめてくれるかもしれない表現と考えてそれに接していいものなのではないかと思われているのだ。ほかの方の作を読む場合も、これは、もしかしたら不特定多数としてある自分への、この方からの挨拶として投げ出された言葉なのではないかと感ずる場合がしばしばある。

俳句に季語が入ったほうがよいのも、それが挨拶の言葉だからなのではないか、というのは、一つの説得力のあるいい方なのではあるまいか。

といえば、やはり、俳句の元には連句があったことが思い出されてくる。

今、俳句は、五七五という単独の表現になったが、もともとは、その五七五は、あとに続く言葉への発句、立句《たてく》としてあったのだった。そこで、あとの句に向けて、季語を入れて、みんなが時を共有することを確認したのが季語が成立した始まりである。その点では、俳句的な表現の原型は、完結するのではなく、あとを促す言葉なのだ。

もともと、日本の表現にはそういう傾向があって、和歌だって、贈答歌として働らく面が強かった。『源氏物語』の中の歌の多くはそうしたものだろう。だが、和歌の場合は、二人、ないしは限られた複数の間での、特に恋を軸にした応答だったのに、連句の場合は、表現をもっと遊戯化のほうに向わせ、不特定な連衆との間の、機智に富んだ言葉の交わしが行われることになったのである。その傾向は今の俳句の表現においても無縁になった、とはいえないのではないかと思われる。ただ、西洋から文学という考えが入ってきて、これはいわば作品主義を基盤にしているから、作品を作るという気持ちを捨てかねる事態も発生したのだ。

〔四〕

さる夏、さる山麓のあばら屋で連句を巻く機会があった。それを掲げてみる。

歌仙「都歌など」の巻

TH捌

野葡萄に都歌など聞かせばや　NM
　鰯雲行く山荘の空　TN
月涼し四番バッター打ち上げて　ST
　渇いた喉をとほる焙じ茶　NT
細き糸垂るる流れの豊かなり　SR
　稿書き終えて小雪待つ頃　TH
ウ
初列車佐渡に行かうか伊豆の湯か　NM
　流人の裔の美しき面差し　ST
ちりちりのポニーテールに男群れ　NT
　地平遥かに砂塵捲く街　TN
ぼんやりと浮かぶ夏月小さくて　SR
　原爆の日を黙す老僧　TN
恨みとは三世代して癒ゆるもの　SR
　襟ぱんぱんと叩きシャツ干す　ST
真刀の稽古の床はいやさびつ　NM

〃中屋伊兵衛〃は土地の酒蔵　ST
花だらけ今年の宴は賑はひて　NT
　手話忙しくはねる春光　TH
尼《ナオ》さまの勘定しぶる弥生尽　ST
　麻雀やれば負けを知らない　SR
お前こそ海の王者よ鯨吹く　TH
　宙を翔けたし竜の溜息　TN
おてもやんここがこそばい掻いとくれ　SR
　わたしや葉巻がいやでござんす　ST
ブラジルの訛かしまし楽屋裏　NT
　インコがじつと見抜く心底　TH
雑食の糞を調べて人となり　NM
　風纏ふなり山毛欅の林に　ST
ときに高くケルトの古曲石と月　NM
　為替のレートちよい下げの秋　ST
邯《ナオ》鄲のひそかなること夢に似て　SR
　年若きかなかぐはしき君　NT

自転車をぎつこらぎつこら脚長く　　TN
にがりほどよき豆腐屋の四季　　TN
めでたやな地獄の穴も花埋み　　TH
厠に流す水のうららか　　NT

捌はTH氏で、ほかの参加者は、NM、TN、ST、NT、SRの五人だった。TH氏も、時に句を付けている。

それに宗匠の批評が寄せられたので引用させていただく。宗匠とは東明雅氏である。

ウ1 佐渡へ行かうか伊豆の湯か

初列車という事はないでしょう。

初旅は佐渡の泊か伊豆の湯か

この面の付合おもしろく感心致しましたが、

ウ11 花だらけ今年の宴は賑はひて

何か咲きみちている花が汚らしく感ぜられます。平凡ながら、

花万朶今年の宴の賑わひて

ナオ3、4から5、6にかけて変幻自在の手腕に感心しました。7、8もよいのですが、

9はどうも何かひっかかります。むしろ、
　雑食の糞を調べて博士なり
とされたらいかが。
そのあと、
10からナウ1までの四句、人情がなく、場の句です。これでは一続きの風景の描写で、どこにも転じ変化がありません。ご再考下さい。
ナウ2 年若きかなかぐはしき君
これは恋句に近くはありませんか。
3 自転車をぎつこらぎつこら脚長く
これには恋の意がありません。以上です。

連句というものは、やっているときは、なかなか、現れている姿に気が付かないものである。こんな風に他者の目で見てもらうとなるほどと思えることもある。特に、ナオ10からナウ1まで、場面のことだけになって単調になっている、という指摘などは指摘されるとなるほどと思う。

連句にはいろいろ作法があって、それについて配慮することが結構大変なのである。実作を出してみたのは、まずそれを見ていただけば、何も知らない方にも、ある程度のイメージが湧くだろうと思ったからである。出来上がるまでに要したのは六時間ぐらいだった。

〔五〕

連句の歌仙という形式は江戸時代に普及したものである。それまで、貴族が中心になってやっていた連歌では百吟が通常だったとされるが、これは時間をかなり要した。閑暇といえる時間を持つことができる貴族階級に属する人びとならこの形式で遊ぶ余裕もあったろうが、江戸時代になって商人がこの方向の遊びに加わる条件が生じた時、簡略化されることが望まれたのだったろう。歌仙とは、三六歌仙をもじって、長句、短句合わせて三六句で成る形式の略号として出来上がった命名である。

近頃、江戸期の武士、町人関係のことを記述した文章に触れる必要があっていくつかの本を見ていたら、中に連句に言及したものがあるのに出会った。

せっかくだから、ここに引用して記録しておきたい。まずは佐賀の地に発した『葉隠』である。

蔵人年寄役の時分、俳諧はやり、殿中にても俳諧する人多く候へ共、蔵人一人つひに仕習ひ申されず候。『御用済み候えば、各々は俳諧成られ候へ』と申して帰り申され候。隠居以後、連歌三昧にて日を暮し候由。

蔵人、とは人名である。佐賀藩で俳諧をたしなむことが流行ったが、蔵人だけは、在任中は武士は奉公が大事、と考え、ひたすらそのことに励み、職が解けてから「連歌三昧にて日を暮し」たというのである。連歌と連俳とは、ここでは同じものと見られているだろう。武士は、徳川時代になって、戦闘の人ではなく仕官の人となった。そこで暇が生じ、こうした世界が近いものになった。芭蕉がこの世界に触れたのも、最初は伊賀上野藩での主君との交際からだったのだ。

西鶴の『日本永代蔵』には、連句についての記述が三箇所ある。

一つは、江戸で浮浪者暮しをする一人が芸事をやってはみたもののそれでは生活の手立ては得られなかったと語る「才覚を笠に着る大黒」の中の一節である。その中でいわれるのが「連俳は西山宗因の門下と成り」ということである。

もう一つは、商人は、ひたすら家業に精を出すべきことを述べる「煎じやう常とはかはる問薬」の一節で、そこで「然れども是に大事は毒断《どくだち》あり。鞠、楊弓、香会、連俳」といわれている。「毒断」とは、禁制といった意味である。ここに挙げられるような遊びごとに没頭しては、商人としての成功はおぼつかないというわけである。鞠の遊び、弓の遊び、お香の会と並んで「連俳」が置かれているところが興味深い。西鶴自身、連句の経験もあったわけで、作中に持ち出しやすい題材ではあったのだろうが、また、同時代に連句のことを述べて話を展開できるほどの流行もあったということだろう。しかし、それにしても、たかが連句ぐらいで身の破滅にいたることもあったのだろうか。
三つ目はこういう逸話である。

むかし連歌師の宗祇法師の此所にましく、歌道のはやりし時、貧しき木薬屋に好ける人有りて、各々を招き、二階座敷にて興業せられしに、其あるじの句前の時、胡椒を買ひにくる人有り。座中に断りを申して、一両掛けて三文請取り、心静かに一句を思案して付け、るを、去りとはやさしき心ざしと、宗祇殊の外にほめ給ふとなり。

（「伊勢海老の高買」）

連句ではなくて連歌だった頃の、名立たる連歌師、宗祇にまつわるものとして話は作られている。「木薬屋」、草木から採れる薬品を売る店ということだろうが、その中に胡椒がすでにあるのに眼が惹かれる。座の最中に、その胡椒をわずかに秤一両分だけ買いに来た客があって、商人に句を出す番が廻ってきたちょうどその時だったのに、商いを厭わず、得る金銭も少ないのに接待をして、そのあと、今度は、静かに句を考える方に専念することもしたので、そのバランスのとれた心の動き方を「去りとはやさしき心ざしと」宗祇が誉めたというのである。ここに描かれているのは、身を滅ぼすのとは逆の、かかわることのどれにも気を抜かない身の処し方なのだ、ということができよう。それはそれとして、こうした話題を展開しても読む者が理解できる土壌があったらしい点に改めて注目すべきだろう。

大坂で成功した商人、鴻池新六が子孫に残した「幸元子孫制詞条目」には、こんな条文がある。

茶湯・連誹、蹴鞠・楊弓、立花・碁将棋、並に謡舞、うち囃子等、惣じて遊芸之義は、世間之交りにも相ひ成るべく候えば、少々心懸け候ても然るべきか。古より家を興し身躰を引き立て候人々、其身家職にあらずして、此等の遊芸に上達致さるの由、承けたまわらず。此等の遊芸に志を励し隙《ひま》を費し、家業に怠り（中略）、終には辻門に立ちて、全盛の時習ひ得し芸を勤めて、食を乞ひ求る者、今眼前にこれを見聞す。あながち遊芸を停止するにあらず、其趣を以て稽古も心次第たるべき事。

西鶴が描いたはじめの二つのケースがここで注目されることになる。以上の引用から、連句が遊芸の一つであるとする見方がかなり行き渡っていたことが確認できるのだ。

第二章

『猿蓑』はつしぐれの巻評解

〔一〕

表現の性格の上での連句の特徴は、なんといっても、終ってみるまでは先が見えないことにある。見えないままに先を追って行くことにある。こんな性格の表現はほかには見当らない。

私は、時に論文といわれるたぐいの文章を書くが、この場合は、先の見定めに何度も心を労するのはほとんど必須だといえる。この種の文章を書く場合、書きはじめるときに先が見えているとは限らない。それでも、書きながら、その先に向けてどう事を進めたらいいか、ということには、いつも心を使う。むろん、意外な進展があって、そこで意外な先が呼び出されるということはある。あったほうが面白い。それでも、到り着く先が予期のうちに見失われることはないのである。先にあるはずの到着点を、普通、人は結論といったりするが、論文という文章を書く際の精神の運動のあり方としては、文の流れの中の自発的な動きのうちに先が浮き出るように姿を現すことを書き手は期待しているものだ。それが姿を現さないと、いい論文とは感じられないのである。

そういう意味での自律的展開が論文の文に期待されるのは、それが、一人の思考の営みとして行われることに起因するのに違いない。そこで、首尾一貫性ということも、要求される働きの一つということになる。

ところが、連句には、首尾一貫性といったものはなくても一向に構わないのだ。たとえてみれば、連句が似ているのは、数人でなされるお喋りの世界だろう。出会いのあとで、旧知ならば、積もる話というものがある。そこでお喋りということになるが、お喋りならば、話はどの方向にいっても構わない。それに似通ったところが連句にはある。

しかし、お喋りとは違ったところもある。言葉を運行させるのに規則が潜在的に定められている点である。そうした規則があるのは、それがないとただのお喋りと異ならないものになってしまうのを避けようとしてなのだろう、とみなすのは、一つの、理にかなった見方だろう。

もしかしたら、五七五と七七という定型語を組み合わせることになったのは発語の仕方も規則がらめにしてみようという潜在意志の働きゆえだったのかもしれない。

とにかく、誰かが作った言葉に別の人がつなぎの言葉を与えるのだから、個人が想定するような予定される先などといったものを、達する地点に考えることができないのは当然なのである。ここにあるのは、そうした性格としてしつらえられた表現が備える独特の面白さなのだ。

と、そういったところで、芭蕉が参加した連句の点検に入ることにしよう。以下、テキストは岩波文庫『芭蕉七部集』による。

はつしぐれ　の巻

鳶の羽も刷《かひつくろひ》ぬはつしぐれ　去来
一ふき風の木の葉しづまる　芭蕉
股引の朝からぬるゝ川こえて　凡兆
たぬきをゝどす篠張の弓　史邦
まいら戸に蔦這ひかゝる宵の月　芭蕉
人にもくれず名物の梨　去来

まずオモテ六句だけを写すことにする。

注解の事に及ぶ前に、連句注釈の問題点といったことについて一言しておきたい。必要なのは、正解を得ようとすることの先に出ることなのではあるまいか。いいかえれば、この種の注釈の仕事の定めは、読みの多様性を求めることにこそ置かれるべきなのではなかろうか。

さて、発句である。立句《たてく》ともいうが、去来がその役に当った。この歌仙が巻かれたのは、京都である。去来は、その地の中心筋だったことからそういうことになったらしい。そうしたことになったのは、主たる客か、あるいは座の場に由緒ある者が立句を作るのが本旨だったからである。去来としては、芭蕉に挨拶したい心緒があったのである。

まず「鳶の羽も」とくる。この頃は見なくなったが、私が子供の頃は東京にも飛んでいた鳥だった。まして、江戸期の京都は、ということになる。その羽がやや乱れていたのが、初時雨の雨滴で梳かれたようになった、ということだ。「刷ぬ」という表現には、人をふと驚かすものがあったか。いわゆる蕉風といわれる発想の特徴は、意外な、しかし、無理がない対立項を句中に構える点にあるようである。ここでは、「鳶の羽」と「はつしぐれ」がその対立項になる。鳶の羽は飛翔に向うことを特質とする。いわば、自在に動く働きである。それに対して、雨は下に落ち、物を鎮める作用をする。その点で二つは異次元的である。それに、鳶は生物で、時雨は天象である。その点でも異次元的で、そうした対照を据えて出発の言葉をかたどったのだった。

〔二〕

現在の連句の座で立句をどんな風にして置くかというと、参加した者みんなが一つか二つぐらい句を出し合って、それを回覧に付し、座にある者のそれぞれが秀逸と思うものに票を投じ、数の多かった句をそれと定める、というのが普通のやり方であるらしい。いわば民主制的方式といえる。

この方式は芭蕉の頃にはなかったように察しられる。前回述べたように、立句を作る者を固定的にあらかじめ定める傾向が強かったように見えるのである。

このことは、現在の連句作法の方が芭蕉の頃よりもずっと自在な仕方でかたちづくられていることを意味するだろう。

「はつしぐれ」の巻の発句、「鳶の羽も刷ぬはつしぐれ」を読んですぐ想起されるものに次の句がある。「初しぐれ猿も小蓑をほしげ也」である。『猿蓑』巻頭の芭蕉の句だ。伊賀へ帰る山中の作という。去来の意識の中にこの句がなかったはずはないのではあるまいか。芭蕉の句は、猿が感じているはずの寒さを言葉にした点に特徴がある。その猿を題材にする際にこの動物を詩にした杜甫のことを念頭に浮べていたかもしれない、と想像することもできよう。が、何よりも、実体験の出発となったのは、人の方も寒くて切なかったことだったろう。そうした切なさの背後には、用なしに生きているのかもしれない芭蕉自身のあり方への思いが去来することもあったに違いない。しかし、その感じのうちに自分を閉じこめ続けなかったのは芭蕉の手柄である。彼は、人にとっては異物である猿との同化の感情を表現するところに脱出路を構えた。この時、俺は、この猿と同類なのだ、と呟くことがあったかもしれなかった。

去来の発句の下敷きには、当然、この句があったのに違いない。冬の「はつ」の「しぐれ」だが、それを浴びたおかげで「鳶の羽も」少しは整えられたようですよ。芭蕉の句より宥和的になったのは、やや冷徹な感じの師匠の句の先の地点で言葉を発見したかったからか。また旅立つかもしれない芭蕉への慰めをひそかに秘めているともとることができる。

と、こんな風に読んでくると、芭蕉の時期の俳諧の一つの側面は、一種の私的交流を軸にした言語として成り立っていたのかもしれないと想像されてくる。座というものがある。それは、私的連帯を固める場なのだ。そこに感情の呼びかけ合いとでもいった世界が成立するのだ。

この興行では、立句はあらかじめ去来に定められていて、そこで去来は、芭蕉の心中を察して挨拶を送った。そのあとの添え句も芭蕉であることが定まっていたのに違いない。彼は、去来の心の向きが自分に向いていることを充分に察した。そこで、「一ふき風の木の葉しづまる」と付けた。季語は「木の葉」で冬である。しぐれのせいで風に舞うふうであった木の葉も静まった、というのだが、当然、自分もここに来て、ある落ち着きの中にいる、という含意だ、と見てとれる。

ここで、連句の運用の仕方についての二法に関して記しておくべきだろう。「膝送り」というのと「出勝ち」というのと、二つのやり方があるのである。今は、出勝ちが優勢である。捌《さばき》という司会者兼進行者をあらかじめ定め、参加者は、その元にこぞって句を出す。もっとも、最初は、一順といって、座に参加した者が句を一つずつ出すまで待つことになっている。それが終ると、捌は、進行するそれぞれの場で寄せられたものを皆に披露しながら、前後の関係で妥当と思われる句を選び、定めることをする。これを治定《じじょう》という。参加者は、原則的には、何回でも出せるから「出勝ち」ということになった。

それに対して、膝送りというのは、参加者の順番を定め、その順番にしたがって句をまわしてゆくやり方である。膝送りというゆえんである。芭蕉の頃は、この膝送り方式が、どうやら原則だったらしい。ここで採られているのもそのやり方である。

芭蕉の穏やかな付けに対して「股引の朝からぬるゝ川こえて」と応じたのは凡兆だった。含意はどういうことか。江戸時代の交通というものを想起すべきだろう。隣の部落との間に川がある場合、そこに行くのに橋があるとは限らないのがこの時代だったろう。ちょっと用足しに行かなければならないのだが、そこで股引を朝から濡らすしかなかったよ、川越えしたので、というわけだ。そんな地名が残ってもいるではないか。俗な光景に転じて動きを出したのである。

ここで、はじめの三句をもう一度並べてみよう。

鳶の羽も刷ぬはつしぐれ
　一ふき風の木の葉しづまる
股引の朝からぬるゝ川こえて

立句のあとに来る言葉は立句だけの時はまだなかった。二句目までの時には三句目の言葉はなかったのだ。

〔三〕

現代の連句と比べると、芭蕉の時期のそれは式目の制約の程度がずっと弱いものとしてあったように見受けられる。

たとえば、猫蓑会といわれる流派が定める式目にこんな項目がある。

「四―1　発句は当季とし、切字を入れる。四―2　脇句は発句と同季、同時刻、同場所とし、体言止めが普通」

ところが、今検討している「はつしぐれの巻」の発句では切字の程度は弱いし、脇句も体言止めではない。「鳶の羽も」の「も」は切字風だが、切字であることを強く意識して言葉にしたものとは思われない。「ぬ」も同様である。芭蕉グループは、式目的なものからかなり自由なところで表現行為をしていたように思われるのである。

専門に勉強をしているわけではないから、洗ってみることはまだしていないが、式目に関して事を整理したのは各務支考らしいと私は睨んでいる。今、予感としていっておきたいのは、芭蕉の時期、かなり自由に、いいかえれば即座的に定められていた式目が、その後継者を自認する人びとによってきつい方向に進み、それが芭蕉の意志であるかのように踏襲されることになった可能性が高いということである。その点にもうすこし言及すれば、きつい方向を出したのが仮に支考だとして、芭蕉の自由がよいか、支考の規律がよいか、は、どちらともいえないのである。規律によって連句の世界が広がりをもつことになった可能性はあるのだ。しかしまた、規則性を強く押し出すことによって、発想がパターン化してしまう可能性もある。芭蕉グループの方は、式目がゆるいだけ締まりがないことになったかもしれないが、それだけ発想がのびやかであった可能性もある。ただ、厳に戒めるべきだと私が思うのは、芭蕉の時に厳格な式目があったと錯覚してしまうことである。

それに、現代の連句と芭蕉のそれが異なると私が感ずるもう一つの点は、芭蕉の場合、いわば本歌取りの精神の復活をはかったらしい面があるのに、今はその面は薄いということである。

さて、そういったところで第三の句に関して点検する場が開けた。もう一度、発句から第三までを写してみる。

鳶の羽も刷ぬはつしぐれ　　去来
　一ふき風の木の葉しづまる　　芭蕉
股引の朝からぬるゝ川こえて　　凡兆

猫蓑会式目にいうように「脇句は発句と同季、同時刻、同場所」だとすれば、第三は、その二つの句の連れ添いから事を大きく転じることが要請されるのである。その見方からここでの第三を見るとちょっと首をひねりたくなる。この第三で事を転じたことになるのか。そんな疑いがきざすのだ。『芭蕉連句評釈』の著者、安東次男氏は、その点に眼をつけて、同著上（講談社学術文庫）でこんな風にいっている。「凡兆の目付けは、例の、吉野行幸（持統天皇）に供奉した人麿の讃歌だろう。その内、右は『拾遺集』巻九・雑にも選ばれた格別の歌だ。」

そういってその歌を引くのだが、ここでも引いてみよう。

やすみしし　吾が大王《おほきみ》の　聞こしめす　天の下に　国はしも　さはにあれども　山川の　清き河内と　御心を　吉野の国に　花散らふ　秋津の野辺に　宮柱　太敷きませば　ももしきの　大宮人は　船並《な》めて　旦川《あさかわ》渡る　舟競《ふなぎほひ》　夕川渡る　此川の　絶ゆる事なく　此山の　弥高しらす　水激《はし》る　滝の宮処《ど》は　見れど飽かぬかも

反歌

見れど飽かぬ吉野の川の常滑《とこなめ》の絶ゆる事なくまた還り見む

（巻一、三六・三七）

そして、こう書く。

王城の地で正風を天下に問う映《はえ》の興行に当って、さてどんな服装《いでたち》で「朝川」を渡ろうか、と思案したところが凡兆の作分《さくぶん》で、吉野行幸讃歌が無ければ「股引の朝からぬるゝ」は俳言にもならぬ。仮にこれを、狩衣・指貫、あるいは蓑笠などと取替えてみよ。新風の心意気も、口つきもとたんにゆるんで、只の綺麗事になってしまうだろう。

（上巻二四五～六頁、講談社学術文庫）

しかし、果たして然りや。解釈のこととしてはこうした見方が出されてもいいだろう。だが、このような解だけが解であると、事を一義的に定めるのには私は反対である。

連句作者に、あの万葉の歌、なんて、すぐそれを想起して題材にすることがそれほど習い性だったか。人麿の歌に関連づけて読んだところは安東氏の手柄だが、こうして、『万葉集』に由来を求める見方には、すぐさま同意したくないというのが私の考えである。

〔四〕

そうすると、この三句目はどう読んだらいいのだろうか。まず、こうした付けが出たことを素直に受けとめるところで何かを考えるべきなのではないか、というのが私の考えである。前述のように、たとえば村外れの川を越える人の様子をかたちにしてみたいと順番に当った凡兆はまず思いついた。橋がないところでの動作に思いをやる。それが言葉に示されてみんなが同意して事は始まったのだ、としてみてはどうか。

先に、芭蕉の場合、いわば本歌取りの精神の復活をはかったらしい面がある、と私は述べた。が、この場合、とりわけ万葉を念頭においたとするのは、やはり読み過ぎだと感じられる。そうした古典の知識にいつも左右されて発想する教養集団として芭蕉グループを限定したくはないのである。持統天皇の行幸の歌を下敷きにしたから、それが京都での新気風の樹立の旗揚げを意味することになる、というのも、作った側がそう思ったとしたら、牽強付会が過ぎるのではないか、と私は考えたい。連句というのは、知識を掘るよりももっと自由な精神のもとでなされる事柄だ、と私には見える。その自由さが至福の時を生み出すのだ。

連句の座というものには雑談がつきものだから、あるいは誰かが、ほら、吉野行幸の長歌がありましたね、と口にしたということがなかったとはいえない。しかし、その話題は、なるほどそういう連想も面白いね、と応じられて、継いで別の誰かが、どこかの山水画には剽軽に川を渡る場面もありそうですね、といってみる、そうした場面を想像するぐらいでいいのではないかと思えるのである。

そういえば、この巻のオモテの展開は、どこかに山水画的な光景、といって限定が過ぎるなら、山家風の集落が連なる場面への連想を軸に据えているとも見える。

さて、三句目とは、発句、脇句に対するのに特別な位置を占めるものである。発句、脇句は、これからの進み行きに向けての、いわば礎作りのような役割を担う。出発の場が置かれたわけだ。三句目は、そうして据えられた場からあとの動きへの出立の合図を指し示すような役割をもつ。終りが「て」で止まっているが、こうした連用的なかたちの語法を用いられるのは、動きに向けての発進を促すといった意味がある。たっぷりと動きを示す句が出たから、この表現はここで採用されたのではないか。派手でなく野暮ったさとして出された俳味への共感が、これで行こうという気に皆をさせたのではないかと思われるのである。納得を呼んだのは、この句のとぼけたおかしみの雰囲気だろう。

四句目には狸が出てくる。今だったら、一句目の鳶と生類が近くあり過ぎるといったことをいう人がいるかもしれないところである。そんな点にも式目に現在ほど厳密ではない芭蕉グループの様子が見られるのだ。この四句目がいうのは、篠作りの弓が狸を嚇している、ということで、これも何となく野趣に富む。滑稽でもある。こういう風に付けたところで、前句を狩への出立と読み替え、そこで狸をおどけた感じのうちで出したわけだ。

五句目の作者は芭蕉である。その芭蕉が、今だったら異義が出るかもしれない作りをしているのが興味深い。三句目に朝がある。五句目には「宵の月」とある。打越に時分があってこれでは時分の重なりになるのではないか、というのが異義の内容になる。事実、注釈書の一つ『標注』には「朝カラト云ルニヨリ、宵ノ字打越論ナキニヤ」とある。しかし、管見によるかぎり、打越との重なりを問題にしているのは、この『標注』のみである。それだけ、式目の制約を問題にする程度は概して薄かったことになる。

『四歌仙解』には「まいら戸は、よこ板に竪算入れたるもの、寄付《よせつけ》などに立てあるなり」とある。「寄付」とは、入口の意味で使われているように見える。主殿造に用いられる引き戸のようである。前の野趣を、やや趣のある家の情景に転じたわけだ。芭蕉にはこうした典雅趣味に傾く付けを好むところがあるように見うけられる。しかし、典雅趣味といっても、この場面は街中の宮殿の光景では当然ない。山里風な景観である。六句目の付けも、前句をそうみなしたから「人にもくれず名物の梨」となったのである。思い出されるのは『徒然草』の記述だ。

といったところで、オモテ六句を再度掲出して、この移り行きをもう一度眼にしてみよう。

鳶の羽も刷ぬはつしぐれ　去来
　一ふき風の木の葉しづまる　芭蕉
股引の朝からぬるゝ川こえて　凡兆
　たぬきをゝどす篠張の弓　史邦
まいら戸に蔦這ひかゝる宵の月　芭蕉
　人にもくれず名物の梨　去来

見られるのは礎石としての発句・脇句で提示された、人を欠いた情景を、人間がかかわる場にさまざまに展開して行く過程である。

〔五〕

ここで、連句というものの表現の展開について、やや原理的に考えてみたい。歌仙のオモテは六句からなるわけだが、このことは、六つの句の絡りに接することで私たちが五つの場面に立ち合うことを意味しているのだ。改めて引用してそのことを考えてみる。はじめに、

鳶の羽も刷ぬはつしぐれ　去来
一ふき風の木の葉しづまる　芭蕉

のセットの中で見えるものをまず私たちは見た。自然風光の転移、それにまつわる鳥の羽と植物のあり方の変化だった。それが、

一ふき風の木の葉しづまる　芭蕉
股引の朝からぬるゝ川こえて　凡兆

のセットの中ではどう変ったか。
川を渡っている時には水の波立ちもあったが、風がさっと吹き通ったあとに川辺の木々にしぃーんとした静寂が訪れる、という風な情景が浮んでくる。人間の動と自然の動が自然の静のうちに吸収され、静けさに包まれる、そんな転じだ。

股引の朝からぬるゝ川こえて　凡兆
たぬきをゝどす篠張の弓　史邦

四句目で事が設定されるのは、人の動作が何に向っているか、という方向である。川は、村外れから山に近いところのものに読み替えられた。このように、前句で付けた際の内容があとで付けたものによって変えられる、ということはあったほうが面白いのである。その点では、連句の

営みにおいては、前句に付ける次の句で意味の二重化がいつも生み出されるのだ。

別の言い方をすれば、この営みの中では、見える断面が絶えず移動することが期されているわけで、天気の様相と鳥のかかわりの情景から、水の中を歩む人の動きが連想され、次いでその動きが狩人にかかわるものに転じてくるのだ。さてそうなら、それに継ぐのはどういう世界か。

たぬきを丶どす篠張の弓　史邦

まいら戸に蔦這ひかゝる宵の月　芭蕉

人の動きが消える。土壁か何かに篠張の弓が架かっていて、鄙びた戸に蔦が這い寄っている山家風な静かな光景に転じが及ぶ。ここは、月の定座で、透き通ってどこまでも見通せる月明かりの中の光景を思い浮べるべきだろう。家のうちに住むのは、どんな人か、風雅の人か、などと想像を駆り立てられもするのである。それでは、

まいら戸に蔦這ひかゝる宵の月　芭蕉

人にもくれず名物の梨　去来

が見せるのはどんな断面か。

去来は、直球型の発想をする人だったのかもしれない。「人にもくれず」でひとひねりするつもりだったようだが、ひねり方で俳味を出そうとした意図がかえって見え見えになった作りになっているように見えもする。それにしても、梨を人にくれないというその人はどんな人種なのかな、という想像のほうに心を向け一つの面影の筋を引いてみたのではあった。案外、因業爺か因

業婆かが住んでいるんでしょうかな、なんて誰かがいって、そうでもないでしょう、ちゃっかりやさんということにしておいてもいいでしょう、と別の誰かが応える、そんなその場の会話の様子を思い描いてみれば興味深く読める度合いが増す。こうして、五つの断面の継起を経てオモテ六句は終りまで達し、次のオモテの裏で新しい展開をはかることができる状態にまで到ったのである。

ここで展開の動きの中での言葉の質がどうなっているか、を検討してみる。

一句目、二句目は挨拶の言葉と読める。羽が整いましたね、というのは、芭蕉さんも京にいらして、やや心のゆとりをおもちになって頂けたでしょうか、という含意と取れる。それに対して、風が一吹きしたあとの静まりといったところですかな、と瀟洒な応対をしたのが芭蕉である。比喩の内側にそうした心情が読みとれる。ここに見られるのは、現実のことを現実のままの言葉ではいわないゆかしさ、あるいはそうした向きで言葉を扱う心の仕種といったものである。

さて、三句目で、凡兆は虚構を仕掛けた。連句の場にある者は座っているわけだから、当然、川を渡る人ではない。川越えの人は、小説の作中人物のように、想像された存在なのである。先にいったように、静から動に転じたのだが、この方位を、どう受ける、と次の史邦に呼びかけているとも見える。そこで、史邦は、頭をひねり、狸を頭に浮かべ、篠張の弓を連想した。できあがった結果を見ればすらすらと読んでしまうのが習いだが、実際は、こうした筋目のある言葉に思い至るのは容易ではないのだ。あとの展開についても同様であることは忘れるべきではない。

〔六〕

「はつしぐれ」のウラに入ってからの展開を写してみる。

かきなぐる墨絵をかしく秋暮れて　史邦
　はきごゝろよきめりやすの足袋　凡兆
何事も無言の内はしづかなり　去来
　里見え初《そめ》て午《うま》の貝ふく　芭蕉
ほつれたる去年《こぞ》のねござのしたゝるく　凡兆
　芙蓉のはなのはら〳〵とちる　史邦
吸い物は先《まず》出《で》来《か》されしすいぜんじ　芭蕉
　三里あまりの道かゝえける　去来
この春も盧同が男居なりにて　史邦
　さし木つきたる月の朧夜　凡兆
苔ながら花に並ぶる手水鉢　芭蕉
　ひとり直《なほり》し今朝の腹だち　去来

付け合いをする順番について記しておく。

オモテ六句は、去来、芭蕉、凡兆、史邦、芭蕉、去来と進んだ。出た順にABCDとするとABCDBAということになる。その記号をさらに用いると、ウラではDCABCDBADCBAの順で事は運ばれている。最後のBAのところだけは変則だが、あとはABの組合せとCDの組合せとの前後を変えて、付け合いを繰り返すという方式である。五七五の長句と七七の短句とを交替で受け持つためにこのようにやりくりされたのである。組合せの変化が企られている、ということになる。

最後がなぜ変則になったかは、その句を話題にする際に触れるとして、まずは付けについての検討に行こう。

ウラになると懐紙の面がオモテのウラ側に変る。そこでウラということになった。ここは一二句続きである。

史邦の「かきなぐる墨絵おかしく秋暮れて」という発語は、前句の「人にもくれず名物の梨」を庭に置く家の中にいる者の振舞いを想像して作られたものだ。

ここで、連句における季語の扱いについて述べる。

ウラの最初の句に「秋暮れて」とある。月が出たのはオモテ五句目だが、ここは月の定座とされるところで、そこで月が出た。月は、秋の時期を示す。六句目の「梨」も季は秋である。ウラの一句目の「秋暮れて」が秋の終りに接した季語であるのはいうまでもない。こうして秋の句が三つ続くのである。秋については、三句は続けるのが法式の一つである。春についても同じことが要求される。このように、連句の世界では、春と秋とが偏重される。なぜか。問うに値する事柄である。

そうした事態は、連句において花と月が重んじられることに照応して生ずるのである。そのことは、世界の姿に向けて対応するどういう心性にかかわっているのか。その点について考えるために、この面で季節がどのように現れているか、を話題にしてみる。

この面の二句目、「足袋」は、今では冬の季語である。前に「秋暮れて」とあるから、それに応じてこうした季の展開が出たか、と想像される。

この面の六句目、「芙蓉のはな」の芙蓉は、今だったら秋の季語になる。が、ここでは、今の芙蓉である、とは考えないほうがよいようだ。秋なのなら三句続けなければならないからである。そこで、芙蓉はまた蓮をも意味する、ということに着眼してみる。ここで話題にされているのは、蓮らしいのだ。蓮の季語は夏で、ここでは、夏のものを一句だけ出したとみなせば季節の配分の関係が安定するからである。それにしても、ここに「はな」という言葉が出現する点も、いかにも元禄風で、今だったら禁じられることになるに違いない。

この面の一二句の中で、季を詠みこむことがはっきり意図されているのは、始めから見て、七句目（この面では一句目）、八句目（この面では二句目）、一二句目（この面では六句目）に加えて、

一五、一六、一七句目、

この春も盧同が男居なりにて

さし木つきたる月の朧夜

苔ながら花に並ぶる手水鉢

の連なりだ、ということを、まず確認しておこう。最後に見た三句が春のつなげであるのは、明らかである。月を詠みこみながら、そこに朧夜という言葉を添えることで、これを春の月の句として提示されたことがはっきりする。春三句という原則が、ここでも、座にある者たちに共通に了解される準則だったのだった。

それ以外は、全部無季の句であることに注目を寄せていただきたい。こうした句作りは、今の俳句とは異なるのだ。

春と秋はなぜ三句を続けることが必要とされたか。この二つの季が、連句の世界では、特別な、いわばハレの季であるとみなされたからだ。

〔七〕

人は、季節といわれるものの中に暮らしている。それは四分法になっている。そのそれぞれに、時どきに私たちは従属するわけだが、感性のあり方に従うと、その四つの季節は、いわば、幾何学的平等性として私たちのうちに巣食っているのではないようである。春と秋が一つの対になっており、夏と冬とがもう一つの対になっているのではあるまいか。

日本では、古来から、春と秋との対が基本だったように思われる。『万葉集』にこんな歌がある。

天皇、内大臣《うちのおほまへつきみ》藤原朝臣に詔《みことのり》して、春山の万花の艶《にほひ》と秋山の千葉の彩とを競ひ憐れびしめたまふ時に、額田王が歌をもちて判《ことはる》る歌

冬こもり　春さり来れば　鳴かずありし　鳥も来鳴きぬ　咲かずありし　花も咲けれど　山を茂み　入りても取らず　草深み　取りても見ず　秋山の　木の葉を見ては　黄葉をば　取りてぞ偲ぶ　青きをば　置きてぞ嘆く　そこし恨めし　秋山我れは（一六）

春に比べて　秋のほうが望ましいというのだが、夏・冬は話題にさえのぼらないのである。

この見方は、『古今和歌集』の時代、つまり平安期になっても続いていた。この当時、歌集の区分の一部は季節で分けられていたが、春と秋の歌は、夏と冬の倍くらいはあるのである。それが『新古今和歌集』ではやや変わってくる。夏冬も、春秋と比べて遜色ないといっていいほどに歌われるようになってくる。『古今和歌集』では、月といえば、秋のものにほぼ決まっていたが、『新古今和歌集』になると、冬の月が詠まれるようにもなってくる。観念で事を構成する世界が

醸成されはじめたのである。

しかし、基本は、春・秋がしかるべく眼をかけるに値する季節だ、とやはりみなされていた。その点では、日本の季節感の中では、夏・冬は添え物なのである。春には花があり、秋には月がある、というのがその理由だろう。

対照的な見方を提示してみよう。

タキトゥスの『ゲルマニア』にこういう記述がある。


農地は、耕作者の数に比例した広さだけ、耕作者全体によって次々と占有されて行き、ついでそれが彼ら相互の間で、地位に応じて区分される。原野が広大であるため分配に困難の伴うことはない。耕作地は年毎に変えられる。しかも土地はあり余っている。つまり彼らは労働力で土地の肥沃と広さに取っ組み、果樹を植え牧草地を区画し、庭園を灌漑するということがない。土地に彼らが期待するのは、ただ穀物の収穫だけである。そのため彼らは一年そのものをも、われわれと同じ季節に分けない。冬と春と夏の概念と名前を持っているが、秋の名称もその恵みもともに知らない。（國原吉之助訳、六三～四頁、ちくま学芸文庫）

ヨーロッパの北辺に近いゲルマニアは、ローマのタキトゥスから見ると未開の地に見えたらしい。そうした未開さの例証となるのが、果物の栽培を知らず、それゆえ秋という名称もなかった、という点なのである。

実際、今の西欧地域の西北の辺りは、季節としては、夏と冬の区分が基本にある、とみなすのが妥当だ、という感じがする。基底で働く眼で区分されているのは、暑い時期と寒い時期との交替という季節割りであるように思われるのである。額田王が歌うような、春と秋の微妙な広がりの対照といったものは、この場所では示されないのだ。

日本で、春と夏とが関心の対象になったのは、ヨーロッパに比べれば、この場所ははるかに南国度が高いところだからなのに違いない。夏は、「あつしあつしと門々の声」(猿蓑・市中は、の巻)ではないが、とにかく暑いから、ゆったりとした気分を結晶させにくいのである。

日本で、桜が美感の一つの基軸として重んじられるようになったのは、平安期以降のことである。連句はその美感を受け継いだ。そこで、春のシンボルが桜の花に置かれることになった。花といえば、それだけで桜を指すというのが、連句の約束ということになった。

また、その対照として、ということになろうが、秋のシンボルとして月が定められるようにもなった。そこで、連句に関してのいくつかの特徴が出てくる。

このように、春と秋とがシンボル化されることによって、かえって無季の句のあり方も位置を得ることになった。連句世界が出現したからこそ、無季の句の世界がかえって発見されることになったということがいえるかもしれないのである。無季の句とは、いわば無垢の句、季節に汚れない句なのだ。

さらに、当季に拘束されて俳句はあるのに対して、連句は、初めは当季に乗りながら、展開の中で春・秋を主とした人工的季節を配置する、という発想を提供することにもなった。

〔八〕

「はつしぐれ」の巻のウラの付け味の吟味に戻ろう。

かきなぐる墨絵をかしく秋暮れて　史邦
はきごゝろよきめりやすの足袋　凡兆
何事も無言の内はしづかなり　去来
里見え初て午の貝ふく　芭蕉
ほつれたる去年のねござのしたゝるく　凡兆
芙蓉のはなのはら〳〵とちる　史邦

「かきなぐる墨絵をかしく秋暮れて」の前句は「人にもくれず名物の梨」だった。前句に対して、人物の動作をはっきり出して新しい面を立てた。前句とこの句の二つのかかわりについては、近づけて読む読みと離して読む読みとがありそうである。近づければ、梨を人に与えない人と墨絵を「かきなぐる」人とは同一人物ということになろう。離してみれば、与えないという人をたとえば隣人において、一方には、墨絵をかきなぐることをする人がいる、といった、変った人物たちの様子を並べて点描してみた景になる。「かきなぐるを、囲いから解放したい、といどむさまに読んでも俳になる。（中略）それなら付様は向いで、前句の人とは別人の付けになる」と安東次男氏はいう（『芭蕉連句評釈』上）。こういわれる方向で、別人の動きと読んだほうが面白いかもしれない。しかし、これは解釈の問題で、作った者たちがどういう意向だったか、ということは別の事柄である。

「かきなぐる墨絵をかしく秋暮れて」に対して「はきごゝろよきめりやすの足袋」と付けたのは、一見したところでは平凡だが、「めりやすの足袋」という言葉のほうに出口を思いついた点に手柄がある、というべきだろう。「めりやす」というのは、当時としては新しく移入された素材で、ハイカラなものの象徴になり得ていて、やや古風な感じがする場面の雰囲気がこれでがらっと変ったからである。ここにあるのは題材をもってする転じなのだ。こういうことに得手なのが凡兆だったか。この箇所も近づけても離しても読める。近づければ、めりやすの足袋を履いているのは、墨絵を描く人であることになる。離せば絵を描く人のそばにいる誰かが履いている足袋がめりやすだと、その様に目を付けたことになる。連想するのが女性なら恋がらみである。

事をなだらかなほうにしつらえる付けで、そうすれば、次の「何事も無言の内はしづかなり」も恋の応じになる。無言の恋の営み、というのは、一種の風雅だろう。

それでも、「何事も無言の内はしづかなり」というい方には、転じはしているが、何となく、虚をつかれたといった感じが残る。足袋が目立つ場の雰囲気からの見立てとして付けたのだろうが、具体的な事態をかけ離れた一般語で事を包みこむような方向の句柄である。

ここに出来《しゅったい》したことを視点を換えて考えてみる。ここの付けとして「何事も事の初めは言葉なり」としたならば、それは採用されるかどうか。されるかもしれないしされないかもしれない。それと同じ質の付けとして、現にあるこの去来の言葉振りはあるのである。こうした去来の付けが残ることになったのは、この句がいかにも彼らしい語調を反映したものだったからだろう。句の効果としては、季節にこだわることから離れ、自由な展開をあとの人に促す働きをしていることになる。こうした句を遣句《やりく》ということがある。実と虚という性格づけをすれば、虚のほうに傾いた付けという意味である。連句の運びに流れを与えることを目論んで、恋の風情を残しつつも、場面に空白の柱を立てたといった趣になる。その去来の仕様を得手のものというべきか、逃げに及んだというべきか。評価は分かれよう。いずれにせよ、芭蕉が次の読み手であることが去来の念頭になかったことはあるまい。

「何事も無言の内はしづかなり」への付けとして芭蕉は　「里見え初て午の貝ふく」とした。転じとしては申し分ない。すっかり変った場面が出現することになったからだ。

諸注釈がいうところによると、この「午の貝」を吹く者として想定されているのは吉野大峰入りの行者だ、という。そういわれれば、そうなのかな、と私は思う。

しかし、そういう注解の言葉を見ていつも疑問に思うのだが、この「午の貝」にかかわる人を大峰の行者とだけ関係づけることが、唯一、読みの道なのかどうか。

言葉には、二つの面がある。一つは、限定の面である。もう一つは、一般化の面である。その二つの面の境の所に、この芭蕉の言葉立てもあると考えてはどうか。限定の面を主にして見れば、これは大峰行者とかかわる、といえるかもしれない。しかし、「里見え初て午の貝ふく」という言葉の表に接する限りでは、大峰行者だけをすぐに連想しないほうが、むしろ自然だろう。ほかの場にだって、こうした行者がいるのが一般のことだからである。

〔九〕

芭蕉の句「里見え初て午の貝ふく」の「午の貝」は正午の時に当って吹く貝の笛、という意味である。修業の中にあった僧らしい人が、歩みの中で正午を迎え、折から里の見えるところに到ってほら貝を吹いた、という次第だが、句立ては取り合せている内容が多いといえば多い質のものになっている。情景を多様な面にわたらせている。芭蕉としては、これまでの句続けにやや停滞したような感じを抱いたのではあるまいか。そこで、前句の「無言」というのに音を出すことで応じ、これまで予期の外にあったほうに向けて世界を展開させようとしたのではあるまいか。そこで動きがにじみ出た。当然、この付けは、参加者の心をときめかせたに違いない。

前の去来の虚的な句に対して、芭蕉がやったのは、一つの実の物語のほうに世界を一挙に向わせることだった。そこで、流れに第一の山場が出現した。思いもかけなかった新しい情景を見せつけられて参加者の緊張は高まったはずだ。

「里見え初て午の貝ふく」の次に「ほつれたる去年のねござのしたゝるく」とくるのは、少々分りにくい付けである。鍵は「去年の」にあるか。安東次男氏は「里見え初て午の貝ふく」の「凡兆解釈にも往生の含もあるようだ」とされるが、つまり、この「ねござ」は山中往生者の遺品だ、と読めるというわけである。しかりか、しからずか、私は判断を保留する。その点についての断定よりも、安東氏も注目されているのだが、「したたるく」という表現が、私としては、気になる。感覚のうちに強く感ずる触の感じが露骨に刻まれたこうした言葉――いってみれば「雅」から遠い言葉――が、なぜ、ここで登場したか。雨ざらしになっているということなのか。谷にでも放置されたままになっているということなのか。いろいろ想像できる。そういえば、「ほつれたる」のほうも気になる。やはり、「雅」から遠い解体の感じの言葉だからだ。そういう句を出すことで、凡兆が提示しようとしたのはどういう世界だったか。答えは鮮明には出ないのだが、これが採られたということは、芭蕉スクールの感受性の中でこうした傾向が容認される傾きがあったということを暗示していることになるか。

この意味が確定しにくい句から往生の点景の方向をはっきりと引き出したのは、次に出現する「芙蓉のはなのはら〳〵とちる」という史邦の句である。「芙蓉」は前にもいったように蓮のことでなければならないのだ。

それにしても、ここで、芙蓉をどうして蓮の意味で使ったのだろう。誤解が生ずるのを避けるならば、はじめから端的に、蓮といえばよかったのに、である。

つまりは、俳、ということか。秋をもってくるのが駄目なことは分っているから、ここで「芙蓉」と出せば、連衆にはただちに蓮の言い換えだ、と了解された、ということか。こうした了解の方式が共有されていたからには、連句作者であるためにはかなり高度な教養を備えている必要があったことになる。そうした条件があるから、多義を含む単語を用いる営みも可能だった、ということだったのらしい。

そうした次第で、蓮の花が付けられたことで、前句の情景が死の領分とかかわりがあるという解釈が定められることになった。そうした方向に、史邦によって場が進められたのだ。浄土を言語化するのは、登場することが望まれる転じの領分の一つではあったに違いない。

が、そういってみると、ここで一つのことをどうしても考えたくなる。連句の営みにおいて、前句から転じて新たに句を出すことの中で期待されているのは、そもそも、どういうことなのか、ということである。別言すれば、つまりは、転じとは何なのか、ということだ。

原理的にいえばこうなる。付け句になる言葉は無数にありうるのである。しかし、現実には、採用されるのはその中の一つだけである。ということは、現実の付け句は、無限句から引き出した一句としてある、ということだ。あるいは、無限句プラス一句といったほうが面白いか。形式的にいえばそういうことだが、ここに潜在する事情をどう考えるか、が問題である。

私たちは、世界の多様な新たなさまに接したいと思っているものだ、と考えてみる。連句で繰り返しが忌まれることのうちに反映しているのもそうした心理だろう。先に進むのがいいとされるのも人間のそうした心理とかかわるところがあろう。しかし、その面と、次によい句を提示することが要求されるという面との間には微妙にずれた点がある。どういうものが連句でよい句ということになるのかは展開の中で決まるので難しいのだ。

連句行為の中で、いい句として認められ、その言葉を前句のあとに置くことになる際に備わる条件をまとめてみると次のようになろうか。前句に対して清新さを感じさせる感じで付いたものであること。前句とは、緩急自在に雰囲気を変えるような質のものとして付けられたものであること。句の強度が打越と異なる質のものであること。居住まいの場面の内側と外側とに変化をもたらすような転じがあること。それに前句を讃めたたえてあとにつなぐ言葉であること。

〔一〇〕

連句の付けの基本はどういう点にあると考えるか、この道の精進ひたすらなF氏に訊ねてみた。前句を讃めることでしょうか、という答えが返ってきた。これは、私にとっては、自分の中の妄を開くような質の言葉として響いた。

『古事記伝』の中で、『古事記』の中のかなりの語が称名《たたえな》なのだ、と本居宣長は何度も指摘している。この見方を興味深いと、私はずっと思っていた。日本の最初の秩序だった言葉の並べが『古事記』なのだとすると、それが称名を多く含んで成り立っている、ということが魅力的なのだった。

言葉には、少なく見ても三つの側面がある。一つは、日常の意志伝達の面である。もう一つは、呪咀としてのものである。最後の一つは、讃め言葉としてのものである。

第一の面について語ることは省略しよう。

第二の呪咀の面は、たとえば、西洋の古宗教の世界に見られる。こういう記述がある。

初期のアイルランドの社会で、文学や音楽にかかわって事に従う人びとには二つの区別があった。The Bards がまずいる。この人びとは仕える主君を賞め讃えて詩を作るのが仕事だった。そして filid（フィリ）という人びとがいる。元もとは、幻を見る者（seers）という意味だが、詩人であり、また超自然的な力を備える者でもあった。彼らは、諷刺の言葉の力で、人を傷つけたり、時には殺すこともできたのである。Táin の中にはこうある。メエドゥブはドゥルイドと諷刺家と苛酷な内容を歌う歌人《うたびと》とをフェル・ディアドに差し向けた。三つの諷刺の言葉を投げつけ彼を殺そうとする目的からだった。三つの諷刺の言葉をフェル・ディアドに与えれば、その顔には、恥と汚れと不名誉と、三つの腫物ができる、というのだった。

（"*The Celtic World*", Barry Cunliffe, Constable, 'The Bards', p. 182.）

アイルランドには、昔、言葉の殺し屋がいたのだ。

言葉には、相手を刺す働きと相手を讃える働きとがある。その相反的なあり方は、今でも、言葉のうちに秘められた二重の性格としてあるのに違いない。だから、讃める働きとしてある言葉のあり方には、もっと注目が寄せられていいのである。宣長にとっての『古事記』の事例以外にも名を讃えることが重要な意味をもつ場合がある。浄土宗、または浄土真宗において「南無阿弥陀仏」という称名《しょうみょう》を唱える場面がそれである。ここで基本となるのは、阿弥陀仏への褒め讃えを声に出すということである。それを声に出してこそ、阿弥陀仏の側からの人間への働きかけが成り立つことになる、という見方がここにはあるのだ。そもそも、幾層もの深みが備わるものとして、人間の音声、人間の発語というものはあるのではあるまいか。連句行為も、そうした発語の営みの一つなのだから、そこに他に対して讃め言葉を開く場がある、と見るのは、きわめて的を射た見解であると思われるのである。

問題の核心は、連句の場合の讃語がどのような質のものなのか、という点にあろう。「ほつれたる去年のねござのしたゝるく」という凡兆の句に史邦が「芙蓉のはなのはら〳〵とちる」と付け、それに芭蕉が「吸物は先出来《まずでか》されし水前寺」と付けた。

これを讃め言葉の連ね、という視点から見てみるとどういうことがいえるか。

凡兆の句は場面を引き下げることで変化をもたらそうとしたものだろう。何か、うざったい、野垂れ死ににかかわる風情の前句の作づくりに添えるのに、史邦は、いわば、反対照となる浄土を導く方向で事をしつらえたといった趣である。

芭蕉が、浄土の景から法事の「吸物」を連想したというのは考え易い解である。だが、それよりも〝水〟の雰囲気を感じ取って事を新しくしつらえたとしてはどうか。蓮から水、ということだ。清新な世界を導くほうに事を構えたくて褒め言葉の向きを思案した、と想像してみたいのだ。

熊本の水前寺の池に水苔があるという話だね、その味はちょっと淡泊だといわれているが、近頃、評判の物産のようだね、と去来辺りに訊ねる場面があったかもしれない。芭蕉がこの苔を口にしたことがあったかどうかは分らない。とにかく、江戸期は、自分のいる場所以外にもたくさんの領域があることを一般者が発見することになった時代だった。こうして、仏教、釈教にかかわる前句から、現実の横の広がりの遠い場所の珍しい産物のほうに眼を転ずることがなされた。これは、私たちが今感じるよりも、遠くのほうに飛んだ感じの転じだっただろう。前の句の雰囲気を味わいながら、その雰囲気の向うにあると予感される方向に開ける世界を提示するという、連句の場合の、前の句への賞辞のあり方の一つの例がここに見られる、といってみてもよいのではなかろうか。

俳句は一句で立たなければならない。そこで、一句の言葉のうちに見えざる完結性を追う。連句はバトンタッチを続ける営みだから、他者の言葉を受けながら、さらに讃めるに値する場面を追い求める。完結を彼方に置こうとするのだ。

〔一一〕

前に、今の連句の一部のグループでは、式目といわれる制約がかなり重んじられている、と記したことがある。今のそのやり方だったら、史邦の「芙蓉のはなのはら〳〵とちる」という句は採用されるかどうか疑わしい。「はな」という言葉があるからである。「はな」は桜だけを意味して、それ以外の場面では用いない、という方向で考えたがる現代連句の傾向というものがあるのだ。

これも前にいったことだが、芭蕉グループは、勃興期にいたから、そうした制約からはかなり自由に事を進めていたようである。現にこの句があることがその証になる。

私は、蓮の花が散る場面は見たことがない。巨椋池には蓮があって、その花が開く場面を見事に記した和辻哲郎のエッセーがある。開くも散るも、実際に立ち合えば感慨深いものとして蓮の花というものはあるらしい。

史邦は、蓮の花が散るのに立ち合ったことがありそうな気がする。この句の雰囲気は、どうも想像だけで言語になったものとは思えないのである。

そこで、今度は、想像を元にして言葉が出た芭蕉の付けが来る。次の去来の「三里あまりの道か、えける」という転じにはこの人の、正直さ、素直さが現れている、と読める。行くのに遠いところとして熊本はあることが句作りの最中に話題になったような雰囲気で、みんなのそんな気分を句にした気配が見える。それに、この連句もまだ先がありますね、といった感慨を秘かに加えたいという下心もないではなかったろう。感慨句に向い易いのが、去来の面目らしい。

それに続く展開をまた写してみる。

この春も盧同が男居なりにて　史邦
さし木つきたる月の朧夜　凡兆
苔ながら花に並ぶる手水鉢　芭蕉
ひとり直し今朝の腹だち　去来

こう見渡してみるといっておかなければならないことがある。月の句の趣に関してである。

通常、歌仙にあっては、月は三回出すものとされる。オモテに一度、ウラに一度、ナゴリのオモテに一度である。それぞれ定座といわれる場所があって、オモテでは五句目、ウラでは、この場の八句目、時に七句目、ナゴリのオモテでは一一句目である。ところが、ここでは、八句目は「三里あまりの道か、えける」で月はない。その前にも月は詠まれなかった。七句目に月が出なかったのは、ここの順番の芭蕉はオモテで月を詠んでいるから、ということだったろう。本来の月の定座の八句目で、去来が月をはずしたのは「吸物は先出来されしすいぜんじ」に月は付けにくかったからか。そうではあるまい。遠慮してあとの技量に委ねたということだったろう。史邦が去来の句に月を付けてもよかったわけだがそれもはずし、一〇句目に至って「さし木つきたる月の朧夜」となる。こういうやり方を月をこぼす、という。月の出をあとに延ばす、ということである。

どうしてここで月の出が延ばされたか。月の季語は、通常は、秋である。しかし、いつも秋の月にするのではこの季節が重なり変化が乏しいことになるので、集中、一度は他季の月を入れるのが望まれる。八句目の去来辺りで冬の月があってもよかったのだがそれははずされた。とすると、ウラの一一句目は花の常座で花が来るから、月もこれに合わせて春の月を詠もうという合意が進行中に生まれたのに違いない。そういうことになって、月を喚ぶ下心を秘めて出されたのが「この春も盧同が男居なりにて」という史邦の句だったのである。

この句は、難解である。故事にわたった題材だからだ。

盧同は中国、中唐の隠士だという。「男」とは盧同の下僕の意である。「居なり」とは奉公替えをしないでいることをいう。その下僕が三里の道の使いに出た、という物語を構えるほうに転じたのが史邦だった。

それに対して「さし木つきたる月の朧夜」とは、まあ、なんと微妙な付けを考案したものだろう。「居なり」で「出替り」しないあり方のことを、さし木がついたように落ち着いたと転じたのである。「さし木」という語を案じたのも軽妙な着想だし、人が落ち着いたあり方の背景に「月の朧夜」をもって来る仕方にも妙がある。前句への繊細な気配りがある。

次の花の座の作者は、芭蕉である。みんなから望まれたのだろう。去来に芭蕉が入れ替っているのである。

凡兆の言葉作りの微妙さにみんなが秘かに感嘆するところがあったのではないか。大柄な作りに言葉を留めない的確さに応じた芭蕉は「苔ながら花に並ぶる手水鉢」とやはり微妙に言葉を連ねた。花を詠むといえば、野外の、大柄な風景のほうに行きたがるのが通常だが、人家の庭の景に眼は据えられた。基底にあったのは、江戸期に実景としてしばしば見られた風俗か。町屋の様子に眼を定めた点には、俗に雅を見ようとする志向がある。

〔一二〕

ウラの最後に去来は「ひとり直《なほり》し今朝の腹だち」という句を置いた。いくらか寂びつくほうに傾くかもしれない雰囲気を一転すべく、俳風のとぼけた方向に変えた、といった趣である。麗らかな心を呼び出すのに花があずかったというわけだ。怒りに捕われた自分の向うに、そこから抜け出たもう一人の自分が生まれた、といってみたのだ。この言立てはからまりそうな場面を断ち切るものとして働いている。面は、この先、ナゴリのオモテになるが、その改めての出立にどう進むか、とあとに呼びかけている様子にも見える。

さて、こうして「はつしぐれ」の巻のウラの進み行きをひとわたり見てきたわけだが、振り返って考えてみたいことがある。この面の変化のあり方について、だ。

連句に独吟といわれるものがある。歌仙形式なら歌仙形式を一人で作り上げるやり方である。

私はやったことはないが、修練のためということで試みる人もある。これはやってみれば、さまざまな付けの可能性を計算的に検討する機会にはなるだろう。が、この独吟と自分ではない人間とのかかわりを軸にする座の連句とは、構造的に異なるものだ。その二つが基本的に異なるのは以下の点にある。他者との言葉の交しの中で生ずる意外性といった体験が、独吟の場合においては欠けるのである。独吟の場合、自分にとって意外な言葉に出会うことは、原理上ない、といえる。シュール・レアリスム風の無意識言語を模索してみても、一人の営みとして発生するのは、自分の中の言葉でしかないのが通常のあり方だ、というべきだろう。

そのことを逆に見れば、自分とは異なる他者との間で言葉の組立てを試みる座の営みにおいては、たえず意外な言葉に出会う場が続くのが原則である。この場合ほど、自分と異なる発想をする者として他の者があり、そうあることが言葉を紡ぐ契機になる、ということを如実に知る機会はないのだ。

ここで付け幅という概念を出してみる。含意は、前句に付ける言葉の幅の、近さ、遠さ、といった意味合いである。

そういってみて、このウラの付け合いの中で付け幅が遠いものはどれかを点検してみたいのである。

私の見るところでは、それは次の四つである。

芭蕉の「里見え初て午の貝ふく」、同じく芭蕉の「吸物は先出来されしすいぜんじ」、史邦の「この春も盧同が男居なりにて」、凡兆の「さし木つきたる月の朧夜」である。

ここで遠さというのは、前句に対してその句が出されることで、展開の調子が大きく変り、示される世界の様相が移ってゆく程度が強い場合、という意味合いである。

さて、そういってみると、付けとは一体何なのかということをまた改めて考えたくなる。

前句にどう応ずるか、という点について考慮する際の心理面のことを話題にしてみよう。

連句で言葉を進める仕方には、前句に近く接したことをきっかけにして浮かんでくる風情のほうに言葉を訪ねるのと、前句からやや飛んだところに結晶点となる言葉を訪ねるのと、滑稽味を呼ぼうとして言葉を訪ねるのと、気分をほぐす遣句の方に言葉を訪ねるのと、四通りぐらいのパターンがある、とまず考えてみることにする。そうすると、芭蕉の場合の特徴は、ここでのウラに関しては、そのうち、二つ目に傾く程度が強い点にあるように私に見える。

つづめていえば、付けの際に芭蕉が密かに心を凝らしたのは、いわば、〝開きの世界〟といった方向に向けてなのではあるまいか。

「里見え初て午の貝ふく」、「吸物は先出来されしすいぜんじ」は、共にこの付けがなければ私たちとしては見ることにならなかった表現である。見ることにならなければ「午の貝」が吹かれる場面として想像されたのはどんな風であったのか、とか、「すいぜんじ」苔と芭蕉とのかかわりはどんなものとしてあったのか、とか、そうしたことを吟味することに、私たちの興味が及ぶことも生じえなかったわけだ。

芭蕉において、こうした付けの姿が生ずるのはどうしてなのか。そう問うて答えになる一つの方向を呼び寄せてみる。

芭蕉の〝開き〟の世界は、連衆となる者たちとの関係のバランスの場を得ようとするところに生ずるのではあるまいか。相手が近目のところに杭を立てれば、眼を向ける場を遠目のほうに探してみる。相手が遠目のところに言葉を置けば、近目のところで落ち着きとなる言葉を射当てようとする。ここにあるのは、そうした精神の持ち主たちが、ありうべき均衡を産み出すためにたずなを取り合う、といった格好の言葉の紡ぎ合いなのではあるまいか。あるいは、これを言葉の響かせ合いだ、といい換えることもできるだろう。また、心のうちに眠っている領分の何ものかを目覚めさせ、感じとれる微かなものを引き出して前句に照応する言葉を編み出して、それまでに明確でなかった心の音を顕在的に鳴らし、叩き合わせる営みなのだ、といってもよいかもしれない。

〔一三〕

『去来抄』は面白い本である。去来から見られた芭蕉の像は、いつも、流動しているところに身を曝していて、芭蕉自身は、その流動あってこそ判別できるものを射当てる姿勢でいるらしいのが見えるからである。一例を見る。

辛崎の松は花より朧にて

伏見の作者、にて留の難有。其角曰、にては哉にかよふ。この故に哉どめのほ（発）句に、にて留の第三を嫌ふ。哉といへば句切切迫なれバ、にてとハ侍る也。呂丸曰、にて留の事は已に其角が解有。又此は第三の句也。いかでほ句とはなし給ふや。去来曰、是ハ即興偶感にて、ほ句たる事うたがひなし。第三は句案に渡る。もし句案に渡らば第二等にくだらん。先師重て曰、角・来が辨皆理窟なり。我はたゞ花より松の朧にて、おもしろかりしのみ卜也。

（岩波文庫、一一頁）

連句の始まりの部分は、発句、脇句が対になり、続く流れの基礎を据え付ける。ついで、第三があとに向けての出立の調子を促して立てられる。そこで、第三には「て」「にて」「に」「らん」

「もなし」など、あとに続く言葉を引き出すような終り方の句を置くことが望ましい、とされる。

そうした事情を念頭においてこの問答を読むと面白い。

内容を意解してみる。

「伏見の作者」が、この句は「にて」で止まっているのが難点だといった。其角がいうのには、「にて」は「哉」に似た趣がある。だから、「哉」で発句が始まる場合、第三の句の終りに「にて」が来るのは、同工異曲になるから嫌うのだ、でも、この場合は、「辛崎の松は花より朧哉」といっては、句の切れ方が切迫過ぎるから「にて」になったのだ、とも。呂丸がいうのに、「にて」で止められたわけについては其角の解で納得できるのですが、私は、これは第三の句だと思いますよ。どうして発句といえるのでしょう。去来が考えるのには、これは「即興偶感」の句だから、発句であることは疑いないでしょう。第三というのは、前句とのかかわりで想像される世界を案ずる、という性格のものですよね。そういう想像で句をまず作るやり方は、一本立ちの発句のあり方としては、どうしても二流のものに成り下がることになります。そういったら、芭蕉はこんな風にいった。其角、去来がいっていることは、あとからあれこれいう「理窟」だな。私は、ただ「花より松の朧にて」そのさまが面白いといっただけなのだよ。

この場合、正解をいった者が芭蕉だ、と捉えると、この箇所を読み誤るようになる気が私はする。芭蕉は、かなり人が悪くて茶目っ気がある、と見たほうがよさそうである。

芭蕉は、其角の考えも去来の考えも否定はしていないと見ることが肝要だろう。おそらく、呂丸がいうことも否定しているのではないのである。自分は、実際に花よりも松が朧に見えたから、それを瞬間のこととして発見したから、そう詠んだだけなんだが、みんながいっていることは、それぞれもっともで、連句の場のこととして考えると、みんながいっているような問題は生ずるね、といいたいのである。

この芭蕉の応じの背後に垣間見られるのは、連句表現のうちにある二重性といったものなのではあるまいか。

辛崎の松は花より朧にて、という表現が念頭に浮かんだのは、おそらくは、芭蕉の発見としてであった。その意味では、は、芭蕉に固有の言葉だったといえる。が、その表現が連句表現の場のことに移されると、其角や呂丸や去来やが問題にするような事柄が生じるのは確かなのだ。そのように問題が二つあるということは、芭蕉には、当然分っていたのに違いない。分っていたから、問題は二つあるんだよ、といいたかったのに違いない。

世界を自分の中に発生する言葉で切り取ることと、表現世界に約束事を構えて事を展開させることと、その二つがここでいう二重性の内容である。

偶感のことは今いうはじめの項目に属する。が、こうした偶感の言葉の繋げとして連句世界はあるのではない。相手の言葉があり、それから喚起されるものを想像して語を紡ぐ領分の言葉としてそれはある。芭蕉がいいたいことを一つの方向に翻訳してみるなら、その二つは混同すべきではない、ということになるのではあるまいか。その二つを区別しないままに出来上がった言葉を一つの方向に固定化してしまうような頭の働きの中で事柄を論じてしまうことの可笑しさを芭蕉は指摘したかったのではないか。
実際、連句的な表現は、この二つの方向にわたる表現の矛盾をかかえている、といえるのである。多く、発句と脇句で言葉にされるのは、実景と覚しきものである。第三句からは、想像のほうに強く傾いた言葉を導くことが要請される。その複層の矛盾を愉しむ点にこの表現の醍醐味があるのだ。

〔一四〕

ナゴリのオモテの検討に入ろう。写してみる。

いちどきに二日の物も喰《くう》て置《おき》　凡兆
雪けにさむき嶋の北風　史邦
火ともしに暮れば登る峯の寺　去来
ほとゝぎす皆鳴《なき》仕舞たり　芭蕉
痩骨《やせぼね》のまだ起《おき》直る力なき　史邦
隣を借りて車引こむ　凡兆

うき人を枳殼垣《きこくがき》よりくゞらせん　芭蕉
いまや別《わかれ》の刀さし出す　去来
せはしげに櫛でかしらをかきちらし　凡兆
おもひ切たる死《しに》ぐるひ見よ　史邦
青天に有明月の朝ぼらけ　去来
湖水の秋の比良のはつ霜　芭蕉

去来がウラの仕舞いに「ひとり直し今朝の腹だち」という、もったりした、可笑しみのある句を置いたのに付けて、凡兆は「いちどきに二日の物も喰て置」と前の句のとぼけに同調した言葉を立ててナゴリのオモテをはじめた。ウラで「ほつれたる去年のねござのしたたるく」という句を出したのも凡兆である。この人は雅の逆を行くことで変化を呼ぶ向きへの才に長ける、と見受けられる。諧謔に馴染む冴えがあった、ということか。滑稽な感じにさげる転じをして、先で、去来辺りがどんな方向へ引き上げるか、期待して見定めたがっている、という、そうした質の、他への呼びかけの心性を備えていたようである。〝俳〟風の掛け合いの呼吸を生きるのが得手だったともいえよう。

案の定、次の史邦が構えたのは「雪けにさむき嶋の北風」という、これまでになかった方向の言葉立てである。腹いっぱいに食べる者のあり方を、北国の寒さをついて、たとえば漁にでも出る人のあり方に結びつけたわけだ。これで、前々句、打越の句の気分は完全に断ち切られて新たな情景が開けたことになる。

ナゴリのオモテの性格として、前の面のウラとはどのように変ることが望まれるか、その点を考えてみよう。

ウラで要請されていたのは、月を一度と花を一度詠むことであった。しかし、ナゴリのオモテでは、この面の一一句目、終りから二つ目あたりに月を詠むことだけが課される制約である。全部で四つある面のうち、一番制約が少ない場として この面はある。裏返していえば、自在に表現を運んだほうが面白い面として、この箇所はあるのである。

その面に到って「雪けにさむき嶋の北風」という、雰囲気を一転した付けが出された。何か、物語がはじまりそうだと感じられもする。が、連句の営みで嫌われているのは、そうした物語を繋げるほうに向うことだ。なぜか。ちょうどよい機会だから、その点に話題を向けてみよう。

「いちどきに二日の物も喰て置」という空きっ腹の男のあり方から「雪けにさむき嶋の北風」という連想に事は向ったわけだ。寒い雪混じりの「嶋の北風」を浴びて働く男の様子を念頭において、その先を付けようとする者が、たとえば、粥が煮えている囲炉裏を思い浮べる、という方向は想出しやすいアイデアだろう。人が一つの小さな物語を構想するのは、そうした連想の経路を通して、ということになる。そのような方向に連想を進めるのは、私たちの自然なあり方に属す、といえそうだ。が、この表現の世界でよくないとされるのは、こうした向きに思いをもって行く仕方なのである。なぜそうなのか。いつも打越の雰囲気を断ち切ることで、新たな二句重ねの世界を描き出して、前とは別の断面を切り出すことが、ここではいつも期待されているからだ、とはすでにいったことだ。打越との断ち切りがない言葉の連なりは三句がらみといわれ忌まれる。忌まれるのはなぜか。その点には、この表現の核心につながる事情が潜んでいるようである。少し考えてみる。

幾つかの筋を敷くことができそうだ。

一つの筋はこうである。

この表現の連ねで期待されているのは、引き続く場面ばめんを二句のかかわりからなる断面に還元することで見えてくるものはどういう多様か、そのようにして見えてくる光景をどこまで多彩に展開し続けることができるか、という試みなのだ。断面の重ねが要請されるから、一連の物語の連なりになることが禁じられるのである。前のこととあとのこととは表裏の関係にある。それなら、断面の展示が要請されるのはどうしてか。

二つの言葉を立てて切り取られるさまざまな世界は、私たちによって時どきに垣間見られる世界の原型になる、とみなしたいからだ。連句表現で提示されるのは、そうした原型を象徴的な言葉に結晶させる営みなのだ。そうした象徴としての原型を積み重ねることで、いろいろな小宇宙を紙上に形作ろうとする楽しみを連句作者は生き、それにいそしむのだ。いい方は大げさだが、方向はそういうことなのではないか。

〔一五〕

写真というものがある。これは二次元の空間である。その写真を見ながら、私たちは、そこに写っているものは三次元としてある現実空間を切り取ったものだ、ということを想像の中で理解することができる。なぜこうした理解が成り立つことができるのか、ということは考えてみるに値する。それは、人間に備わる、事の翻訳の装置のあり方にかかわることであるらしい。私たちのうちには三次元のものを二次元の場に翻訳することで事を了解する装置がイメージの動きとしてあらかじめ住み着いているようなのだ。だから、人は絵を描いて三次元のものを二次元空間に置き換えることを、歴史のかなり初期の時から行ってきたのだ。そこで図形を元にして、二次元からの三次元への置換もできることになる。現実の三次元のものを受けとめるときに、二次元への置換を行うのと逆方向に働く向きとしてである。そうした二つの運動を可能にするような装置としてイメージというものが働いているから、私たちは、この世界のうちにあって、安住の状態を保持し、維持することができるのに違いない。

こうした図形のあり方に注目したところで、この側面に言葉がかかわるとしたらどのようになのか、ということを考えてみる。写真も絵も図形であるわけだが、図形と言葉とは当然異なるものである。どう異なるのか。言葉のほうが、図形よりもずっと抽象度が高いものとしてある、とまず規定してみようか。それに、言葉のほうが、図形よりも用途がずっと多様なのである。言葉というものにはこんな用い方もあるのだ。

〈超越論的哲学〉という語は、カント以来普通に用いられるようになっているが、その際この概念は、カント哲学の型にのっとっている普遍的哲学の一般的名称として用いられている。わたし自身は、この〈超越論的〉ということばを、最も広い意味にとって、デカルトを通じてあらゆる近代哲学に意味を与えるものとなっており、言ってみればそこで自覚され、真正で純粋な課題の形をとり、体系的に展開されようとする、原初的な動機に対する名称として用いる。それは、あらゆる認識形成の究極的な始原へと立ち返ってそれに問いかけんとする動機であり、認識者がおのれ自身ならびにおのれの認識する生――そこでは、彼にとって妥当する学的形成体が、合目的的に生起し、獲得されたものとして保存され、過去および未来にわたって自由に使いこなされる――へ自己省察をくわえんとする動機なのである。この動機は、徹底的に実現されるならば、純粋にこの源泉から基礎づけられた、すなわち究極的に基礎づけられた普遍的哲学の動機となる。この源泉は、わたし自身という名称をもっているが、このわたし自身は、わたしの現実的ならびに可能的認識生活の全体、さらに究極的にはわたしの具体的生活一般をともなっている。

（フッサール『ヨーロッパ諸学の危機と超越論的現象学』細谷恒夫・木田元訳、中公文庫、一七八頁）

ここで「超越論的」という語に含意されている内実は、一切の事態を越えてあり、かつ一切の事態をそこから規定できる何ものか、といったことである。こうしたものとして〝わたし〟を措定したところでヨーロッパの近代哲学が始った、とフッサールはいいたいのだが、ここは、そのことに多く立ち入る場ではない。この文をここに引いたのは、こういう文章法というものもあるのだ、という一例を示したかったからである。それを示して、こうした言葉と俳語とはいかに異なるのか、を確かめてみたいのである。

「いちどきに二日の物も喰て置」に「雪けにさむき嶋の北風」と応じ、継いで「火ともしに暮れば登る峯の寺」と去来が付ける質の言葉を、先のフッサールのような言語と比べると、異なるのはどういう点だ、といえるか。

いろいろないい方ができるだろうが、連句の言葉は、先に図形のあり方として記した内容に接近したところで成り立つ言葉だ、ということを指摘してみたい。「いちどきに二日の物も喰て置」や「雪けにさむき嶋の北風」を図で描くのは、やや難しいが、それも漫画風にならばやってみることができないこともあるまい。「火ともしに暮れば登る峯の寺」の場合は充分絵になる。まかり間違うと風呂屋のペンキ絵風になりそうでもあるが、とにかく、これは視覚を刺戟する言葉なのだ。つまり、これらは、情景が浮ぶ質の言葉だ。

フッサールの記述は、全面、さっき引用したような質の言葉で埋められているのが特質である。

と、そういってみると、連句で禁じられるのは、こうした用語法なのだ、ということが指摘できるだろう。フッサールのような言葉使いは、一つの方向に偏している、と連句ではみなされるのだ。ここでは、現実の場のほうから姿が追認できるほうに向けて語を散らすことが言葉を動かす原則なのである。

〔一六〕

哲学語のようなもので連句の言葉が埋められるのを嫌うのは、結局のところ、哲学語というものは、探求の言葉であって、称名として機能するものではないからだろう。言葉が称名であるためには、称えるものを自分に対して〝他なるもの〟として喚起する心が働いている必要がある。だが、哲学の言葉は、そうした〝他なるもの〟をも、それについて語りえないとするなら語りえない理由を探ることを含めて、表現のうちに取り込んでしまおうとする傾きの中で言葉になる。考えの軸になっているのは、言葉は求心的な働きをすることができる、という見方である。俳の言葉の場合は事情が逆になる。そうした言葉の求心性を、むしろさまざまに分散してゆこうとする志向性の中で俳の言葉は言葉になっているのだ。

そうした分散のほうに向うことが妥当である、と定める俳語のほうに、その根拠になる考えがあるとすれば、どういう内実か。経験の相においては、世界はさまざまな断片として見えている、ということなのではなかろうか。そもそも、現実の事物・事象は、人からは分散したものとして無数に広がってあるのだ。その事物・事象は、潜在的にはいつも、面白く、意外な様で眼前に姿を示している。だから、その一面を前の句への応じの中で断片として定着してみると面白い景が浮き出す。連句行為をする者の下敷きにあるのはそうした認知の仕方なのではなかろうか。

連句で物語を構えることが嫌われるのもその点にかかわることだろう。物語は、話に一貫したストーリーを作ろうとする営みだ。それを作ることは、断片として接する事象の豊富な多様を一本化するほうに働く面がある。連句で表現が物語的に進むことを禁じるのは、断片の連鎖として世界が人に現れている事態に正直でありたいからだろう。そうした見方で全部を説明できるとは思われないが、連句の表現の基底に働いているのはそのような視点なのではないか。

そのことにかかわるのかどうか分らないが、連句で言葉を連ねる営みに身を置くと、私は、いつも、いわば二重的な感情を抱く、ということを話題にしたい。新たな、かつてなかったたぐいの言葉を眼前に引き出して前句を讃めたいとする心の向きが、一面として、強固にある。しかし、実際に浮んでくる言葉はすでに使い古されてある言葉の組合せ以外のものではない。その枠を破る言葉には、到底出会うことができない。想像するに、連句の中で言葉を探す者は、その矛盾した感情の境のところで、その境目に立って、前句の匂いから生まれる先の言葉を辛うじて一つの言葉として編み出すことをしているのだ。そういうことなのではあるまいか。これからも、こうした話題について、幾巡りかして必要な折に考えを連ねることにして、ナゴリのオモテの検討に戻ろう。

「雪けにさむき嶋の北風」から「火ともしに暮れば登る峯の寺」への転じにはひねりはないが、ひねりがないだけに鮮明な世界が展開することになった。これを隠岐に流された後鳥羽上皇のあり方に重ねてみるのは、思いつきやすい想像である。そのように特定してもよく、特定しなくてもよいだろう、と私は思う。後鳥羽上皇のことにすれば、一般的な景気としてよりは一層像化しやすい場面が浮ぶことになる。

少なく見ても、日本には二つの歴史への接し方がある。

かつて、後鳥羽院の陵地の近くにある隠岐の民宿に泊まったことがあった。後鳥羽荘という名ではなかったか。宵、民宿の主人の方と酒席を共にした。その時、その方は、今にも追憶のうちに浮びあがってくる人のように後鳥羽院のことを語った。院の霊がこの場に現れ出ても不思議ではない感じでこの地で生涯を断つことになった院への愛惜を言葉にし、院はさぞかし無念だったたろうと、いたわりの感情を添えるのだった。そうした歴史がこの島に刻まれたことで、ここに住む者は現在に至っても、やましさと無縁には生きていないのだ、とも述べた。後鳥羽院のことは、ここでは、過ぎ去った点になった過去では、今だにないのだ。

そのように、ある場所が背負う歴史を今につなげて捉えているところはほかにもある。たとえば、津軽辺りの南部嫌いには、数百年前の歴史が今でも投影しているようだ。

それに対して、他方、過去の歴史のことはいわば水に流して、あっけらかんと現在の要求を主にして暮らしにしている場所がある。その傾向は都市に強い。東京などは最たるところだろう。

隠岐の情景とした場合、「火ともしに暮れば登る峯の寺」で「火ともしに」行ったのは、後鳥羽自身か、従者か。どちらとも考えられるが、後鳥羽のことを詠んでいるとするのなら、院自身が、毎晩、夜の明かりを灯す役をした、とするほうが哀切の感情が強まる。火を灯すのは、夜、航海する船の安全のためということだが、院は船の実際の動きに、毎夜、眼で接したかったのだろう。とにかく、この転じで、隠岐と限定はしなくても、水前寺についで遠いところを感じさせる光景が出たことになる。表現が断片の連鎖だから、連句にはさまざまな場所、事柄が出現するのである。

〔一七〕

「火ともしに暮れば登る峯の寺」に付けた「ほとゝぎす皆鳴仕舞たり」という芭蕉の句はやはり手だれの転じだ、というべきだろう。

打越と前句とのからまりは、いくらか湿りがちな雰囲気の冬の世界だった。それを、次では夏の景を立てて、前とは気分をすっかり変えたのである。私の経験では、ほととぎすが鳴かなくなったあとには空白感といったものが生ずる。鳴いている間は、鳴いているぞ、鳴いているぞと、これほど鳴声が耳につく鳥はない。が、それは、秋風が立つ頃、不意に止む。甲高く響いていた音が、突然消え去るのだ。鳴かなくなったあとに訪れるのは、さばさばしたとでもいいたい音の不在である。この句を取り囲むのは、音感の転調を軸に打越の気分を断ち切って新たな世界を呼び出す気配だ。ウラでも音の転調を軸にして芭蕉は転換を企った。この俳諧師は聴覚に委ねて事を定めるほうに得手でもあったか。

ここで、転じのあり方について、また話題にしてみる。それを考えるのに格好の事例が出たからである。「雪けにさむき嶋の北風」に対する「火ともしに暮れば登る峯の寺」と「火ともしに暮れば登る峯の寺」に対する「ほとゝぎす皆鳴仕舞たり」がそれだ。

どちらかの付けが優でどちらかが劣だということをいいたいのではない。この二つの付けには質の違いがある、ということを点検して確かめてみたいのである。

最初の事例、「雪けにさむき嶋の北風」に対して「火ともしに暮れば登る峯の寺」という語句を勘案するのも、この営みは、いつも、すべて、零から何かを作り出すのに似た仕事なのだから難事でないことはない。しかし、この場面を後鳥羽院のことにするにせよしないにせよ、これは、前句に対して考案のうちに浮べやすい場面である。「嶋の北風」となれば、たとえば隠岐が連想されて、隠岐と来れば後鳥羽院のことが念域のうちに取りこまれるのは、ごく進みやすい路程だろう。去来は隠岐を想定して付けたのかもしれない。ここでは隠岐がいかにも似合いそうな雰囲気ではある。が、佐渡や壱岐のことだと想像しても構わないだろう。

この付けと「火ともしに暮れば登る峯の寺」への「ほとゝぎす皆鳴仕舞たり」という付けを比

べてみる。まず指摘したいのは「ほとゝぎす皆鳴仕舞たり」のほうは一句のうちに篭められた独立の意味結晶度は希薄だ、ということだ。夕方、「火ともしに」山の寺に登っている際、登る人が、昨日まで鳴いていたほととぎすの声がしなくなったのに気がついて、もっと上の、高い地点のどこかに旅立ちをしたか、とふと感慨に浸った風情を前句に対して添えるといった趣に向けて、この句は働くだけなのだ。しかし、こうした句が出ると、あとの人は、さまざまな方向に向けて句を考案することがしやすくなる。句自身のうちにそれ自体で内容を構成する要素が少ないためだ。

その点で、こうした言葉を出す者は、結果的にはあとに来る者への繊細な配慮の心を示している、ということができる。「ほとゝぎす皆鳴仕舞たり」にあるのはそうした特徴だ、ということには注目しておく必要がある。

案の定、次に出たのは「痩骨のまだ起直る力なき」というがらっと様子の変った句柄であった。これで面の様子に、またまた変化が出た。

「ほとゝぎす皆鳴仕舞たり」から「痩骨のまだ起直る力なき」という雰囲気への変りの元にあるのは、音の持続が「鳴仕舞」ったことである。恒常としてあった病から回復しかけてはいるものの、日常の慣れの感じから事がはずれる様子が重ねられたのである。言葉になったものを見れば、あっそうか、とそれだけで済ませがちだが、思い至るまでには微妙な心の経過があったと、想像したくなる付けだ。そのあとに「隣を借りて車引こむ」という言葉が連想されたのは、病体と車のつながりに眼を着けたからだろう。そして「うき人を枳殻垣よりくゞらせん」となれば、恋の筋道への転じだ。この辺で恋を、とは、座のみんなが望んだところだったろう。

当事者でないから断定しきることはできないが、この巻では、あからさまに恋だ、と分るのはこの箇所だけである。

ウラの「はきごゝろよきめりやすの足袋」から「何事も無言の内はしづかなり」への展開に恋の含みを見ることもできそうだ、と前にいってみたが、それは見れば見ることができるということで、素直に読めば顕わには恋の気配はない。参加者たちがナゴリのオモテで、見事な恋の表現を射当てよう、と秘かに同意し、それに向けて励むのは当然だろう。

孫引きだが、浪化という人に宛てた書簡で去来はこう書いている。「隣をかりては夕がほ、待人いれしはひたちの宮、を存じよりて仕候。すべて此二句にかぎらずさるみの集には古き草紙物語などの事存じよせ候句ども、処々に御ざ候。御らん遊ばさる可く候」(安東次男『芭蕉連句評釈』上、二九七頁)。このグループに対して果した古典の役割はどんなものだったか。考えるに値する問題である。

〔一八〕

連句表現における二つの制約項として、季節についての取り決めと恋の場についての取り決めがある。その二つのもののかかわりを考えてみる。

繰り返しになるが、季節についての取り決めとは、春と秋は少なくとも三句は続けること、夏と秋とは適宜詠みこみ、一句で捨ててもよく二句続けでもよいが、三句にはわたらないこと、といった内容である。

恋にかかわる事項は、概してウラ、またはナゴリのオモテ、ナゴリのウラでも、全体としては、二箇所ぐらいはそのことのほのめかしになるような言葉を出し、二句は最低続け、場合によれば（連衆に変化を重ねるエネルギーと才覚があれば）五句ぐらいは続けてもかまわない、とされるものである。ただし、ということになる。五句にわたる場合は、一句ごとに恋の雰囲気・色彩を変えなければならないのだ。これを実行するのはなかなか難しいことになるはずである。

季節にかかわる制約と恋を詠みこむことの制約、というより要請は、連句表現を枠づけている基本的な二本の筋なのだ、といえるが、その二つの筋はどのようなかかわりとしてあるのか、その点を考えてみたいのだ。

整理していえば、季節は、自然の条項であり、恋は、人事にかかわる条項である。いいかえれば、自然の転移は人の意志とかかわりなく生ずるが、恋は、人間の気持ちが関与しなければ生じない。逆にいえば、恋は、その気になれば、いつでも現れることができる。季節にかかわらず、異性との交流をできるのは人間だけだともいうではないか。

そう考えれば、連句表現上での季節にかかわる制約と、恋にかかわる制約とは質が異なると考えてみると、いささか、事が見えやすくなるのではあるまいか。

私の念頭にあることを端的にいえばこうである。

季節にかかわる制約は、ある程度厳密に守られたほうがよいが、恋の表現のほうはかなり自在な方向で考えてみたほうが事が面白くなるのではないか、と。

極端にいうと、歌仙三六句のうち、半分ぐらいが恋の促しといった感じの言葉であっても許されていいのではないか、ということをいってみたいのである。

そのことは、連句表現というものは、いわば、言葉のお祭り行為、言葉でのハレの世界の実現であると考えてはどうか、と私の中のある部分が考えたがっていることにかかわるだろう。その方向で考えてみると、芭蕉グループにおいて古典世界がどのようにかかわっているのか、という点に触れる糸口も開けそうである。

「隣を借りて車引こむ」というのが『源氏物語』の「夕顔」から着想の一部を得たのではないかというのは、思い付きやすい連想だろう。と書いて、しかし、と私は考え込む。私は、たまたま、「夕顔」の巻を読んだことがある。記憶にもある。が、現在、高等学校の古文でこの辺りを読むことが普及している状態の時でさえ、「夕顔」の巻のこの叙述が一般的な常識となっている、とはいいがたいのではないか、と私には思われるのだが、どうか。

ましてや、芭蕉の頃には学校はなかったのだ。この連句の参加者の去来、凡兆、史邦の職業は医者の業にかかわる者が多かったが、その人びとに『源氏物語』を通読する、といった経験をすることがあったかどうか。私は、この人たちを見くびりたいのではない。閑暇がないことはなかったかもしれない人たちでも、『源氏物語』を通読するほどの余暇と根気がどれほどあったか、と問うてみたいのである。

事態は、こういうことだったのではあるまいか。

『源氏物語』の「夕顔」の巻にこういう話があるよ、と誰かがいう。あっ、ここはそれでいったらいいんじゃないですか、と別の誰かがいう。そんな会話から、「夕顔」の巻を本歌としたとも見えるこの表現が生まれたと考えてみてはどうか。いいかえれば、連句に参加することは耳学問をする機会になったのではあるまいか。

「うき人を枳殻垣よりくゞらせん」に末摘花、常陸宮の面影を見る見解がある（安東次男『芭蕉連句評釈』）。そう見て見ることはできよう。しかし、それも、一つの可能性に留めたほうがよい、というのが、私の考えである。

というのも、現に残った歌仙を見る限り、この句がこの古典の記述とつながることはいつも隠されていることとしてあるからだ。仮に、古典を培養にした題材を元にして句ができたとしてみる。しかし、言葉を立てる際に表現の方向が目指すのは、いつも題材を越えようとすることなのではあるまいか。

恋の表現では、パターンとしてある恋の姿を言葉にしたほうが形になりやすいということはある。古典の恋を型として借りることが共通の了解を得やすいということもあろう。が、参加者が本当に期待としていたのは借りたものの外に出て、新たな景を呼ぶことだったというべきだ。

〔一九〕

恋とは人間にとって自然のことであり文化でもある、と言葉を立てるところで見えてくることをまず述べてみる。

人の表現の一つに〝歌〟というものがある。

こんな歌がある。

独り寝はするとも
嘘な人はいやよ
心は尽《つ》くひて詮なやなふ
世の中の嘘が去ねかし、嘘が（『閑吟集』）

自然としての恋の面からすると、いわゆる年頃になって異性を慕わしいとする心を浮上させるあり方に自然の面が見られる、ということだろう。その先で、愛するのはこの人のみだ、といったほうに傾くとその恋は文化になる。文化の出立点は、たとえば、嘘の恋とまことの恋という区別立てを定めるところに生ずる。男の浮気症が女から忌避されるのは、文化としてある恋の一側面としてなのである。一夫一妻制度も文化現象の一つにほかならないわけだ。

ここで、文化とは何であるかという点について定義をしておこう。可能性としては変更できる次元に属するものを一つの型に設定するそのあり方を文化という。ある社会が一夫多妻制であったり、多夫一妻制であったりすることは、選択可能性としてはほかにありうる事柄を一つの型に定めたあり方なのである。

しかし、文化と自然は、盾の両面のようなあり方をするもので、別べつに離れたものとしてあるわけではない。

そう考えてみると、恋現象は文化と自然との接合点に生ずるのである。その接合点を軸にして歌という表現が成り立つことがある。歌に恋歌が多いのは、恋というものは表にも裏にも多彩に心が動く場だからだろう。

『閑吟集』が示すのは、男とは言葉で嘘をいう存在だ、という認識である。それが女からすると疎ましいのである。

「うき人を枳殻垣よりくゞらせん」という付けも、男への女の気持ちを述べたものとしてある。「枳殻垣」とはからたちを植えて成った生け垣で、そこを「うき人」にくぐらせたいとは、そうすることで痛い目を見せてやりたいという含意である。いたずらっぽい句付けだといえる。勝手に行動するあの人なんて、からたちの垣根をくぐって来い、というわけだ。そうした心をやや滑稽化して芭蕉は言葉にしたのだ。それに「いまや別の刀さし出す」と付けたのは去来である。「別の刀」を「さし出」したのは女のほうか。預かっていた刀を女が男に返して相手の真意を問うた、と取れば筋が立つ。とすれば、女の気持ちがまたなぞられたことになる。

この場面に接して、連句における恋句の役割といったものについて考えるのにちょうどよい機会に面したようである。

まず改めて確認しておきたいのは、連句表現において、季節の枠はかなりの程度厳しい枠としてあるのに対して、恋句は自在さに委ねられる度合が大きい、ということである。恋句を出す一応の位置は定められているが、その規範度は高くはないのだ。ということは、こうもいえる、ということだ。連句で恋句が出されることで期待されている一つは、場面に生彩に富んだ変化をもたらすことなのだ、と。

ここでも、二つの恋句が出たことでそれまでにはなかった格段の変化が現れることになったのである。

「いまや別の刀さし出す」という歌舞伎の見せ場を思わせるような付けが生まれたのだった。付けた者も田舎芝居をしているような気分をいくらかは味わっていたかもしれない。それに続く「せはしげに櫛でかしらをかきちらし」から「おもひ切たる死ぐるひ見よ」への展開に見られるのも言葉を拮抗させるといった雰囲気である。「櫛でかしらをかきちら」すのは女か、男か。両方にとれる。女だとすれば「別の刀」を「さし出」したあとの仕草でそうしたことになる。男とすれば、狼狽の気配の含みになり、滑稽に傾く。そういうことだが、それはそれとして「おもひ切たる死ぐるひ見よ」に至る三句の続きは、からみ過ぎている感がするのは否めない。だが、座にあった者の気持ちになれば、ここの展開は、やや単調に転じた感じをうっすら感じながらもとんとんと事のほうが運んでしまった、と見るべきだろう。

「おもひ切たる死ぐるひ見よ」の意味するところは二義的である。心中の場面ともとれる。が、戦闘の場面ともとれる。心中のほうが素直だが、どちらの解も成り立ちはする。二義に向けての想像に向う余白が読者には委ねられる。

こうして、この巻では、ナゴリのオモテのここにはっきりと恋句が出現したことで流れに躍動感が添えられた。恋の多くは錯覚を含む幻想だとしても、そうした幻想がなくなるとこの世は処置なしの体になる。人が賦活を生きうるのは幻想あってこそなのである。

〔二〇〕

これは〈問題探しゲーム〉だな、と僕は思いました。

〈患者〉は、自分の抱えている問題が何なのかわからないから、解決の仕様がないわけです。問題が何かを見つければ、それは自分で答えを見出だせるようなものなのかも知れません。

（大平健『豊かさの精神病理』岩波新書、二六頁）

引いたのは、一人の精神医学の医師の文章である。ブランド志向と豊かさとを混同していて、その混同の先に出るのにどういう道があるのかが見えなくなっている外来患者にこの医師は出会った。引用のものは、その心の状態についての印象を記述したものである。

それをここに引いたのはほかでもない、ここに掲げられた気持ちのあり方は、連句行為をする際の心の動きと似た点があるのではないかと私は感ずるからだ。連句も、ある種の〈問題探しゲーム〉なのである。

ここで、精神の病といわれる状態に関しての素人考えを書いてみたい。

精神の病といわれる状態に対処するのに、二つのタイプの考え方があるのではあるまいか。

一つは、正常志向を軸に立てそれを立てることで自分の考えを固めているあり方である。そうした人にとっては、自分の中に病気の可能性を予感することはほとんど論外の事態である。異常の方向はもともと自分からは排除されていて当然だ、という筋立てが考えの中心を占めることになる。

もう一つは、異常志向というのではないが、自分の中に病んだ領分がある、と感じているタイプである。そう感じるからこそ、そのタイプの人は、実際に精神の病にかかった者のあり方と自分との間には類似する点がある、と感じる方向を断ち切ることがないはずである。

この二つのタイプを比べた場合、どちらが、より正常だ、といえるだろうか。

私の考えでは後者である。

ここに現れているのは、精神の領分に関してのパラドックスなのではあるまいか。それは、もしかしたら正常信仰に傾いている者こそが異常なのだ、というパラドックスである。

こうしたパラドックスがなぜ成り立ちうるのか、という点にこそ、問題はある。

そのことをはっきりさせるのには、そもそも精神とはどのようなものとしてあるのか、という点について考察の矢を向ける必要がある。いってみれば、精神の特質は、柔軟な反応体であることにあるのだ。とすれば、柔軟な精神は、病者の領域にも柔軟に反応しうるはずである。どれだけ柔軟であるか、ということが、精神が正常かどうかの基本的な標識なのだとしたら、病に傾く心のあり方にも配慮を及ぼせるかどうかが精神の健全さの徴を示すことになるのではあるまいか。逆に、病者の領域に対して固定的に拒否をもって対するあり方は、その非柔軟さにおいて異常に近いといえるのだ。

考えの向きをそうしたほうに立てると、連句行為に携わる者は、自分の中の病者的な部分を癒すための〈問題探しゲーム〉をしているのだ、と考える道が生まれる。この営みは、短い間だが、言葉で自分のうちに自分でないものを探しだし、その自分を柔軟に演ずる行為にほかならないからである。

現実の社会とのかかわりで考えると連句という表現行為はどういう特質を備えることになるのか、ということに光を当ててみる。

現実の社会にはさまざまな上下関係、差異を重んずる関係がある。そうした社会にあって、人は自分の位置を演ずることをしている。不動産の売り込みのために電話をする者はそれらしい言葉の振舞いをする。デパートの販売員にも職業顔といったものがある。そうしたこととの対比でいうと、連句の席では、連衆は基本的に平等な関係に置かれる、ということを、まず指摘したい。人は、前の句に対して付けるという条件だけでこの席に集うのであって、それ以外の事項はいっさい遮断されていることが望まれるのだ。

そのことは、連句で言葉を引き出す営みは、何ものか自分でないものを装う行為を、前句とのかかわりでいつもしている、ということである。つまり、ここにあるのは、現にある自分を離脱するところに言葉立ての場をたえず据えるという心性である。そういうわけで、ここでの表現は、現実にある自分のあり方だけを、善くも悪しくも是とするのではないところで成り立たせる質のものなのである。現にある自分を架空の何ものかに向けて転換させてみようとするほうに心を働かすことが、いつもこの表現の基底にはあるのだ。

「おもひ切たる死ぐるひ見よ」に対して「青天に有明月の朝ぼらけ」という言葉を去来が付けたときに働いていたのもそうした演技精神だった。それは、前句のややもたついた感じを晴朗のほうに傾ける向きの演技だった。

〔二二〕

「おもひ切たる死ぐるひ見よ」のあとが「青天に有明月の朝ぼらけ」だった。前句までの展開は、しこりにしこる方向に言葉を向けた、といった趣のものになった。連句表現では、そうしたほうに行くことはわりあい起こりやすい。表現に凝るように言葉を探すと、そうなりやすいのかもしれない。それが「青天に有明月の朝ぼらけ」と転じられると、貯まりかけた邪気がはらわれた感じが出現するのである。秋が季節として出たことも気分を清新にするのに役立っている。しかも、現れたのは「有明月」である。戦闘のことならば、それは明け方にまで及んだ、という前句への解釈が裏にある。これはウラでは月をはずしてあとに託した去来の作だ。ここで彼が月を詠むことは期待されていただろう。去来、よくやったぞ、といいたくなるほど凛とした感じの句柄になっている。

秋の景に事を転じて「湖水の秋の比良のはつ霜」と続けた芭蕉もさすが、というべきか。きわめてなつかしい部分としてこの作者の心のうちには、琵琶湖の景、琵琶湖から見られる山の景が潜んでいて、表現が即座になされた、と察しられもする。これで清新さが更に加わった。前々句で提出されたものとは、まるで別世界である。そのように風物が変って、安堵のようなものが連衆のうちに漂いはしなかったか。

「青天に有明月の朝ぼらけ」から「湖水の秋の比良のはつ霜」と付いたところで注目してみたいことがある。また恋句のことだ。

ナゴリのオモテでは、面のまんなか辺りか、そこからややさがったところに恋句が出ることが多い。この位置に恋句が出ることが望まれるのには、やはりそれなりのわけがあるのではなかろうか。恋句というのは、一巻の中で事が人事として盛り上がりきわだつところである。事が燃えたり淀んだり湿ったりするのが恋だからだろう。そうした性格の表現が出て、そこで、逆にかえって、その世界からの浄化を目指す指標が据えられるということがあることにもなる。祭事のあとの直会《なおらい》のようなあり方にも似る。直会の役目を果すのは叙景の表現が多いようだ。私の感じでは、ナゴリのオモテの終りのほうでさわやかな叙景句が登場するのにしばしば出会うような気がするが、ここもその例になる。前に出てきた恋句に対するバランス装置というものが働けばこそそうなる、と考えられる。日本の表現のなかでの叙景の働きのあり方、といったことを考えるのにヒントになることが、こうした転換の構造にはありそうな気がする。

さて、こうしてナゴリのオモテが終決に至ったのを見たところで、もう一つ注目しておきたいことがある。この巻の膝が送られる順番に関してである。

この巻は、はじめ、去来、芭蕉、凡兆、史邦の順ではじまった。前の記号をまた使って、それをABCDとする。次の順は、それがBADCになった。そのあと、再びABCD、BADCと四順した。五順目で、去来と芭蕉が入れ替り、ABのはずがBAのままになった。その箇所でいったことだが、芭蕉を花の座の作者にしたかったからだろう。それでも凡兆と史邦の順は、規則通り入れ替って、前のCDがDCになる。そこで次のような変化が生じた。それまでは、芭蕉は去来か史邦のあとに付けていたのに、この入れ替りのあとは、去来と凡兆に付けることになったのである。具体的にいえば、「隣を借りて車引こむ」というのが凡兆の作で、そのあとに芭蕉の「うき人を枳殻垣よりくゞらせん」が付くことになったのである。

これは些細なことだろうか。そうではあるまい。凡兆にも史邦にもそれぞれの個性がある。もしこの入れ替りがなかったら、「うき人を枳殻垣よりくゞらせん」という表現が出ることになったかどうかは分らないのだ。前が史邦だったらこうはならなかった可能性がある、としたほうが実際に即した想像なのである。

それに関連してこういうことも考えられる。

前に述べたように、今の連句においては、膝送りではなく出勝ちが大勢を占める。そのやり方では、前とあとに誰が来るかはまったく問題にならない。そうした個性を尊重する眼差しは消え去るのである。

それに対して膝送りの場合は、前後の個性を配慮することは、いわば必須の条件になる。あとに来る者の雰囲気を思いやって、その雰囲気に向けて言葉を投げる、ということがそのやり方ではなされることになる。実際、「隣を借りて車引こむ」と詠んだとき、それに芭蕉がどう応ずるか、凡兆は秘かに期待をもって対していたのかもしれないのだ。

とすると、付けが付けとして機能する醍醐味は、出勝ちではなく膝送りのほうにこそある、といえそうだ。

現在、出勝ちが主流を占めるようになったのは、できあがった結果としてよい作品を作る、という気持ちに左右されることになっているからなのではあるまいか。そこで個性の緊迫した向い合いというあり方はかえって消えることになったのだ。

〔一二〕

連句ほど、それに従事している際の心のあり方と、終ってから残る感じとの間の落差が甚だしいものはない。たとえてみれば、これに似ているのは芝居を上演する営みなのではなかろうか。練習のはじめから公演に至るまで、何かを作りあげるこの事業の緊張の醍醐味は測りしれないものがある。しかし、終ったときに残るのはある種の虚脱感である。こうした気分はまた、祭りへの参加の場合にも似ている。

祭りを待つ気持ちというものがある。祭りのさなかの高揚というものがある。祭りが去ったあとのそこはかとない空虚感というものがある。そうした差異に通ずる点が、連句の場に行く前、さなかにある時、そして終ったあとにもあるようである。このことはこうも考えられる。あとに虚脱感が残るほどに芝居を舞台で上演する営みや祭りの営みや連句の場に参加する営みやは、楽しさを結晶させるものとしてあるということだ。こうした世界がこの世にあるのは本当に不思議なことだ。

連句の場合の楽しさの基底にあるのはどういうことか。

端的にいえば他者の言葉を受けとり、受けとった言葉のうちに自らをさし入れ、改めて言葉を引き出すことが悦楽なのだろう。考えてみれば、その種の言語行為はほかにもありそうで、だが実際はない。かつて私が、何も知らないながら、連句まがいのことを友人と試みて楽しく感じた実質は、そうした質の愉楽に浸ったということだったのではあるまいか。

とはいえ、無制約に言葉を続けるのでは締まりも流れも生まれないからさまざまな式目がしつらえられることになったのだろう。そもそも、規則なしのゲームというものはないのである。その結果、このゲームにもいわば隠匿性というべきものが生ずることになった。

隠匿性ということでいいたい含意はこうだ。

参加する者にはそれがきわめて面白いことではあっても、参加しない者にはその面白さはほとんど伝わらない事態だ、とでもいったらいいか。

連句を学びたいと思いはじめた頃、さる教室に行ったことは前に書いたが、驚いたことがあった。そのグループが一種の家元制といった感じの組織と無縁ではなかったことだった。先生自身は、家元制を固持したい方であるとは思えなかった。が、まわりのほうがそんな雰囲気を作ってしまっているようなのである。そうなってしまうのがかえって面白いといえば面白かった。

さて、さはさりながら、我が身のこととしても、連句とかかわるかぎり、こうした隠匿性といったものと無縁で済ますことができないらしいところに問題の核心はあるのだ。というのも、少し式目などに通じてしまうとそのことに言及する部分で、何か特殊的な知恵の伝授者になることを消しがたくする事態が生ずることになるからだ。それは仕方ないというべきなのだろうか。
ここで一つの詩を見てみることにしよう。

黄泉の国へ入って
立琴をかなでた者だけが
限りないほめ歌を
うたうことができる。

死者たちといっしょに
けしの実を食べた者は
どんなに低い音色も
もはや聞きのがしはしない。

池に映える影は

消えてゆこうとも
消えぬ形象を知れ。

生と死を知ってはじめて
歌う声は
やさしく永遠になる。
（リルケ、『オルフォイスに寄せるソネット』）

連句もまた、一つの詩的な表現である。それなら、詩的な表現の特質はどんな点にあるか。引用の詩の歌いぶりはたどたどしいといった風である。が、死を背負いながら生きているありかたを成り立たせているのが人の相なのだとすれば、この詩が着目しているのはその相にこそなのだ。いつも表現の表に出す必要はないが、見えない姿で生を裏づけている死にまみえる感受性を養い続けることは詩にかかわる者としてはもっとも肝要のことになるだろう。連句の場合も「やさしく永遠になる」「歌う声」を自分のうちに育てるところで、一つの感受性を養い続けることでこそ喜びを噴出させる言葉のほうに近ずくのには違いない。

〔一二三〕

ナゴリのウラの検討をすればこの巻の表現の展開を追う旅も終りになる。まず写してみる。

柴の戸や蕎麦ぬすまれて歌をよむ　史邦
　ぬのこ着習ふ風の夕ぐれ　凡兆
押合て寝ては又立つかりまくら　芭蕉
　たゝらの雲のまだ赤き空　去来
一構《ひとかまへ》鞦《しりがい》つくる窓のはな　凡兆
枇杷《びは》の古葉《ふるは》に木芽《このめ》もえたつ　史邦

ナゴリのウラに至ると、参加者は、そろそろ終りだなという気分に向うことになる。安堵感がやや立ち篭め、席を立ったあとの動きのほうに心を向けることにも頭を巡らすことになるのである。しかし、それでも有終の美とでもいったものを醸し出したいという心は失われない。
内容の検討に入る前に、今だったら人によっては禁則ということになる手法が使われていることに言及しておこう。

この面の一句目は「柴の戸や」とはじまる。「や」という切字がここにはある。その切字がよくないということをいう人が、現在だったらいるだろう。芭蕉の時代にあっては、そうした点から自由だったからこうした句が作られたことを、ここで確認しておくことは無駄ではない。

次いで、ここの二つ目に「風」とあり、四つ目に「雲」とあり「空」とある。打越と同種のものを出してはいけないといって、四つ目の「雲」と「空」とを消さなければならないと主張する人が現在だったらいないことはないだろう。だが、この例から察しられるのは、芭蕉の時代の句の作りでは、そうした制約もかなり自由だったらしいことである。

「柴の戸や蕎麦ぬすまれて歌をよむ」という史邦の句で目指されているのは一つの諧謔である。この時代でも、自分の思いにかかわる何ごとかを暗示したいというほうに表現を向けることはあったようで、現実に生業とするものを盗まれても、それでも失われないものとして歌はあるのさ、といってみることに境涯の場を託したい、というのがこの句の含意になる。蕉風らしい方向に心を靡かせてみた、ということか。

そのあとに「ぬのこ着習ふ風の夕ぐれ」という言葉を並べたのは温厚な付けといえる。蕎麦だけでは季として立たないが、盗まれたのは稔ったものだろうから、その語が出れば雰囲気は晩秋を感じさせて、前々句、前句と連動して秋の様子を三つ続けたことになる。その感じを受けて、冬の季を示す「ぬのこ」を出し、それが手放せない季節になった、と時期の転移に話を進めた。背後に控えているのは事にやわらかく接する心だ、と想像したい言葉の振りだ。季語にこだわることから自由な仕方で言葉の進みを進める姿勢がよい。

「押合て寝ては又立つかりまくら」と転妙な言葉をつなげたのは芭蕉である。これまでここで一緒に寝食を共にする仲だったが、またそれぞれの旅暮しになるね、という含意だ。すでに巻の終った向うからこちらに眼を据えている、といった様子である。未来から見える現在を名残りと見てなつかしがっているといった気分だ。基底には、べたついてはいないが、人情の深みへのさりげない思い寄せがある。

旅立ちは「たゝらの雲のまだ赤き空」の中である。去来は、景に事をもってゆく傾きに長ずる。たたらは「多々良」と取れば博多に近い浜らしい。だが、ここでまたそうした具体に繋げることにこだわる解釈に異を唱えれば、このたゝらはふいごのたゝら（踏鞴）のこととしてもよいのではないか。ふいご仕事が夜から朝になっても続いていて、それで朝の空に赤みが残っているところを旅立つ、とも読めるのではないか。そこに今までの労作が火照っているといいたい暗示がある、と見てもよさそうだ。そうすると、「一構鞦つくる窓のはな」は、今の家からの景よりも、旅の途次の街道の端の景としたほうがよいことになる。「鞦」は「牛馬の尾のつけ根から鞍につなぐ革具」（安東次男）である。その鞦を作る誰かがいた、というのだ。家の窓には花がある。「花」を詠む場合は野外のものに向いやすいし、輝かしく詠みたがるのも習いだが、ここでは、眼の配り方はそうは働いていない。ここにあるのは、ものを美しく歌おうとするのではない個性だ。凡兆は、自分らの共同労作は、それまでにはなかった「鞦」を新しく撚り上げるに似た手仕事であって、それが終る今、そのことに花を添えよう、ということを裏でいいたかったのかもしれない。挙句の「枇杷の古葉に木芽もえたつ」は、添えられた花にさらに「木芽」が出現することを添えて春の様子を見立てた句である。この世界で人は仲間といえる人とかかわる。人の世に生きる楽しさはそうしたかかわりが生ずるところにある。が、また、その楽しさは、終って別のはじまりがあることでこそ楽しい。そのことを露骨にいうのは直截過ぎる。ここに集ったのはそのことを感知し合う連衆だ。分る人には分る、という意志をそれとなく唱和することでナゴリのウラは尽きた。いい終り方に接した。

第三章

連句表現の性格

〔一〕

表現には三つの種類がある。そういって、言葉で言い表わす営みを三つの性格に区分けする試みをして、事を展望しよう。まずあるのは、仲間うち、そこに参加した者にだけ理解されればよいところで成り立つ質の表現である。次に、いくらか公的な了解に傾く約束が働いて、その約束が承認されることで意味となっている質の表現がある。最後には、どこにでも公開されて一般的な眼で評価されることを原則とし、その評価を受けて是非が定まることになる表現がある。

遠回りしたいい方になった。このいい方を注釈するようなつもりでいわんとすることを鮮明にしてみる。

アイルランドに行ってなつかしさを感じる人がいる。西洋といってもさまざまだが、その辺境に位置するこの地では人間世界の始原性の姿といったものに、時に出会えるのである。そのあり方に魅力を感ずる人がいるのである。私もその一人だ。これまで、音楽について文章を書くことがあろうとは予想だにしなかったが、さる機縁からアイルランドのその領分に接する機会を何度か得て、この地に根づく音楽について一文をしたためる次第になるほど入れ揚げることになった

(「アイルランド伝統音楽覚書」白壁一二号所収)。その文章で指摘したかった眼目の一つは、元もとのアイルランドでの音楽は聴衆という存在を予想せずに成り立っているということだった。演奏の場に立ち合う人を景気づけるものとしてそこでの器楽は働くのだが、それは純粋に聴衆となって聴くと退屈になる人も生ずる性格のものでもある。そのことを枕にしていうと、連句もまた聴衆なしの表現だ、といえそうである。一番目に属する言葉はこうした質の表現なのだ。私も連句を巻く席にこれまで何度か自分を置くことになったが、どの場合もその場に対しての観衆というものがいたことはなかった。その場にいる人は、誰も参加者になるのだ。

二種類目の表現としたいことに話を進めよう。この例として出しやすいのは、学校での講義のようなあり方だろう。それをやる立場にいてしばしば思うのだが、授業でするのと同じ話をさる駅頭に立って私が喋っても、誰からも無視されるだけだろう。学生たちがそれを聴くのは、単位を取る必要があり、内容にも興味を持つはずだ、という暗黙の前提があるからなのである。授業には面白いものもそうでないものもある。私も学生であったことがあるから、そのことは知っている。私の話が面白いかどうかは自分で判断することではない。それはそれとして、学校という制度があってそうした営みをすることが保証されているから、私は授業を続けられるのだ。知を普遍のほうに向けて共有する場として、学校はあるというのが、そこに敷かれている一応の原理なのだ。

三番目の表現とは、たとえば、印刷されて市場に出る小説のような場合である。買う読者、読む読者があって小説家の営業が成り立つ。売る・買うという営みは公開性を軸にしていて、面白いもの、内容のあるものは売れるし、そうでないものは苦節十年の試みをしても一顧だにされないわけだ。売れれば喝采を浴びてスターになることもある。

そういったところで指摘したいのは、連句のような表現でいい作品とされるものの質と小説としていい作品とされるものの質とは根本から異なる、ということである。どう異なるか。小説の場合は、原則としては、面白がるのに読者としての条件を要請されることはない。が、連句の場合はそういうことにはならない。誰にも分るというのには、式目の制約が多過ぎる。この稿のはじめに、かつての私には連句はさっぱり分らないものとしてあった、と記したが、それが通常の人にとっては、事の実際の姿なのである。この世界に閉鎖性が生ずるのはそのことと密接にかかわるだろう。

閉鎖性は果して悪いのだろうか、ということが、その先で考えてみたい問題だ。悪いといってみても仕方ないのだ、というのが私の進めてみたい論点である。

公開性とは近代社会で重んじられることになる原理である。今後、ますます、いろいろな面でそれは重視されることになるに違いない。医者の処方箋はこれまでは秘密文書に近いものだったが、それも、これからは公開のほうに向うことになるかもしれない、といった点にそうした事態の象徴が見られる。

だが、議論を取り違えてはならない。連句は、公開したとしても小説のような仕方で読者がつくことはありえない表現なのである。この表現は、誰にもすぐに理解できるものとして一本立ちする性格のものでは、そもそもないのだ。この言表の軸となるのは、仲間が輪を作ることで成り立つ結帯といった質のものではなかろうか。とすれば、連句にかかわる者の側でもこれを小説作りの営みと同じ質のものなのだ、と考えることはやめたほうがいい。文学とか作品とかいういい方がある。が、そうした方面の表現の一貫として連句もある、とみなすことからは自由になったほうがいいのではあるまいか。それよりも、公開されきることがない場でこそ現れる言葉を探る領分としてこの発語はある、と見たほうがずっと事が伸びやかになるはずだ。

〔二〕

人が表現に身を委ねる動機にはいろいろの面が考えられる。それはそうだが、その基層にあるのは、何といっても言葉で他者と交流をはかりたいことなのだろう。こういえば、連句における言葉のあり方には、その面が強くかかわることが改めて関心になる。他者に接するところで言葉を浮かせるのが、ともかく連句の営みの特徴なのだ。

そこで出してみたい一つの問いがある。人は誰も、優秀とされる表現者とだけ連句の営みをしたいと望むのだろうか、というのがそれである。

そう問うと、すぐぶつかる問いがある。どういうあり方を優秀な表現者であると定義したらよいのか、ということだ。ウイットのある機転のきいた言葉を働かすのに長じている者？　詩的な言葉に向けて勘をよく働かせる者？　が、そういう風にいってみても、これらの規定のうちに取りこまれる範囲はとても大雑把な内実でしかない。

連句の優秀な表現者とはどういうあり方か、という点について一歩進めて考えてみよう。二つの方面に言及してみる。一面においては、その者は他の言葉を敏感に感知できる者である。また、別の面においては、その者は言葉が行き交う場の全体の流れを見通している者である、と。

前者のことから話を進めよう。連句の本領は、これまでも見たように、前の言葉にどう付けるか、にある。〝付け〟とは何か。前の言葉の雰囲気に接して、そこから何かを引き出し、新たな世界を打ち出す営みだ。前句の雰囲気を察知する敏感な心性が養われていてこそ、冴えた付けの言葉が現れてくる、とはよくいわれることである。が、そういえば、人は誰もそもそもは、さほど他者のあり方に敏感な者ではないのではないか、といってみたくなる。同情を示す際に、他者の身になるといいながら、自分の感情の枠をかえって相手に押しつけることを、人はしがちなのだ。他者の言葉をそれに即して透徹して聞く人ばかりが、はじめから連句をやることになるとは思われないのである。

巧妙な付けの言葉を引き出す者は、他者の言を敏感に聞くからそうできるのか、言葉を操るのに自分流にでも達意だからそうできるのか、その判断は難しい。二者択一的に事が成り立つということではなさそうである。

考えを二番目の点に転じてみよう。

これまで見たように、連句には、言葉を連ねる約束がある。それを下地にするところで、この言語ゲームは働き出す。展開の大要をのみこみ、生き生きした姿が現れるように参加者が互いに知恵をつくせば、変化に富んだ好ましい言葉の連鎖が現れる。理屈はそうである。が、それが理屈だけのものでなくなる条件というものは、やはりありそうだ。連衆のうちに展開を見通している者が最低一人はいるなあと、実際の手応えとして、場にある者に感じられていることが、それだろう。芭蕉の入った歌仙を点検していて想像できるのは、そうした感性を備える点で、得手であると芭蕉は認められていたらしいことだ。だからこそ、『去来抄』や『三冊子』などという記録も残ったのである。場に滞りが生じた際、芭蕉が縺れをほぐして新しい境域を展開する方向に付けを働かせることがしばしばあったことは、これまでの点検でも、私はしばしば話題にしたのである。

としたら、そうした人格が現れ出る条件として、どういうことを考えるべきだろうか。

競い合いの場からはずして、他者の高みに自分を置くことができる人、という言い方はふさわしくないと、私には思える。むしろこういうべきではないか。この人は、自分を他者の低みにも置く眼を備えていた、と。他者よりも低いところに位置をおくと見えてくるものがある。連衆はそれぞれ、それなりのあり方で〝よきもの〟を備えている、ということが見えてくるのである。そうした個々の者に出会いつつ、流れのうちにあって、流れからそっと自分をはずせるような眼を会得することも彼は繰り返し行っていたのだ、と考えてみると面白い。

そうした眼を据える地点こそが、自覚的に彼が摸索したところだった、というべきか。そこがどんな地点なのか、正解がすっきり出るとは思われない。とはいえ、晩年、彼が軽みへの志向に転じたとされることは、この点について考えるヒントを与える。他者に眼を据える彼の姿を考えようとすると、この転移の質を見定めてみることが一つの発見を促すと思われるのだ。一見、凡なるもののうちにも新たな輝きを示すものがあることを見出す視線への模索が、この転移のうちには働いている、と想定できるのではないか。連句行為での他の言葉との交わりのうちで、凡であるからこそ、その凡を磨く動きが働きだす、という発見が〝軽み〟志向への促しとして作用したのではないか。

言葉を通して、人はいつも新たな者になって立ち現れる。それが連句の営みなのではあるまいか。だからこそ、ここでの言葉は固定したあり方を微妙にずらし続けることになるのである。

〔三〕

連句における芸とはこんなものだ、と白地図に書きこむようにして事を列記してみる。それは、他の言と距離をとりながらも、他の言のうちに入りこみ、そしてそこから出る場を構える営みだ。それはまた、他とのせめぎあいをしないで済む場を他の言葉との交りのうちで意図的に構えようとする営みだ。そういってみる。

連句作製の場では、他の人と長く膝を突き合わせる。そうした条件があってこそここでの言葉は現れ出る。だが、この営みは、そのように他と膝を突き合わせながら、膝を突き合わせることから自由になる場を共通に探る営みでもあるのではあるまいか。そうした自由さを追求する媒介になるものとして働くのが言葉なのだ。なぜそのようなものとして言葉が働くことができるのか。そこでの言葉は〝虚〟を基軸にして成り立つものであるからなのに違いない。

〝虚〟を基軸にして成り立つ言葉とは、別のいい方でいえば、想像に向けて構えられる質のものである、ともいえる。言葉のうちに虚構を張っているのは前の言葉を投げかけてきた人でもある。それを受けた者は、投げかけられた言葉を受けて別の虚構を張る。虚構を張るとは、それならどういうことか。実としては〝ないもの〟の自在な広がりのほうに言葉を傾けることである。

ここで、言葉の二面ということを考えてみよう。

私は、Aさんの保証人になって、一億円の借金を背負いこみ負債に苦しんだ、といういい方を例にしてみる。これは、実際にそうした状態にある人がいったとしたら実の言葉である。が、これが連句表現のうちで用いられるとすると、大体は〝虚〟の言葉になる。連句表現での言葉の交しではかられるのは、言の綾をどのように精彩ある〝虚〟のほうに導くか、という遊びなのだ。ここにあるのは、生身の人と面し合いながら、面している人から、言葉の〝虚〟を通していかにして自由な場に脱け出るか、それを試みる営みなのだ。そうした自由さに向う過程で、ここでの芸は演じられるのである。それは、連衆になる場を離れては成り立たないが、場にこだわるのでは芸が芸として増殖する契機が働かない。連衆のそれぞれが場からの飛び口を探るときに、その探りの裂け目のような地点にいくたびも、ここでの言葉の芸は浮き出る。

とすれば、ここでの芸の現れは実に微妙だ、というべきだ。

どのように微妙か。ここではかられているのは、二つのことなのだ。他の人と言葉を交すことは、人間の言語活動の一つの基層をなすものである。日常で出会う人に、私たちの誰もが言葉を交すことをするのだ。それは、相手の〝実〟のうちに入りこもうとする言葉として働く。連句表現の基層を支えるものとしてまずあるのも、こうした日常の言語経験なのだ。が、ここでの言語の交りは、〝虚〟を多彩に広げるほうに飛翔の場を構える。しかも、この言葉は、一回きりの、その時にしか現れない偶然を基盤にする質のものとしてあるのである。私たちは、連句表現の場に自分を置くとき、その時かぎりの偶然として〝虚〟の言葉を自在に行き交してみる現場にもろに立ち合うのだ。

ここで、先に記した表現の三つの種類のことに話題を戻す。小説を書く者は、何度も書きなおすことをするだろう。なぜ書きなおすのか。望まれる定まったかたちに向けて表現を結晶させたいからだ。この書法には、見えない目標としての理想体というものがある。学校の講義のような表現においてもそれはある。人が推敲を重ねるのは、そうした理想体あればこそなのである。が、連句表現においては、そうしたかたちでの理想は、直接には設定できない。設定する必要もない。

ここでは、表現は、時どきの機会に発生する、先がいつも未知な偶然性を軸にして成り立つから、個人の仕事のうちで想定されるような理想体は定めようがないのである。

それなら、ここでは、表現の理想体という概念は無縁なのだろうか。そうではあるまい。付けの言葉として、前句へのいい響き、自在な響き、前句の世界を突き出る響きが多彩に盛られているといった質のものが、そこでの理想体になるだろう。それは場の機会性を条件にして出現することになった言葉ではある。場に縛られながらあらまほしい彩りの〝虚〟のほうに響きのいい言葉をどれだけ豊富にちりばめるか、そのことが連句表現を試みる者が立ち合いたい至福の状態になる。求められるのは、〝実〟に拠りながら〝実〟から透けて出る〝虚〟ともいえる言葉だ。言葉を案じながら、人は、虚実の皮膜のうちに入りこみ、そこで立ち合う皮膜の境目をすり抜けて飛び先を探す微妙な眼を、たえず養うことになる。この遊びは、遠い時期にどこかに置いてきた忘れものを思い起して言葉にしてみるのに似た営みだ、といえるかもしれない。というのも、〝実〟と〝虚〟とを区別することは、年を重ねながら、人が習得するあり方だからだ。こうして、〝虚〟が〝実〟でもありえた幼年の頃を人は忘れてゆく。だが、連句の営みのうちに自分を置くことで、そうした幼年期に世界と交った際の感受性の片鱗がふと想起されたりもするのだ。

〔四〕

均質言語的な聞き手への語りかけの構えの場合、翻訳が均質な媒体の内部とその外側の間で起こるのに対し、異質な聞き手への語りかけの構えの場合は、聞き手が話し手に呼応するときなら何時でも、原則として、翻訳が起こるという立場が採られるのだ。

均質言語的な聞き手への語りかけの構えを採るとき、話し手は聞き手が話し手の発話を理解できないものとしてあらかじめ標《しる》しづけられ予想されるという立場から聞き手に接近するのに対し、そのような警戒や予想のための知識は、異言語的な聞き手への構えでは、保証されていない。異言語的な聞き手への語りかけの構えでは、聞き手が一人であろうと複数であろうと、聞き手が自然にまた自動的に話し手が言おうとすることを理解してくれると前提せずに、話し手は語りかけなければならないだろう。

（酒井直樹『日本思想という問題——翻訳と主体』岩波書店、一七頁）

必ずしも文意が明瞭に書かれている文章ではないと思われるので、ここでの用語を借りれば「翻訳」してみる。

ここで「均質言語」というのは、たとえば日本語を共有する者にとっての日本語のことである。相手が日本語を母語とする者に日本語で語りかける場合は、というのが出だしに含意されていることだ。その場合は、話し手のいう言語自体は無条件に分るのだから、内容について聞き手は自分なりの了解の仕方のうちに事を〝翻訳〟するところで理解が成り立つと、筆者は、まずいいたいようだ。ところが、異言語でいわれていることを理解する場合には、あらかじめ話題の内容の中身に呼応するものが聞くほうにある場合に、内容の理解としての翻訳作業が働く、というのである。これが一番目の引用の趣旨だろう。

二番目の文がいうのはこうだろう。

同じ言葉を語り聞き合う関係の話においては、話す者は、自分のいうことが理解できないのは聞き手に対してどのようになのか、要点のポイントを洗い、予想をほどこして話の場に望む。しかし、異言語の相手に話す場合は、そうしたことは「保証されていない」。その場合は、相手の理解のあり方を予測できずに話すしかない。

酒井氏は、アメリカで日本思想を研究し、講じてもいる学究である。こうした発言は、二つの言語を実際に行使している経験から出てくるものだろう。

この文を引用したのは、先に挙げた表現の三様のあり方を考えるのに興味深い内容がここに示されているからである。

酒井氏の提起は、言説の理解という場面で通常現れることに関して述べたものといえる。それは、〝説得〟という面にかかわる言語の使用の場合にも当てはまることになる。先に挙げた三つの場合では、一番似つかわしいのは講義にかかわる場面ということになろう。

そういったところでいってみたいのだが、連句の営みは、均質言語内での言葉の交しでありながら、酒井氏がいう異言語間の言葉の交し合いに近い性格があるのではあるまいか。

誰かが前句を出す。前句を出した者は、後に続く者を説得しようとしているわけではない。それは自分の言葉に呼応するようにそそのかしをかけているあり方である。ここにあるのは、掛け合いの一種だ。ということだとすると、連句で働く言葉は、異言語間の交流の言葉のあり方に似ている、という視点を立てることができるかもしれないのだ。

仮説をそのように立てて、先を追ってみよう。

連句での連衆が基底で親密なかかわりを互いに感じ合っているということはあるだろう。だが、席では、〝あたかも〟互いを異邦人とみなし合って接しているのだ、と考えてみてはどうか。だから、日常の言語では了解可能なものとして働く言語枠を〝あたかも〟消し去るようにして、誰にも異物としてある質の象徴言語を掘り出し、その語を交し合う営みをそこでしてみようと試みているのではあるまいか。

酒井氏の用語を使えば「均質言語」のなかで、「言語」の均質性からどれくらい離脱できるか、という試みが連句の営みのうちに流れる言葉の動きなのである。そのことが私には興味深いのだ。むろん、その営みに従ってみれば、「均質性」から離れることができる言語表出はそんなにありはしないことはすぐに分りはする。だから、感ずるのは、志向と結果との間に、いつも、分裂、隔たりがあることだ。だが、そうした分裂、隔たりがあることを知りながら、「均質言語」のなかに、新たな内的な「非均質言語」空間を模索するのが連句の営みなのである。論立ての言葉のうちにいるだけではこうした経験を味わうことはできない。そのやり方のうちでは、言葉の世界はなかなか広がらない。「均質言語」のなかに潜む「非均質言語」を模索するときに、意外な言葉の広がりに予期を越えてふと出会うことになるのである。

第四章

『去来抄』あれこれ

〔一〕

去来の時代、したがって、といってよいだろうが、芭蕉の時代、俳句はなかった。あったのは発句だった。俳句と発句はどう違うか。俳句は一本木立のように単独で立つ言葉である。発句は脇句があとに付くことを予想して立つ言葉である。元禄辺りの五七五のはじめの連ねは、そのどれもが、右にいう意味での発句に向うもので俳句だけを志向するものではなかったことには、何度も注意を寄せるべきだろう。

といって、現在、俳句の表現を行うことに不都合があると、私はいいたいわけではない。この表現法は、明治以後、いわゆる近代といわれる時期になって普及した作法であって、時代のなかの一つの現象としてそれに人が従っている面があることを考えてみたほうがいい、といいたいのである。

『去来抄』にこんな問答がある。

牡年曰、発句の善悪はいかに。去来曰、発句は人の尤と感ずるがよし。さも有べしといふ

は其次也。さも有べきやといふは又其次也。さはあらじといふは下也。（岩波文庫、七七頁）

発句は、それに続き連なる言葉の群れに出発を示すものになる。連衆のすべてを出発させる合図を示す言葉になる。そうしたエネルギーを発していない言葉は発句たりえないわけだ。「人の尤と感ずる」という言い方にあるのは、そこで表現された世界が喚起する内容を連衆の誰もが肯う、といった含意だろう。それなら、そうしたエネルギーがあるということの内実はどのようなあり方なのか。

牡年曰、発句と附句のさかひはいかに。去来曰、七情万景心に止まる処に発句有り。附句は常也。たとへば、鴬の梅にとまりて啼といふは発句にならず。鴬の身を逆さまに鳴といふは発句也。牡年曰、心にとゞまる所はみな発句なるべきか。去来曰、此内発句に成とならぬは、たとへば

つき出すや樋のつまりの蟇《ひきがえる》　好春

此句先師の古池やの蛙と同じ様に思へるとなん。こと珍らしく等類なしと、嘸《さぞ》心にもとゞまり、興も有らん。されど発句にはなしがたし。（同頁）

なぜ「発句にはなしがたし」なのか。句のまわりにも世界が更に広がっていることを、この句

は感じさせないからだ、といってみる。それなら、句のまわりに世界が広がることを感じさせる、とはどういう質の事柄なのか。挙げられている例で見ると、「鶯の身を逆さまに鳴」は発句になるという。この句が発句たりうる、としたらそれはどうしてなのか。

「つき出すや樋のつまりの蟇」は発句たりえない、とされるのはなぜか、を考えてゆくと、逆に、どういう表現が発句で目指されるべきなのか、が見えてくるように思われる。

まずいえるのは、詰っている樋から蟇が出てくるのは当り前の因果の提示にすぎない、ということだろう。当り前のことを言葉にしても、それは発句ではないというわけだ。発句でないばかりではなく、それは俳句にもならないだろう。そうすると、表現として要請されるのは、言葉にしてみるに値する発見がまずあることだ、ということになる。発見とはどういうことなのだろう。

芭蕉のかかわった七部集の連句のうちに芭蕉の発句が七つ載っている。それを引いてみる。

狂句こがらしの身は竹斎に似たる哉　（『冬の日』）
木《こ》のもとに汁も膾も櫻かな　（『ひさご』）
梅若菜まりこの宿のとろゝ汁　（『猿蓑』）
むめがゝ《（香）》にのつと日の出る山路かな　（『炭俵』）
振売の鴈あはれ也ゑびす講　（『炭俵』）

八九間空で雨降る柳かな（『続猿蓑』）
夏の夜や崩れて明し冷し物（『続猿蓑』）

これらの発句に共通する特徴についていうとしたらどういうことがいえるか。注目点にすべきは、何か、あとに向けて言葉を誘う、そうした雰囲気が備わるということか。

このなかでは、最初の「狂句こがらしの身は竹斎に似たる哉」だけは異色である。ほかは、見る者が接する場の様子を言葉にすることに主眼が置かれているように見える。が、「狂句」の句は、語り手自身を、風狂者、竹斎になぞらえる点で異彩を放っている。この句を発句にした歌仙には、名古屋での新しい連衆と座を囲む緊張がある、とはよく指摘されることだが、その緊張はすでにして発句からはじまっている。それはそれとして、これらの発句に盛られているのはどんな発見か。

予期しなかった空間の広がりが句のうちに現れ出ることだと、とりあえずいってみようか。

〔 二 〕

地球の上のさまざまな生物のなかで一番エネルギーがあるのはやはり人だろうか。街を作ったのは人だが、その街の一つ新宿に行くと、夏だって人の出はたいしたものだ。夏は暑いのだが、暑さをものともしない感じで人は動いている。動くのは、時に人が人工的に作り出した空間のうちなのである。デパートの建物など、人はよくも造り出したものだ。私も動く人の一人だが、冷房のきいたその建物のなかで所用を果す。それから炎天の下に出てこれも人工の路上で汗をしたたらせるのである。地球上で、変化に富んださまざまな経験をもっとも営んでいるのは人なのに違いない。

俳諧もそうした人の経験の一つとしてある。

『去来抄』からまた一文を引く。

君が春蚊屋はもよぎに極りぬ　　越人

先師予に語つて曰く「句はおちつかざれば、真の発句にあらず。越人が句、すでに落付きたりと見ゆれば、又おもみ出で来たり。此句、蚊屋はもよぎに極まりたるにてたれり。月影・朝朗などゝ置きて、蚊屋の発句となすべし。其上に、かはらぬ色を君が代に引きかけて、歳旦となし侍るゆへ、心おもく、句きれいならず。汝が句も落付く処においてきづかはず。そこに尻をすゆべからず」と也。

（岩波文庫、一四〜五頁。仮名送り・語の転じなどをやや変えた。）

俳語というものも人の発明にかかわる。それを発明することが必要だったからこの領分が人のうちに位置づいたのだろう。人の営みとして、どうしてそのことは必要だったか。ひとつの答えを記してみる。接している世界を俳語のような断片の言葉で切り取ってみることを人は望んだからだろう。それなら、どうして断片の言葉で事を切り取ることが望まれるか。経験していることの軸となる事象を断片でありながら切り立つ言葉として柱のように打ち立てたいからだろう。

断片の言葉がよい発句になるのには、言葉が重すぎず（多分軽すぎもせず）働くことが必要だ、と芭蕉は考えたようである。右の文でいっているのはそういうことらしい。

越人の発見は、「蚊屋はもよぎに極まりたる」と見たところにあった。それは言葉にしてみればそれだけのことだが、言葉でそういいとったとき、越人は新しい地平に出た、ということだったのに違いない。

だが、この句にははじめの言葉「君が春」がある。越人としては、まずこの言葉を脳裏に浮かべることでこの句のアイデアを進めたのだろう、と想像したい。「君が春」とは世の上にいる者が正月を迎えたことへの賛辞だが、それは黄と紫が混り合った「もよぎ（萌黄）」色の蚊屋のようにあでやかな気配だ、と事を展開してみたのである。「君の春」と蚊屋とを重ねるのは着想の俳諧的な妙への試み、ということだったのに違いない。そう見れば、芭蕉が提出している視点は、越人のその着想への批判だ、ということが明瞭になる。「君が春」を入れると「おもみ出で来て「落付き」を欠くことになる、と芭蕉はいうのだ。

この見方はいくつかの問題点を孕んでいるように私には見える。俳の言葉が成り立つためにまず必要なのは、何ごとか、きわだたせたい驚きに接していること、何かある讃めるに値する核にぶつかっていることだろう。この場合は「蚊屋はもよぎに極まりぬ」がそれだった。芭蕉は、それだけで表現としては充分だ、というのである。この指摘は、越人の目指す俳諧的な方向に対して、今の言葉でいえば脱構築を迫っているものだ、ということができそうである。問題は、迫っているのがどのような脱構築なのか、という点にある。その点について考えることは興味深い。この点には、芭蕉の取る二重の視点のあり方といったものが想定できるからである。

芭蕉は、和歌的な美意識の超脱者であることによって俳諧師になった。「蚊屋」を題材にし、それが「もよぎに極まりぬ」と言葉にしたことへの評価はそうした視覚のうちで生まれるのに違いない。が、ここに「君が代は」を加えてより俳諧的な方向に進むと「おもみ」が「出で来」る、そうした「おもみ」は消せというのだ。「おもみ」とは、今の言葉でいえば、意味の過剰・錯綜ということだろう。そうした方向は発句としては避けなければならないと、芭蕉は考えたかったことになる。彼における二重の視点のあり方とはそうした質のものとしてである。

と、ここで出してみたい問いがある。

もしも芭蕉が、明治以後に生まれて、俳句作者であることが主たる所業になったらそういったか、というのがそれである。そうはいわなかったのではないか。連句の発句のことを考えていたから、芭蕉はそういったのではないか。単独に立つ俳句のような言葉だったら、「おもみ」の程度はやや強くてもよいということになりはしないか。が、あとに、脇句、第三句を予想して立てる発句は「おもみ」を減らしたほうがよいのだ。とすれば、芭蕉の発句はどうかが問題になる。

〔三〕

人が言葉を発しているということはどういうことなのか。考えられる答えは一様ではない。一様でなくてよい。大切なのは、その問いを何度も自分なりの仕様で、問い、さらに問いなおしをすることなのではあるまいか。『去来抄』に接していると、そうした意味での問いなおしをすることに去来が関心をもっていたらしいことが感じられる。

言葉について考えることがとても難しいのは、言葉が使われる際の射程の広がりがとてつもなく際限がないものとしてあるからなのではあるまいか。俳諧の発句も言葉である。日常の挨拶をするのも言葉である。私が今、ここで論述の道具として使っているのも言葉である。それら三つのあり方は、思いつくままに挙げてみたということなのだが、明らかに異なるものとしてその三つが働くことは誰にでも理解されるだろう。が、それが分っても、言葉の総体のあり方のなかでその三つをどのような区分として位置づけるか、ということになると難しいことになる。俳諧の言葉を一生使わずに過ぎる人はいる。論述の言葉を一生使わずに過ぎる人もいる。それらを使う人もいる。俳諧と論述の言葉とを使う人とが重なる場合もあるし重ならない場合もある。が、挨拶の言葉は誰でも使う。それなら言葉の働きとして、俳諧の言葉、論述の言葉、挨拶の言葉、その三つはどのような位相のかかわりとしてあるのか。そんなふうに考え出すとたんに難しくなるのだ。

芭蕉がこだわったらしいのは、俳語の言葉が発句として立つのはどんな地点なのか、ということだったようだ。その見方を検討してみることから右の問いを明らかにする視点が導き出されるかもしれない。

おとゝひはあの山こえつ花盛

此ハさるミの二三年前の吟也。先師曰、この句いま聞人有まじ。一両年を待べしと也。その後杜國が徒と吉野行脚したまひける道よりの文に、或ハ吉野を花の山といひ、或ハこれハ〳〵とばかりと聞えしに魂を奪はれ、又ハ其角が櫻さだめよといひしに気色をとられて、吉野にほ句もなかりき。只一昨日ハあの山こえつと、日々吟じ行侍るのミ也。その後此ほ句をかたり、人もうけとりけり。今一両年はやかるべしとハ、いかでかしり給ひけん。予は却てゆめにもしらざる事なりけり。（岩波文庫、一七頁）

この断章は面白い。二つの筋で読める。一つは、もしかしたら、去来の芭蕉崇拝が過ぎてこんな物言いが出てきたのかもしれない、という読み筋を立てることができる。が、もう一つは、いくらかユーモアを含んだ様子を示しながら、ここにはやはり芭蕉のよく利いた目配りが出ている、と読んでみることもできる。

ここではそのどちらとも定めず、両方の接近の仕方がありうる、ということにしておこう。

俳語にかかわるこの議論で面白いのは、ある状況で作られた言葉が別の場面に代置されるものになるという見地から事が語られていることである。

「おと、ひはあの山こえつ花盛」というのは、去来の個人的な体験に発した言葉だったろう。芭蕉が面白いとすれば面白いところは、それを去来個人の体験の枠に留めるだけで理解しなかったことだった。この句の示唆している内容は、のちに同種の体験をすることのうちで去来以外の人にも共感を呼ぶことになる、といってみたことだった。

私の好みとしては、ここから、予言者的な資質が芭蕉にあった、といったほうに見方を導いて、彼が特別な人であると論立てする方向には行きたくない。こうした反応に出た時の芭蕉は、思わず浮んだ自分の着想が自分にも意外であると感じて、にこにこと笑いもしたのではないか、とむしろ思いたい。が、そうであるにしてもないにしても、こういうことを何げなく呟くのには、やはりそうした趣の発言が出る素地のようなものを周囲に感じさせるあり方を芭蕉はしていた、と見るべきなのだろう。その素地とは、語の膨らみ、といったものに敏感に反応する資質をいつも人にさし示す性質のあり方だったのに違いない。

引用文中の「これハ〳〵とばかりと聞えしに魂を奪はれ」というのは、そもそも芭蕉自身の言葉に発したものだ、といっていいのだろう。旅の途次で芭蕉が書いた手紙が、去来の発語の元になっているようだからである。私としては、文中に「魂を奪はれ」という言い方があることに注目したい。「魂を奪はれ」ることとは、対応する言葉を失うということだ、と捉えたいのだ。

俳語は、そうした一回的な経験に従いながら一回的な経験を越えた秩序のものとしてあった。そのように芭蕉は見ていた。だから、別の場での発語が、一回的なあり方としては言葉を失うしかない経験を照らし出すように働くものとして言葉の性格を見立てた、ということになる。

〔四〕

もう少し事を深める方向で考えてみる。

経験は一回的である。そういうかぎりでは、その経験に即した言葉も一回的であるはずである。がまた、一つの経験にふさわしい言葉が必ずすぐさま出現するとは限らない。言葉を失う経験というものもある。

逆から述べてみる。言葉はけっして一回的ではない。「お早よう」という言葉を、私は、五年前にも使ったし、今日も使う。使う気持ちは、五年前も今日も同じだ、ともいえるし違うともいえる。

ここから二つのことがいえる。一つ、言葉と経験とは秩序が違う。二つ、経験よりは言葉のほうが包括する範囲が広い。そういって、さて、その先のこととして考えられる事項のほうに向ってみよう。

言葉と経験とは秩序が違う、というのはどのようになのか。経験の性格は、基本的には新たなことにまみえる点にある。そこで自分が改まるような気分を人は得るのである。生きる楽しみが生ずる源泉は日々の経験にそうした感じ方で接する点にあるだろう。

そのことを言葉で言い表わそうとするときに生ずるのは、経験の感受性とは別の装置だ、という点が注目すべきことになる。何かをいおうとするとき、私たちは、いわば二重の心の傾きのうちにいる。一つ、記憶されている言葉を辿って経験を表象するのにふさわしい言い方を模索する営みを私たちはしている。もう一つ、その経験に即して、端的に一回的な表現がないかどうか、そのとき、言葉の繋がりをまさぐることも人はしているのだ。その二つのいずれの場合も、経験自体からは自分を離して、何かを一つのかたちに総括しようとしているのが、言葉のうちに身を置こうとしている際の人のあり方である。言葉は外部にある。その点で、人は、そのとき、外部にある言葉に自分の経験を、そうした仕方で翻訳しようとしているのである。

このように言葉に向うとき、二つの流れが働いている、というべきだろう。経験から言葉を呼んでいる面と、言葉から経験を整理している面とである。そのどの面に視点を置くかで、事の見え方は異なってくる。

「おと、ひはあの山こえつ花盛」という俳語をもう一度見よう。こうした表現だったら、現在でも、誰かが言葉にしてもいい質のものである。別の言い方をすれば、こういうふうに言葉にできる経験をしたことがある人は、今だって無数にいるはずである。問題は、こうした経験をしたときにすぐに言葉が追いついてこないことにあるのだ。

そのことを考えると、改めて興味を惹かれるのはこの俳語に接したとき「この句いま聞人有まじ。一両年を侍べし」といった芭蕉の応じ方だ。誰でもこんな感じ方を人はするのだな、と思うことは誰しもにある。が、芭蕉のようにいう人は芭蕉だけのことだ。そこに芭蕉の個性がありそうだ。芭蕉の言語観といったものをここから類推できそうな気がするのである。

前の節に引用したもののうちに「これハ〳〵とばかりと聞えしに魂を奪はれ」という言い方があった。注目してみたいのはこの物言いである。経験のうちにいる、ということの実相は「魂を奪はれ」るということなのではあるまいか。ということは、何かを体験することのうちで言語を絶する事態に自分を置くということを、人はしているのだ。その点で、経験することとそれを言語化する働きとは、相い反する相としてあるのではなかろうか。

とすると、経験を元にして言葉を立てる営みは、経験が向いているヴェクトルとは逆の方向に事を進める作業ということになる。経験とは、人の基層にあるものである。が、その進みはすぐに言葉につながる、とは考えないほうがよさそうだ。言葉の働きについては緻密に検討する必要があるのである。

言葉にはいくつかの種類がある。整理してみよう。自分のことを自分に納得させる表現がある。自分の感じを他者に感じとってもらう表現がある。さらに何ごとかを他者に喚起してもらおうとする表現がある。発句というのは、右のうち、三番目のものということになるようだ。桜に接して「きれい」とだけいう場合は、それは一番目か二番目かの言い方ということになる。が、その感じ方の基質に実際にあるのは、「これハ〳〵とばかりと聞えしに魂を奪はれ」ている状態である、というべきだろう。そのあり方と「きれい」という言い方の間は、本当は離れているのだ。発句、または詩語を述べる、とは、その介離を埋めてみる試みだ。ここに見ているのは、その一つの実例である。そのとき、もってこられたのが「おと、ひはあの山こえつ花盛」だったのは、それはいわばご愛敬だった。これは、ありふれた挨拶の言葉だともいえるからである。先の三番目から一番目に戻ったふうだが、この戻り方に言葉の働きの秘儀が働く。個別的固有のものが一般的な枠に吸収されるという秘儀である。

〔五〕

しかしさて、「おと、ひはあの山こえつ花盛」という発句を、現在、俳句として、さる雑誌に投稿したら採用されるだろうか。そうならない可能性は高い。もっとも、連句の発句として出された場合もこれが採られるかどうかは疑わしい。とはいっても、俳句として採られないことと発句として採られないこととの間には微妙な違いがありそうだ。

『去来抄』のなかでは、連句の最初に置かれる句が発句と呼ばれているわけである。発句がなければ連句は出発できないのだ。出発の言葉として望ましいのはどういう質の言葉なのかが、ここで改めての関心項になる。

下臥につかみ分ばやいとざくら

先師路上にて語り曰、此頃其角が集に此句有。いかに思ひてか入集しけん。去来曰、いと櫻の十分に咲きたる形容、能く謂ひおほせたるに侍らずや。先師曰、謂ひ応せて何か有る。此におゐて肝に銘ずる事有。初めてほ句に成るべき事ト、成るまじき事をしれり。

（岩波文庫、二一頁。仮名遣いには手を加えた。）

巴風《はふう》の作だ、という。

「いとざくら」とはしだれ桜のことで、しだれ咲く花をその下に行ってつかみ分けようか、というのが句意だ。

現代の俳句の場合も、いい俳句とよくない俳句とを判別するのはどのような基準でなのか、を言葉にするのは難しい。基準になりそうなことを、あえていってみれば、新鮮に事が切り取られていると、接する者が感じとるかどうかということなのではないか。そうした新鮮な切り取りを託する言葉をどのように浮き出させるか、ということは難しいのである。内実は選ぶものの眼によって異なりもするから、選ばれるものも多様になる。

が、ここでの芭蕉の発言は、そうした事情を越えて、示唆的なものを含んでいる。「謂ひ応せて何か有る」という表現をどう現代語に訳すか。言い尽くして、とはしないほうがよいだろう。適切に事を表現して、とでもいったらいいか。それでいいとしたら、芭蕉がいいたいのは、事を適切にいっただけでは発句としてふさわしくない、ということなのだ。

英語に reasonable という言い方がある。事に適合している、無理がない、といった意味である。論立ての言葉、理り立ての言葉で尊重されるのはそうした言い方である。そうした場合とこの場合の「謂ひ応せ」るという表現で意味される内容とは、ぴたりと適合するとも思えないが、とにかく芭蕉がいいたいのは、なるほどそういうことがありそうだ、と人にもっともと思われる表現をするだけでは発句としてふさわしくない、ということなのである。

岩鼻やこゝにもひとり月の客　　去来

先師上洛の時、去来曰、洒堂ハ此句ヲ月の猿と申侍れど、予ハ客勝なんと申。いかゞ侍るや。先師曰、猿とハ何事ぞ。汝此句をいかにおもひて作せるや。去来曰、明月に山野吟（マヽ）歩し侍るに、岩頭一人の騒客を見付たると申。先師曰、こゝにもひとり月の客ト、己と名乗出たらんこそ、幾ばくの風流ならん。たゞ自称の句となすべし。

（以下略、一八頁）

風流という概念がここに出されている。

去来の作意は、ある山で月を愛でているらしいある人を見かけたところに生じた。月を愛でる人が自分以外にもいたのだ、という意味で、「客」とは他者を指すつもりだった。芭蕉が示す読みは、月の客を自分のこととみなせ、というものである。そのように意味の方向を定めると、二つの解釈の向きが生ずる。一つは、君と同じあり方をする者として私もいるよと、岩頭にいる粋狂な人に向けて呼び掛ける場面が開ける。もう一つ、この場にかかわりがない人に向けて、私は月の客だが、この句に接する者もそうした客として自分を振る舞わせてはいかがと、促す方向が生まれてくる。

芭蕉の捉え方に関して指摘できることがある。

俳言に表現された言葉は、一義的ではないのだ。読みようによってさまざまな意味を内包することになるのである。芭蕉の読みはそうしたあり方に乗って現れた、といえるだろう。短い表現のうちに、短い表現だからこそ現れ出ることができる多義的な広がりをかたちにすることが発句には期待されるのだ。そうしたことが問題になる基底には、次のような事情があるのに違いない。現実世界は広がりを感じさせる場としてはない。そこは、むしろ、しばしば事が逼塞《ひっそく》するところなのである。期待されているのは、そうした逼塞を開き、現実とは別の秩序を切り開く言葉として発句が働くことだった。そうした発句がはじめに置かれてこそ、現実からの昇華を目指す言語の遊びが始まりうる。こうして、連句の場は、現実に働く言葉よりも洗練された言葉を連ねる条件を、まず備えることになるのだ。

〔六〕

そうだとすると「おとゝひはあの山こえつ花盛」という句に対して、改めて事を述べる新しい視野が開けるだろうか。

この句は、俳句だったら採られないかもしれないことを再度確認しておきたい。すでにいったように連句の発句としても採られる程度は低い。が、連句の場合では、この言葉はまったく採られないとはいいきれないのである。連座というものがある。客がやってくる。話題が花のことになる。山が見える。花が咲いている。客が、そうだ、こんなのではどうですか、といって「おとゝひはあの山こえつ花盛」というのを出す。そうしたらそれでゆきましょう、とその場の連衆が同意することもありうるのだ。その点で、連句の発句は、その場の機会性に依存する程度が少なくないのである。

前に引いた芭蕉自身の発句が、これまで点検したことと重なる内容を備えるかどうか検討してみよう。

再び引く。

狂句こがらしの身は竹斎に似たる哉（『冬の日』）

木《こ》のもとに汁も膾も櫻かな（『ひさご』）
梅若菜まりこの宿のとろゝ汁（『猿蓑』）
むめがゝ《（香）》にのつと日の出る山路かな（『炭俵』）
振売の鴈あはれ也ゑびす講（『炭俵』）
八九間空で雨降る柳かな（『続猿蓑』）
夏の夜や崩れて明し冷し物（『続猿蓑』）

これらの句に共通する特徴となることを考えてみよう。

まずいえるのは、これらの言葉は、ただの叙景ではない、ということなのではないか。二つの特質がある、と考えてみたい。一つは、場面のあり方を切り取る言葉が「謂ひ応せ」るかたちではない仕方でなされていることである。出された言葉のまわりに、語の外にある余白が浮き立つような表現なのである。もう一つは、ただの述懐として言葉が立てられるのではないことである。事をぶつけ合わせることのうちで作動する傾きをまさぐり照らし出すほうに向けて言葉が使われているのだ。

全七句のうち、一つ目は、やや例外的である。他のものに比べれば、きわめて心情吐露的なのである。それでもこれは、固有の方位を表現する方向を強く探っている言葉なのだ。ただ、〝ゆったりさ〟に傾く言葉の配置は無視するしかないところでなされたのが、この表白だ、というべきだ。

「木のもとに汁も膾も櫻かな」となると、〝ゆったりさ〟といった面が際立つようになる。桜の季節である。その木のもとにいると「汁も膾も」桜の咲くさまのうちに含まれるように見える、という意味だろうが、そうした仕方で場の特徴が特定され、場に接する作者の構えも示される。「謂ひ応せ」るのではなく、「謂ひ始める」エネルギーのようなものが言葉として立ち上がっている、とでもいったらよいか。

「梅若菜まりこの宿のとろゝ汁」はどうか。これは場所讃めだろう。「梅」と「若菜」があって、それあってこそ「まりこの宿」の「とろゝ汁」はきわだつと、場の特徴を定めてみたのではないか。そうした質の場への挨拶なのだ。

「むめがゝにのつと日の出る山路かな」の場合は、旅の途次、暗いうちに朝立ちして「むめがゝ」をほんのり感じたのは「のつと日の出る山路」だった、ということだ。実体験であるとしても、面白いのはやはり事のぶつかり合いである。

次のものは、商人の祭である「ゑびす講」の日に「鴈」を「振売」するさまが「あはれ」だ、というのだが、「あはれ」なのは「鴈」か、「振売」する人か。そう訪ねたくなる。両方を「あはれ」とする読み筋が面白いだろう。ここにあるゆったりとした驚き、といったものが、これから先に連句で言葉を付けて事を辿る意欲を誘うかに見える。

「八九間空で雨降る柳かな」という言出は、シュール・レアールといえる。視覚で捉えられる範囲では、雨が降る空は、たしかに「八九間」といった高みにある。そのように空に眼を馳せている人がいて、それが下に戻される。すると、眼に柳が映ずるというわけである。切り取られる空間が広大だ。俳語の表現に、巧者といったあり方を定められるのかどうか、私には分らない。が、こうした表現を見ると、ああ、こんなような場の切り取り方があるのだと、妙に感嘆してしまう。これはけっして叙景ではないのだ。言葉を場に差し入れる営みなのだ。その差し入れによって、人間の側から切り取った景がかたちを得ることになる。人の側でそれを受けて言葉の交流が開けるのはそうした営為のうちでなのだ。

「夏の夜や崩れて明し冷し物」になると、事の突放し、といった感じが目立つ。眼に映じたのは箸を付けかけた「冷し物」だったか。「崩れ」たままにそれがあって夜が「明け」た、というのだが、こうした情景を言葉にすることができるのは、不整形のものにそのまま言葉を添えることをする感受性である。「崩れ」たあり方が醸し出すものを通して、夜のうちにあった人間の振る舞いの影を追懐して読み取る眼が芭蕉のうちで働いていて、この表現が生じた、というべきだろう。

〔七〕

『去来抄』のうちにこういう言葉が記録されている。

先師曰、ほ《(発)》句は汝が如く二つ三つ取集めする物にあらず。こがねを打ち延べたる如く成るべしと也。先師曰、ほ句は物を合はすれば出来るなり。其能く取合はするを上手といひ、悪敷を下手と云也。許六曰、ほ句は取合はせ物也。先師曰、是ほど仕よきことのあるを人はしらざる也。去来曰、取合はせて作する時は、句多く吟速か也。初学の人是を思ふべし。功者に成るに及んでは、取合はす・取合はさざるの論にあらず。

（岩波文庫、六七頁。仮名送り・語の転じなどをやや変えた。）

「取集め」という概念と「取合は」せという概念が対比されている点に注目すべきだろう。あれこれと頭に浮かぶものを取りこもうとする仕方が「取集め」なら、「取合は」せのほうは二つが現実ではつながらない〝もの・こと〟であっても、二つの言葉をぶつけ合わせるということだろう。「取合は」せることで、そこに現れ出る固有の光景こそが言葉にするに値するのだ、という考えが基底にはあるのに違いない。

この見方は、俳諧の言葉を考えるのにとても参考になる。というのも、芭蕉の発句は、なるほど、言葉の「取合は」せから成り立っていると見てとれるからである。

もう一度、前に引いた発句を引く。

狂句こがらしの身は竹斎に似たる哉　（『冬の日』）
木《こ》のもとに汁も膾も櫻かな　（『ひさご』）
梅若菜まりこの宿のとろゝ汁　（『猿蓑』）
むめがゝ《(香)》にのつと日の出る山路かな　（『炭俵』）
振売の鴈あはれ也ゑびす講　（『炭俵』）
八九間空で雨降る柳かな　（『続猿蓑』）
夏の夜や崩れて明し冷し物　（『続猿蓑』）

言葉の「取合は」せとしてどれもこれもあるではないか。

「取合は」せのなかで、場面や場面にかかわる人のあり方が捉えられる傾きを示しているところに芭蕉の発句の特質がある、といえそうだ。

最初のものは除き、ほかの六つを点検してみる。

「木のもとに」についていえば、当たり前の場面が切り取られているだけである。言葉にされているのは、「櫻」のうちにすべてが収斂する、ということなのだ。だが、この「取合は」せの面白さは「汁」と「膾」という言葉をぶつけた点にあろう。俗であるこれらの言葉——場の特徴となる生活の匂いに充ちた言葉、を「櫻」につなげる「取合は」せとして働かせるほうに、芭蕉の眼の方位は向いている。

「梅若菜」の場合も、「梅」「若菜」「まりこの宿のとろゝ汁」の「取合は」せを通して、詠まれる場が浮き立つように感じられる。下地としてある挨拶の心に言葉を与えようとする向きのうちでこうした言葉の選びがなされた、と考えていいだろう。

「むめがゝに」の句の妙味は「のつと」の発見にあるか。話し言葉として用いられる俗語だが、この「のつと」で二つの動きが――歩行者の動きと太陽の昇る動きが――重なる。その重なりが語の動きのリズムとも重なる。「むめがゝ」が「日の出」を呼ぶはずはないが、二つのかかわりが一回的に現れた、とする点に実景を借りて幻想を生かす領分のほうに擦り抜ける言葉の世界がある。

次の句の「取合は」せは「振売の鴈」と「ゑびす講」とのぶつけである。商人の祭である「ゑびす講」には、いわば一般的な「ハレ」の語感がある。それが「振売の」とぶつかり、「鴈」とぶつかるとき、生ずる不協和な事態が、日常では消えている場面を切り取って、かたちを現すことになる。

次のものは「空」と「柳」の対比、次の次は「崩れて」と「明し」の対比が「取合は」せとしてはきわだつ。

発句の妙は異質な言葉の「取合は」せにある、と芭蕉が見るのはどうしてか。何もないところに事を立て、展開するのが歌仙で、発句はそのはじまりの場を据える、と彼は見立てたということだろう。どうしてそう見立てることをしたか。現実に依拠しながら、現実そのままではない場を、言葉を通して出発点として構えなければ連句の営みは面白みを失う、という直観が働いていたからだろう。

察するに、芭蕉にとっては、今、私たちがいう〝写生〟といった概念はおよそ意味を喚起する内実をもたなかった。言い換えれば、見えている対象を言葉で描写するといった場への対し方は、彼にはおよそ興味を惹かないことだった。彼は、虫眼鏡のような集光体の働きをするものとして、言葉を見立てる。そうした働きのものとして言葉を駆使しようとする、という立場に立てばこそ、光のようにある事柄を言葉のうちに集めて対比させ、それをぶつけ合わせることで発句にすることを行なったのだ。言葉で場を写生するのではなく、場の特性が言葉のほうに出向いて来て、軸になる言葉に吸い込まれるといった見方がここでは出されていることになる。ここでの言葉のプリズムの働きが微妙だからそうなるのだろう。

〔八〕

『去来抄』での言説を通して発句のあり方について点検してきたが、そろそろ向きを転じよう。三句目以下のことを問題にしてみたい。

こんな問答がある。

先師曰、一巻《ひとまき》表より名残まで一体ならんは見苦しかるべし。去来曰、一巻は表は無事に作すべし。初折の裏より名残の表半バまでに、物数奇も曲も有るべし。半ばよりして名残の裏へかけては、さら／＼と骨折らぬやうに作すべし。末に至りてはたがひに退屈出で来り、猶好句あらんとすれば、却て句しぶり、不出来になる物也。されど、末ずゑ迄吟席いさみありて、好句の出で来るを無理にやむるにあらず。好句を思ふべからずといふ事也。其角曰、一巻に我句九句十句ありとも、一二句好句あらばよし。残らず好句をせんと思ふは、却て不出来なる物也。いまだ好句なからん内は、随分好句を思ふべし。

（岩波文庫、七六頁。仮名送り・語の転じなどをやや変えた。）

発句脇句は同席者が属する季節・場に即して作られるのが原則である。それを受けたところで登場するのが三句目だが、この言立ては旅立ちの合図のような性格をもつ、というべきだろう。長《た》け高くあることがその三句目に関して望まれるのは、そうした性格を背負う地点としてこの場所があるからなのだ。だから、このところでは、発句脇句とは雰囲気が変った世界が立ち現れる必要がある。その変化を軸にしてこそ、次に続くさまざまな場で更なる変化の可能性が探られることが可能になるのだ。芭蕉の「一巻表より名残まで一体ならんは見苦しかるべし」という発言は、当然、変化のない単調な感じの歌仙では面白くないというのが含意だ。それはそうだが、変化とはいうものの、どういう質の変化が連句では望まれるのか、ということに問題の要はある。

そう考えれば、芭蕉の言葉に続く去来、其角の発言は、芭蕉のいいたい方向への注釈としてある、とみなすことができる。

一読して明らかなのは、連句における好句のあり方として事が語られていることである。対照する意味で俳句における表現のことを考えてみよう。

俳句においては、原則からいえば、必要なのはいつでも好句を作ることである。結果として実現するかどうかはともかくということにして、また、どういう内実のものを好句とするのかも問わないことにして、この形式にかかわる表現者は好句を産みたいといつも念じているはずなのだ。その場合の好句とは、連句の表現の枠でいえば、発句としての優れた言葉ということになる。言い換えれば、目指されているのは、接している季節での、接している場に即したところで湧き出る秀逸な表現なのである。

そのことと対比してみると、連句には二種類の好句があることになるのが面白い。一つは、発句としての好句である。もう一つは、営みの途上で現れる好句である。と、そういってみると、この二つのものはどう異なるのか、その点を考えたくなる。

発句は、現在の俳句と同じように、そのうちにいる季節に即することが原則になることはすでに何度か述べた。そのことと対照していえば、連句の途上での好句とは、これも何度か言及したように、虚構の表現としてあるものである。虚構の表現としての好句とはどういう性格のものか。写生画と想像画との違いのようなものだ、とでもいえるか。つまるところ、連句の表現ではやはり人間の言葉の働きのうちでの想像の領分が大きな位置を占める、ということなのだ。このことを確認してみると、次のような視角が開けてくる。現代の俳句という形式の表現では、想像の領分が比較的虐待されることになる。別の言い方をすれば、想像の面を圧縮するのが俳句表現の特質であることになる。連句表現との対比のなかで見えてくるのはそういうことなのである。

それに加えて、興味深いのは、連句の営みには好句はたくさんはいらないと、去来、其角が共に述べている点だ。そのことが示唆しているのはどういうことか。

好句とは、一本立ちしたがる言葉だ、と定義してみる。そういえば、寄り添いの言葉を連ねる点に連句の特質があることに眼が向く。前の言葉のしぶきを浴び、そこに添いながら、そのうちに窓を開ける地点を探し、出立する方向を立てるのが連句における付けの営みである。重視されるのは、好句に眼を向ける発想よりは、前の言葉に寄り添いながら前とは異なる外の世界をどう開拓するか、ということだ。重要なのは、諧謔さや人のあり方の多様さへの着眼を含んだ仕方で、ありうる変り目の場をさまざまに出現させることなのである。そうした性格の連句が元になりながら、発句を独立させて俳句という一本立ちの表現が主流になったのは明治以後のことだった。その点に関して子規の見解の影響がしばしば語られる。が、本当のところそこに生じたのはどういう精神史的事件なのか。それを何度も問うことは、時代のうちに人があることを考える視角を養う点で興味が尽きない。

〔九〕

俳句という呼称が一般に定着したのは明治以後のことだろう。それが定着するに伴って、「五七五」で一句立てとなる言葉の世界が普及した。そうなって、俳句を作る者は、自作のあとに付句が置かれることを配慮する連句的世界をそれとなく意識することから遠ざかることになった。

連句に興味をもつようになってから、連句にかかわるいろいろな方たちと私は知り合うことになった。そこで分ったのは、連句に連なる人びとには、大ざっぱにいって二つのタイプがあることだった。一つには、まず俳句に親しむことがあって、その延長として連句に興味をもつあり方がある。もう一つには、連句に対しての興味がまずあって、その興味のうちで大方は自足しているあり方がある。あとの人たちには、俳句として一句を立ち上げることはさほど重要事とはならない。掛け合いとしての言葉にかかわることがその人たちの主たる関心になる。広告会社でコピー・ライターなどをやった人もいて、言葉のうちに描き出されるウイットのあり方への興味から連句に関心を示すケースが、かなりある。

このことが意味しているのはどういうことかと、とつおいつ考えてみると、このあり方が含む内実はとても面白いことなのではないか、と思われてくる。

俳句という形式が普及したことの裏には、近代といわれる時代の考え方の作法が投影しているのではあるまいか。俳句は、大体は、一人で作る。できあがったものも作者一人に属するものとされる。一つの小説が一人の作家のものとみなされるように、だ。そうしたあり方を、私たちは、通常、あまり疑うことをしないが、これは時代のうちで生み出された作法なのだ。というのも、こういうことが考えられるからである。たとえば「桃太郎」という話がある。この昔話について、私たちは、作者が誰か、などと思いはしない。昔話は作者を要請しないところで表現になっている。それなら考えてみよう。昔話には、どうして作者がなく、小説には、どうして作者があるのか。

一つの大きな要因は、口で語られるのが昔話であり、文字で書かれるのが小説だ、ということにあろう。口で語る場合には同時的に聞いてくれる相手が必要である。文字を書く場合には、事は一人だけのしぐさとして成り立つ。文字で書かれたものは文字を通して、遠くにいる不特定な読者に読まれることが期待されている。書き手と読み手とが同じ場を共有することはきわめて少ないのである。表現されるものに特定の作者が刻印されることになるのはそうした条件があればこそなのではあるまいか。逆にいえば、口頭の言葉の場合は、発信者が固有の誰であるかは、枢要な問題ではなくなることがある。というのも、この場合の言葉は、場を共にする者の間に臨機応変に生まれる傾向があるからだ。

先師曰く、ほ句はむかしよりさま〴〵替り侍れど、附句は三変なり。昔は附物を専らとす。

中比は心の附を専らとす、今はうつり・ひゞき・にほひ・くらいを以て附くるをよしとす。

（岩波文庫、七〇頁。仮名遣いには手を加えた。）

これまで再々見てきたように、前句に付ける次の言葉を探し続けることで進行する遊びが連句だ。そこで、付けのあり方についての吟味が、何時の時にもなされることになる。引用は、そのあり方についての芭蕉の見方の陳述としてある。〝もの〟付け、〝こころ〟付け、がかつて主流だったが、今は、というのは、芭蕉の時期に到って、ということだが、〝うつり・ひゞき・にほひ・くらい〟など多様な仕方での付けが行われるようになった、という次第である。

連句が〝もの〟付けからはじまった、というのは、常識のレヴェルで納得できることだ。前に出されている物を手がかりにして別の物への着想に行くのは連想の手始めとしてありやすいことだからである。前句の〝こころ〟から何かを思いつくあり方がその次にくるのも何となく分る。〝もの〟付けから事の内面のほうに関心が向うのは進みやすい道程なのだ。それが、〝うつり・ひゞき・にほひ・くらい〟といった付け方のほうに変ったというのは、仕様が象徴化のほうに向った、ということになるのに違いない。

その変移を、表現の方向の高度な領分をさらに模索して企られた事の展開だ、と一応は見ることもできる。が、掛け合いの言葉の口頭的な性質を新たに発掘し、甦らせようとする志向が芭蕉のうちに働いていたから、そうした変移に向うことを彼は意図し、その影響下で、この傾向が普及することになった、と見ることもできる。そう考えると面白い。〝もの〟付けも〝こころ〟付けも、意味として機能する言葉の渡しとしてなされる程度が強いといえる。それに対して、芭蕉が提案する付けは、音の響きとしての言葉の渡しをも考慮して語を連ねることである。そのあり方は、音声言語を主とした原初の言葉のうちで働いていたことなのだ。

〔一〇〕

現在の連句が、通常主として、捌き手をしつらえる仕方で行われる由来に関してどういうことが考えられるか。明治になって欧米から文学という概念が輸入され、それに伴って連句もまた文学作品だという意識が行き渡るようになり、内容のあるよい一巻を巻きたいという気持ちが広がったためにそのあり方が普及した、と考えられるのではあるまいか。捌き手が重視されるようになったことについてはそうした経緯が想定できそうである。

その仕方が、そのうちに習慣化されて定着することになった。残念なのは、そのことの結果、習慣自体がどんな成り立ちとしてあるのかということを問いなおす風潮自体が消えてしまったことである。時代のなかに自分があるあり方を私たちが相対化していないことに、このことはかかわる点があろう。連句協会という組織があって、ここで発行される機関誌に載る連句には、ほぼ必ず捌いた者の名がある。連句全国大会という催しもあるが、ここで募集する作品にも捌が誰であるかを記載することがあたりまえのように要求されている。しかし、だが、こうした仕組みは、われわれの時代のうちで発明された様式としてあるのだということははっきり自覚しておいたほうがよいのではなかろうか。

こうした事情について考えるとき、次の『去来抄』の記載は興味深いものになる。

卯七曰く、花に定座ありや。去来曰く、定座なし。大節なる句故譲り合ひ侍る故、裏十一句十三句にて出す。十句八句は短句なり。十三句目、自ら花の句となり侍るなり。当流には此説を用ゆ。（岩波文庫、五三～四頁。仮名遣いには手を加えた。）

現在、歌仙をやる場合、花の句を出すのは一七句目の所と三五句目の所だとされている。そこを定座といったりする。が、去来の見方では、そうした意味での定座として花の出番を定める見方を取る必要はない、ということなのである。この見解の基底にある視法はどういうものか。

連句の仕様には出勝ちといわれる仕方と膝送りといわれる仕方があることについては既に触れた。考えてみれば、この二つの法式はかなり異なる、ということについて何度も考えてみることは意味がありそうだ。捌が主となって運行が行われる際にとられるのは、出勝ちというやり方だ、ということをまず見定めておこう。参加者が時どきに出すさまざまな句を捌くから捌は捌となる。そういってみると、右の去来の言葉は、そうしたあり方とは異なるところからなされている発言であることが注目すべき点になる。去来が発言しているのは、連句が膝送りで行われることを疑わない地点でなのだ。言葉をその場で定めた順番ごとになるべく均等に廻し合って、先を辿って行くのが膝送りである。このやり方では、番に当った者が、前の言葉を引き受けて、いわば自分の責任として新しい領分を開くことを試みることになる。その際に、番に当った者がこんな雰囲気のものを作りたいのだがうまくゆかない、などと呟くこともあろう。そんなとき、同じ座を囲む者が、それではこんな方向の言葉を使ってみたら、などと助け船を出すこともあるはずである。その点は、膝送りのやり方のうちで生ずる顕著な特徴のように私には感じられるのだが、そういっていいか。そういえるなら、膝送りでは、作り手があらかじめ定まっている点でかえって相互扶助の場が開けることもあるということがいえそうだ。

出勝ちの場合は、事情がやや異なるように思われる。いつの時にでも句を出せるのが出勝ちの特徴である。連衆は、そうした条件のなかで常に緊張を経験することになる。他の参加者といつも競うようにして言葉を案じなければならないのだ。調子が悪いと枯渇感に捉われることにもなる。名残のオモテは、歌仙では波瀾万丈に富んだ展開に進むと面白いとされるところなのだが、私などはこの辺りで疲れてきて、言葉の想像力を自在に働かせるのが困難になるのが普通だ。助け船がほしくなる。そんなとき、膝送りだったらもっと気分が楽なのに、と思ったりする。

膝送りという仕方の特質となるのは、いわば譲り合いの精神なのではあるまいか。継いでゆく言葉を生み出すのは、前の句を託されたところで、率爾ながら言葉を続けさせていただきます、という気持ちなのだ。引用のうちにある、去来の言い方が生ずるのはこうしたかかわりのなかでなのだ、というべきである。誰もが花を詠むことに関して謙退の心で対し、結果としてオモテのウラの終りから二つ目まで持ち越されることになって、ようやくオモテのウラの終りから二つ目に至って花の定座が置かれたという言い方にその心のあり方が反映しているのだ。

花は、歌仙の世界では、何か、絶対的な価値を示すものとみなされる。なぜか。〝美〟の極、とみなされるのが花だからだ。

〔一一〕

花について考えようとすると、検討したいのは、事柄と言葉とのかかわりということである。花が咲くということがある。そう私は言葉で書く。が、そう言葉で書くことと花が実際に咲くこととは異なる、というところから話題を組み立てたい。さて、その二つはどう異なるのか。いろいろな言い方ができる。花が咲くことと花が咲くと言葉でいうこととは無関係である、ともいえる。花が咲くということがある、という言い方は繰り返しができる言葉だが、実際に個々の花が咲いていることに面して出てくる言葉は、自分のなかの初めての言葉だ、といってみることもできる。というのも、実際の個々の花との出会いは、どんな花でも、初めて出会う花だからである。その機微には注意をはらうべきだろう。

詩の言葉というもののあり方について一つの定義をしてみたい。それは、物に出会って浮かぶ最初の言葉を想起してかたちにしようとする試みのうちで形成される言葉だ、と。そういった上で、物のうちの至上のものが花なのだ、と仮定してみる。と、連句の営みのうちで花を詠むとは、物のうちの至上のものを言葉に取り入れてみる仕事なのだ、といってみることができそうだ。

この考えは、オモテのウラの終りから二つ目、ナゴリのウラの終りから二つ目、その二つの場を花の定座とするという考え方と真っ向から対立するはずである。

花の定座をあらかじめ定め、その式目にのっとって花を詠むという発想のうちにいると欠如しやすいのは、個々の花に出会うときに発する言葉は、誰にとっても、言葉としては、未だいったことのない言葉、その意味で最初の言葉だ、という感性である。花の定座だから、と定められると、人は類型としてある花の模様を言葉にしがちなのだ。

それにまたこういうこともある。言葉というものは、そもそもは類型としてあるものである。その典型となるのは、〃お早よう〃とか〃今日は〃とかいう挨拶の表現である。そのことをふまえてみれば、そもそもはそうした類型としてある言葉のうちから、その殻を脱して、物に出会う最初の驚きを言葉に紡ぐのは、言葉のあり方に対して逆説的な仕方で構えることになるのだ。とすれば、花を詠むことになっている場だから習慣的に花を出す、という発想のうちにいるだけの場合は、詩のあり方とはかかわるところがない言葉への対しようだ、ということになる。

私がいいたいのは、花を詠むとは、花が咲いてあることに対する驚きを一座のうちで、想起し回復し、そのことに言葉を新たに添える営みとして連句に花の場が置かれているのだ、と解釈してみてはどうか、ということなのである。

去来は、そうしたことをいくぶんかは意識していたらしい。

卯七曰く、花を引上げて作るはいかに。

去来曰く、花を引上ぐるに二品あり。一は一座に賞翫すべき人有りて、其人に花をと思ふ時、其句前に至り春季を出、望む也。是を呼出し花といふ。又一つは一座の貴人功者などは佳に花を作す。又両吟は互ひに一本づゝの句主なれば、謙退に及ばず。何方にても引上げて作する也。さて故もなく花を呼出すは、呼出す者の過ちにして、花主の罪にあらず。又、故もなく自ら引上ぐるは、緩怠の作者也。是等の事は隔心の会式なり。常の稽古にはともかくもあるべし。人にふりかゆる花有り。是は花一句と思ふ人の句所悪しき時は、我句を前にふり替へて花を渡すなり。

(岩波文庫、五四頁。仮名送り・語の転じなどをやや変えた。)

花を引き上げるのはどんな場合か、ということが話題になる。

連句は、作られる言葉とそれを作る人から成る営みである。人には、普通の人もいるし、貴人もいる。貴人が貴人であることについて配慮する、ということも、連句が隆盛した江戸時代には必要なことであったろう。去来の発言は、そうした状況をふまえて言葉になっているのに違いない。

しかしさて、貴人はなにゆえに貴人なのか。〝貴〟なる実質を備えているから、というのが本旨ではないのか。それなら〝貴〟なる実質の内実はどういうものか。たとえば花のあり方に、敏感に自在に応じうる者だ、といってみることはできないか。

事の実相を考えるならば、連句の言葉は、詩の言葉としてのみ表現になるのではない。一部に詩の言葉を含むことはあるとしても、多くは俗事を、機知のうちに詠みこむものとしてある色彩が強い。だが、だからこそ、と私はいいたいのだ。花を出すところでこそ、一回きりのものに出会って生ずる言葉を引き出すことが期待されているのだ、と。貴人の貴人性への眼差しが据えられるのはそうした願いとかかわるところでなのだ。

〔一二〕

『去来抄』を去来はなぜ書き留めたか。芭蕉に指示された内実が永遠に消えてしまうのでは惜しいと思ったからか。この本のうちに去来が示している書きぶりには問題事項にうちこむひたむきさのようなものがとても感じられる。芭蕉が去来に与えた感化の方位には、何か不思議なアウラのようなものが輝いていたとも見える。

だが、芭蕉のほうからは去来はどのように見えていたのか。

そうしたことを書くのは、次に引く問答は本当に芭蕉の見方なのかどうか、疑いたくなるからである。

浪化曰く、今の俳諧に物語等を用ゆる事はいかゞ。去来曰く、同じくば一巻に一二句あらまほし。猿蓑の〳〵待人入れし小御門のかぎも、門守の翁なり。此選集の時、物語等の句少なしとて、粽《ちまき》ゆふ句を作して入れ給へり。（岩波文庫、七六頁。仮名遣いには手を加えた。）

表現論の視角から見ると、俳諧が示すそれはきわめて興味深いものだ。右の引用のうちに「物語」とあるが、この「物語」は江戸期の読み本類を含むものではないことにまず注目しよう。想定されているのは『源氏物語』のような「物語」のことであるはずである。同時代の作物ではない、平安期の優美な表現に素材を求めて連句作中にその場面を挿入することが必要だ、という主張がある点に、ここでの連句の捉え方の特質の一つが見られるのだ。しかしそうした見方に接すると、連歌のような古典美の世界を集中して追う仕方には批判的な視点を立てるところに、連句の世界が成立したことが思い出されてくる。連句（歌仙）は、江戸期に形として現れ、広がることになった市中生活の事項、その場に生まれる人情を詠みこむことにも多くの関心を示すことになったのだ。とすると、連句は、事柄として、少なくとも二層の領分を背負うことで成り立つ表現の形式だ、といえそうである。花と月を詠むことが要求されている点で、古典の世界を踏襲する方向が、消え去ってはいない。だが、その素材の多くは、日常の普通の人の暮らしの断面に求められる。

日常の事項を詠むことに興味が向ったことは、それまで歌の主流としてあった雅語を解体する方向を呼ぶことになった。

詩の歴史という立場から日本の言葉を見ると、とりわけ平安期に、歌の言葉が雅語を用いることを暗黙の条件としていた点は、注目してよいことだろう。そこでは、鼠や猿や蚯蚓やは、雅語ではないから歌に詠むのは禁じられていたのである。こうしたことは、詩語が作られる際の制約として、世界のどの場にも多かれ少なかれあるように想像されもするが、しかし、平安期の日本ほど詩のうちに使えない言葉への不文律の禁が強固である場も珍しいのではないか。ほかの場ではこれほど強い制約は働いてはいないと想像されるのだが、どうか。この点は、調査をして厳密を期したほうがよい。それは機会があれば行なうということにして、今は所論の方向で事を展開しよう。使っていい言葉と悪い言葉の仕切りを詩語の性格として置くことが、日本で、どうして強固な条件になったのかは、人類学的な探索課題として、とても興味あることには違いないのだ。さて、詩語に関するこうした禁忌をはずし、それまで歌ってはいけない言葉も使える世界を人びとに解放したのが俳諧だった。ということは、市井の暮らしのうちにある蒲団やどぶや蝿叩きや鼠が、歌う対象として見出され、公認されたということにほかならなかった。

そうした事を念頭において先の去来の発言を見ると注目したいことがある。古典の事項は連句の表現の全体を覆うものではありようがないが、その一部は登場したほうがよいと、ここで主張されることである。しかしまた、だから、一部に登場されることが要請されるものとして古典世界が望みみられるのがかえって注目点になる。引用文のうちの「此選集の時、物語等の句少なしとて「粽ゆふ」との句を作して入れ玉へり」の主語は芭蕉とするのが妥当であろう。去来によると、歌仙のうちに古典の世界を、ほぼ必ず入れたほうがいいといったのは芭蕉であることになる。しかし、とそこで考えてみたいのだ。芭蕉は、そうしたかたちで古典を呼び出すことが必要だ、と本当に考えていたのか。

当然のことだが、やはり思うべきなのは、『去来抄』のなかの芭蕉の発言は、去来の眼を通ったものとしてある、ということなのではあるまいか。ある見解が自分にあって、それに基づいて相手に何かを問うて、そこで得た同意を相手の意見として述べる、ということは、今でもありがちなことである。もしかしたら、ここでの芭蕉の考えとされるものもそうしたかたちで残ることになったのかもしれないのだ。

そう考えれば、この見方を芭蕉にかかわる正解だ、とすることはない。彼の連句観のうちに基本としてこうした見方がある、とは断定できないだろう。芭蕉の基本は、事を脱構築する革新者だった点にある。が、去来とのかかわりで、去来向けの顔をついして見せた形跡がないとはいえないのだ。

第五章

芭蕉にとっての江戸

〔一〕

不思議といえば不思議なことがある。芭蕉がなぜ俳聖といわれる位置に立つことになったのか、ということである。著名になるようにことさらに芭蕉が運動した気配は見えない。その方向に向けて運動するといった条件もこの時期にはさほどなかったようである。自分としての無理のない振舞をし、いくつかのグループとかかわり、最後は大坂で客死することになったということだった。それでも、いつの頃からか、芭蕉は俳句世界で事を革新的に展開した卓越する者であるとみなされる風潮が生じた。どうしてなのか。

芭蕉について考えているとどうしても想像したくなることがある。この人は、何か人に不思議な魅力を与える雰囲気を漂わせていたのではないか、と思いたくなるのである。彼に近づいて、そうした面に触れたと感じた者は少なくはなかったのではないか。死後に『去来抄』や『三冊子』といった記録が公刊されることになったのも、そうした魅力なしにはありえなかったのだろうと思われてくる。そうしたほうに関心を向けていると、その魅力の質はどんなものであったか、と問いたくなる。

『芭蕉七部集』といわれる集積がある。初歩的なことながら、これは芭蕉自身の編纂によるものではないことをまず確認しておこう。成立したのは、芭蕉の没年（天和三・一六八三年）のあと、約三〇年ほどを経た享保期の中頃（一七二五年頃）の由である（岩波文庫『芭蕉七部集』の中村俊定による解説、四三三頁）。編者は佐久間柳居で、右の解説によれば、江戸座俳諧に批判的な人だったという。

七部集は、「冬の日」「春の日」「曠野」「ひさご」「猿蓑」「炭俵」「続猿蓑」の七つから成る。そう並べてみると、注目したいことがある。一つを除き、選者が尾張から西に寄っていて、江戸の住人の選になるのは「炭俵」だけだ、ということである。「冬の日」「春の日」「曠野」の選者の居所は尾張、「ひさご」は近江、「猿蓑」は京都である。「続猿蓑」は芭蕉の死後のもので、これは芭蕉の郷里、伊賀上野に残された稿本を元に編まれた、という。芭蕉の居所は基本は江戸に据えられていたのに、その代表選集とされるもののほうは、日本の西に傾く傾向の人びとによって編まれているのだ。このことが物語っているのはどういうことだろうか。

まず次の点が疑問になる。七部集の最初になる「冬の日」が編まれたのは一六八四（貞享元）年である。その前の年、一六八三（天和三）年に其角によって江戸で「虚栗《みなしぐり》」が編まれている。成立の時期が「冬の日」に近接している「虚栗」を七部集からどうしてはずしたのか、という疑問がそこで生ずるのだ。それに対してのとりあえずの解答は二つだろう。一つは、「虚栗」はまだ蕉風確立以前のものであって、取るに値しないとされた、とすることである。もう一つは、

『芭蕉七部集』の編者の佐久間柳居が江戸風俳諧を嫌ったらしいからそうなった、とすることである。

第二の点は措くとしよう。第一の点について考えてみる。

『野ざらし紀行』を生んだ芭蕉の故郷に向けての旅は、彼のうちに新しい世界を自覚させる機縁となったらしい。捨て身に徹することから見えてくるものに寄り添う姿勢の発見が自覚の内実だった、とでも敷衍できようか。そんな感じを自分の基軸に見出して郷里に辿り着いてそののち、その年の一一月、船で桑名から熱田に到り、さらに名古屋に行って「狂句木がらしの身は竹斎に似たる哉」という芭蕉の発句ではじまる歌仙が巻かれるのである。芭蕉新風が確立されたということで世に喧伝されているものだ。

だが、この歌仙がどうして新風、新天地の立ち現れとみなされることになったのか。馴染みとしてある感性を飛び越えることを表現する捨て身のうちで言葉を働かせる勇気を芭蕉はえたからだ、とでもいってみるか。

江戸は、芭蕉にとって異境だった。それでも、そこを根城にして居を構えることが続けば、住み慣れた感じも生じることになる。芭蕉のうちに旅の世界が求められたのは、そうした慣れの感性を断ち切る方向に向おうとする欲求がとどめがたく湧き出て鎮めがたいということであったらしいが、そうしたほうに向う風狂さに彼が徹するについては何か格別なものが感じられる。どうして、知られているような、旅に執着する芭蕉が出現することになったのか。

出てきた都会が、大坂でも名古屋でもなく、江戸だったことが、そうした方向を養うほうに強く働いたのではあるまいか。江戸は新開地であって、住む人に「旅宿の境涯」（荻生徂徠『政談』）を感じさせるところだった。そうした新開地のあり方が、定まらなさ自体として生があるという感じを深く養ったのだ、と想像してみたい。江戸という地は精神的な難民として自分がある、という感性を芭蕉に植えつけ、その感性がその後の芭蕉の運動を定めたのではあるまいか。

〔二〕

「冬の日」に載る歌仙を名古屋で行う一年前、芭蕉は江戸で其角とやや狂歌ふうであるとも見える歌仙を巻いた。一六八二（天和二）年の暮れである。それを検討してみよう。

まず引用してみる。

酒債尋常往ク処ニ有
人生七十古来稀ナリ

詩あきんど年を貪ル酒債《さかて》哉　其角
冬湖日暮て駕《のする》レ馬ニ鯉　芭蕉

干《ほこ》鈍き夷に関をゆるすらん　同
　三線人の鬼を泣《なか》しむ　角
月は袖かうろぎ睡る膝のうへに　同
　鴫《しぎ》の羽しばる夜深き也　蕉
オウ
恥しらぬ僧を笑ふか草薄《すすき》　同
　しぐれ山崎傘《まいまい》を舞　角
笹竹のどてらを藍に染なして　蕉
　狩場の雲に若者を恋　角
一の姫里の庄家《か》に養はれ　蕉
　鼾名にたつと云題を責《せめ》けり　角
ほとゝぎす怨の霊《れう》と啼かへり　蕉
　うき世に泥む寒食の痩　角
沓は花貧重し笠はさん俵《たはら》　蕉
　芭蕉あるじの蝶丁《たた》く見よ　角
腐れたる俳諧犬もくらはすや　蕉
　鰥《ほち》々として寝ぬ夜ねぬ月　角
ナオ
婿入の近づくまゝに初砧　同

たゝかひやんで葛うらみなし　蕉
嘲りそ黄‐金ハ鋳ル二小紫ヲ一　角
黒鯛くろしおとく女が乳　蕉
枯藻髪栄螺《さざえ》の角を巻折らん　角
魔‐神を使《し》トス荒海の崎　蕉
鉄《くろがね》の弓取猛き世に出《いで》よ　角
虎懐《ふところ》に姙《やど》るあかつき　蕉
山寒く四‐睡の床をふくあらし　角
うずみ火消えて指の灯　蕉
下司后朝《あした》をねたみ月を閉ず　角
西瓜を綾に包むあやにく　同
哀《ナウ》いかに宮城野のぼた吹凋《しほ》るらん　蕉
みちのくの夷《えぞ》しらぬ石臼　角
武士《もののふ》の鎧の丸寝まくらかす　蕉
八声の駒の雪を告つゝ　角
詩あきんど花を貪ル酒債哉　同
春湖日暮て駕レ興ニ吟　蕉

（『日本俳書大系・蕉門俳諧全集』日本俳書大系刊行会、四〇～一頁）

二人で詠む両吟という形式である。

諧謔ふうの調子が強い。

それは、最初の発句・脇句の語句をちょっとだけ変えて、最後の二句に繰り返していることからも知れよう。のちには見られない作の様子である。

この歌仙を作りながら、二人は酒を飲んでいたのかもしれない。書き出しの漢文の提示にも遊戯風に事に処している様子が想像される。

酒手払ふは行けばどこでも
七〇生きるは稀なことだが

戯れに口語訳すればそんなふうになるのが表題として置かれた書き出しの漢文の含意である。

歌仙を注解してみる。

発句は自己卑下だろう。詩商いをしている種族なんかは年の暮れになって、酒手の払いが残るだけ、といった意味か。季語は「年を貪る」で、歳末である。

付句で芭蕉は雰囲気を変えた。冬の湖から日暮れに釣った鯉を馬に乗せて帰るよ、といった意味になるか。当然、季語は冬である。

三句目も芭蕉である。「夷」はエビスと読ませたいのだろう。馬からの連想で、剣の切れ味の鈍い夷の種族だから、関守も通るのをうるさくはいわないんだよね、という示しになりそうだ。無季になった。

四句目は其角である。彼は、いわば奇っ怪なほうに行く連想が好きなようである。夷は、武力には劣っても、三味線・音楽の芸は人の心のなかの鬼だって泣かせるのさ、というわけである。これも無季だ。

五句目。「袖」は三味線を弾く人のものと見てもいい。楽器を弾く人の袖に月が映り、膝では蟋蟀が伴奏さ、といった意味か。月も蟋蟀も、共に秋の季語である。

六句目。鳥の鳴は秋を示す。囚われ鳥の様子か。

こんなふうに、オモテ六句を通観してみたが、ここで叙述の仕様を変えることにしよう。叙述の仕様を変えて、これまでに紡いできたことで生じた文のしこりを、ややほどくことを試みよう。

この連句のはじめに戻って話題を構成してみる。

〔三〕

A（連句に興味をもちはじめた人）　いま検討している芭蕉と其角との歌仙を、ここでは「詩あきんど」の巻と呼ぶことにして、それを検討してみましょう。「詩あきんど」の巻は両吟形式ですから、論ずるほうも対話形式でやってみようという次第です。まず、一つのことを話題にしたい。

B（連句にかなりかかわっている人）　どうぞ。

A　この歌仙が両吟でなされている、ということに関してです。芭蕉は、江戸で両吟歌仙をしばしば巻いていますね。それには何かわけがある、と考えていいのでしょうか。其角とのこれがそうだし、七部集の中の『阿羅野』には越人とのものがあるし、『炭俵』には野坡とのものが載っている。行われた場所は全部江戸です。ほかの場所では、何人かの連衆が参加して歌仙を巻くのが普通ですが、江戸でこのやり方がなされることになったのにはわけがあるのでしょうか。

B　江戸以外では、芭蕉は客人だったから、彼が行く場には複数の人が集まった、ということなのでしょうか。それに対して江戸では、芭蕉は訪ねられる側になることが多かったということが一つの原因になっているのかな。それに、江戸では、芭蕉は、何といっても先生ですよ、ね。連句の場で、旅先ほどの緊張した興行になる必要はなかったのではないでしょうか。時には、近くにいる宗匠としての芭蕉に接する、というような気持ちも、江戸の弟子のうちには生じていたかもしれません。『冬の日』に載った名古屋での連句なんかは、逆に、旅をしてきた芭蕉と連衆が他流試合でしのぎを削るような雰囲気が溢れている、と見ることもできます。

A　おっしゃる方向のことはいえるかもしれませんね。まあ、結論は簡単に出さないことにしましょう。とにかく江戸での芭蕉と江戸以外の場所での芭蕉とでは、連衆に対する態度に違いがありそうで、これは分析してみれば面白いことだ、と私には思えています。さて、両吟のことですが、このやり方は、連句の仕方のなかでは、参加者の個性がもっとも出てしまう形式のように思うのですがどうでしょうか。というのも、場を構成する者は二人で、多くの複数の個性が入ることで内容が多層化される条件が、この場合は少ないから。

B　その指摘は当っているかもしれません。

A　今検討している両吟歌仙にしても、突っ走って言葉を手繰り出すような其角の鋭角的な表現とそうした荒れ馬ふうな相手の出方を宥めてやわらかい脱出路を言葉の展開のうちで探り出そうとしているような芭蕉の態度と、その二つが対照的にせめぎ合っていて、その緊張感が、読む者にも伝わってくるように感じられるのですが、どうでしょう。

B　「詩あきんど年を貪ル酒債哉」という発句を其角から示されたときの芭蕉の顔を想像してみると面白い、と思います。無頼者として世にあって、貯まるのは酒手の借金だけだ、と直截に述べる仕方で、其角は発句を立てたのですね。それに対して、「冬-湖日暮て駕レ馬ニ鯉」と芭蕉は付け句で応じた。ここに一匹の暴れ鯉が現れた。が、その鯉も釣られて、夕方、冬の湖をあとにして、馬に乗せられて釣り師が家路に戻ることになったよ、というほうに芭蕉は世界を変えてみたのでしょうね。諧謔風な仕方で、蔽いをかけるようにして相手の投げた直球を掴み取り、方向が違うほうにそっと事を転ずる直感の動きが見事に働いているように見えます。

A　三句目も芭蕉です。両吟だからそうした組合せにしたのでしょう。「干鈍き夷に関をゆるすらん」。この転じはいかがですか。

B　人というものは、思考の習慣のようなものとして、世の中心にあるものを正当だ、と思いたがる傾向がありますね。単純な例でいえば、田舎よりも都会に人が憧れる、といったことです。自分が標準語を話せることを誇りにしている人は、案外いるものですよ。そうしたあり方とは逆に、芭蕉のうちでは、そんな疑似中心価値に行きたがる人の傾きに疑いをかけ、そこからはずれたものに眼を向ける感受性がいつも働いていたのではないか、と思われます。自分のうちに習慣となっている枠ではすぐには理解できないものにかえって好奇の眼をむける志向が、彼のうちにはひそかに漂っているようです。こうした精神は、事の照準を二重の焦点で捉えようとする志向のほうに向う傾向があるのではないでしょうか。そこで「夷」に連想が行くことにもなった、と考えてみると面白い。「夷」は〃えびす〃と読むのだと思いますが、東北の人びとのことを思い描いているのでしょう。湖での釣人の動きが東北の僻地のこととしてある、と転ずるほうに思いの場をもってくる芭蕉の眼の働きは広いですね。ユーモアもある。「干鈍き」「夷」が、中央の固める「関」を破ってしまったそうだよ、といった意味で事が展開しているのですから。

Ａ　この時期、奥の細道への思いが、すでに芭蕉のうちにあったということなのでしょうか。そうでなければ、こうした題材は出てこないのではないですか。芭蕉が「夷」的なものになぜ興味を感じたのか、という点は、とても興味深い。

〔四〕

Ｂ　さて、芭蕉の三句目に付けた其角のものはどうでしょう。「三線人の鬼を泣しむ」。これは無季ですね。「夷」という辺鄙なところには「鬼」がいる、とみなしたところでこうした付けを其角は案出したのでしょうか。ここで問題にしてみたいことがあります。今の作法ではオモテにはこうした妖怪的なものは出してはいけないことになっているのですが、ここではそれを平気で題材にしている、ということです。

Ａ　「鬼」といった言葉を直截にもってきたがるところには其角の好みらしいものが投影しているようですが。

Ｂ　そうなのでしょうが、四句目に「鬼」を出すことに関して、それを禁じる発想は、芭蕉の頃はまだなかったのかな。

Ａ　そうしたこだわりは成立していなかったようですね。それにしても、この付けの心は、今一つ分りにくい。

B　分らない付けと見れば見ることができますね。三句目はなさそうなことが生じたということをいっているので、その内容を受けて、三味線の曲の哀切さは人の心のうちに住む鬼さえも泣かせる、という方向に事をもっていったのかな。

A　五句目への展開はどういうことなのでしょう。これも其角ですね。月が出て秋になりましたが。

B　部屋のうちに場面を転じました。何か物憂い光景ですね。袖を照らすのは月で、膝の上にはこうろぎが眠っている、という情景は。荒屋の様子といった感じだな。

A　こうした突拍子もない雰囲気を言葉の上に開くのは、これも其角の好みなのでしょう。何かパターンになっているようにも見える、こうした発想は、雰囲気を粘つかせる方向に働きかねないようにも見えますが。

B　そうした見方に立つのならば、芭蕉は、その粘つきを溶かす方向の言葉を探すことに、ここでは役割を定めていた、としてみると面白い。六句目の「鴫の羽しばる夜深き也」は、鴫が秋の季語ですが、遣句的ですものね。遣句というのは、個性的に言葉を連ねる仕方とは逆の、軽いフェイント的な表現を提示する点に特徴があるのですが。

A　「鴫の羽しばる」というのは、羽が凍るということで、深夜、丑三つ時の時間をもってくる点には、芭蕉の深遠趣味といったものが伺えるようにも思えます。

B　さて、オモテが終ってウラに入ります。ウラの一句目はどうでしょう。芭蕉が続けて作りました。「恥しらぬ僧を笑ふか草薄」。薄が秋の季語で、これで秋が三句続いた。

Ａ　分りにくい句ですね。僧がどういう点で恥を知らないというのだか分らない。その僧を薄が笑うというのも、どうして笑うのだか、読む者にその感じが直截には伝わってこないように感じます。

Ｂ　これも、どこか、遣句的な作風ということになるのかなあ。ウラに入って調子を変えようという雰囲気だけは感じられますね。

Ａ　芭蕉は言葉遊びを大分している感じがしますね。深夜からの連想だから、付けは夜遊びの僧という心なのだと取れば、遊びから野を戻る僧という局面を出すことで滑稽感を盛ろうとした、という理解の方向はどうでしょうか。

Ｂ　そうだとすると、芭蕉は、ここで、其角に向けて滑稽な恋の句を仕掛けてみた。そうも考えられますね。

Ａ　其角の句も、恋の雰囲気に微妙な感じで足を乗せている、と読むことはできそうですね。「しぐれ山崎傘を舞」は「舞」を重複して読ませようという趣向でしょう。そうすると、時雨の山崎、これは京都に近い山崎という地のことなのでしょうが、その山崎で傘が何度か舞う様子のことになって、旅の芸妓の仕ぐさととれますね。こんな女性を出して、恋の雰囲気をほのめかせようとしたのかもしれません。場面を普通の日常から離れたところに構えているのですが、こうした踊りの場のしつらえはやはり其角流に見えます。「しぐれ」で季としては冬を出しています。

B　この巻では、意味の結晶度が弱い言葉を出しているのが芭蕉の特徴になるようです。オウの三句目もそうでしょう。「笹竹のどてらを藍に染なして」。笹竹色のどてらを藍色に染めて、というだけのことですが、踊り手の衣裳を言葉にしてみたということなのでしょう。どてらは冬の季を示している、と見ることもできます。どてらを踊りとつなげて出した点に場違いの滑稽さを篭めた、と見られないこともない。

A　かたちとして鮮明にしない仕方で恋の雰囲気を連綿と続けている、といった様子ですね。

B　恋の様子がはっきりしてくるのは、ウラの四句目でです。若者が出てきます。笹竹の色とか藍色とか、鮮度が高い色からの連想として出現したイメージとして取ることもできそうです。「若者を恋」は〝わかものをこう〟と読むのでしょう。狩場らしいところに雲が見えて、あの雲の下にあの方がいらっしゃる、と、娘が遠く憧れる、という風情です。ようやくまともな恋情の表出になりました。二人は、ここに至るまでの縺れあいを楽しんだ様子です。気を許し合って連想を自由に連ねているのがこの巻の特徴でしょうか。

〔五〕

A　オウの五つ目から点検してゆきましょう。四句目の「狩場の雲に若者を恋」に「一の姫里の庄家に養はれ」と付けたのは芭蕉ですが、連想力の転換はさほど感じられません。

B　連句という遊びは、すべての箇所に秀句をもってきては流れが流暢にならないので付けの言葉を探すのに苦労するのです。芭蕉のこの句は、前の句が出した雰囲気をやや広げようとしてあえて平凡に作ってみたという感じです。ここにあるのは、一種の辻褄合せです。何かの事情で「一の姫」が街の城住まいを離れて田舎の庄屋に養われる事情になった。そこで山で狩をする若者に恋心を抱く状況が発生した、と新しい方面に向けて場の展開を芭蕉は構えてみたようです。

A　それに「鼾名にたつと云題を責けり」と付けたのは其角です。姫が鼾をかく、ということにしたいのでしょうが、だいぶ野放図に遊んでいる感じです。二人の間にこんな会話が交されたと考えると面白い。芭蕉に其角が、何か示唆になることをいってください、と訊いたと想像してみる。姫は鼾で評判になって城を出されたことにしてみたら、と芭蕉がいった。それではちょっとお姫さまにひどいな、と其角はいい、それでも芭蕉の談笑に応じてこんな付け句になった。

B　この歌仙は相当気楽にやっているようだから、そうした想像も当らずといえども遠からずかもしれません。

A　この面の七句目は芭蕉です。「ほと、ぎす怨の霊と啼かへり」とは、なにやらもったいぶった雰囲気ですね。「ほととぎす」で夏の季語を一つ出そうとして、あの鳥のすさまじい鳴きようは「怨の霊」が何かを訴えているのだ、としてみたのでしょう。「怨」は〝うらみ〟と読ませるのでしょう。表現を遊ぶ方向で芭蕉はこういう付けをしたのでしょうが、この人には「霊」といった重い感じのする言葉を好むところがはじめはあって、こういう句が出現したともとれます。

のちに芭蕉がいいだす軽みというのは、自分のなかの重さを軽めたいという自覚と重なる点があるのではないか、と私は思っているのですが、いかがですか。

B　考えられることなのではないでしょうか。その場合、江戸の人びととの付き合いが、そうした芭蕉の転換を助ける方向に働いた、ということはありそうです。一見軽薄に見える其角が芭蕉にとって好ましい人だったのも、浮かれることが許される江戸という新開地の精神風土のあり方と重なるところがあるように思えます。がさつといえばがさつな其角のあっけらかんさが芭蕉にとっては慰藉となることもあった、と考えると面白い。

A　そういう見方に接すると、これからの展開での遊び方について納得が進むような気がします。其角の付けの「うき世に泥む寒食の痩」というのはひねった句です。いいたいのはこんなことでしょうか。冷えた食べものしか口にできない環境にいる人があって、痩せているのだけれど、そんな暮しの人でも浮世の様《さま》に馴染むもの、といって、暗にこのあり方は芭蕉先生みたいだ、と其角は面白がっている。

B　一つの見方でしょう。発句で述べられた気分と似た点があって、この種の言い方は、其角のうちに基層底流として流れていた感情のようですね。次の句を見ると、そうした感情の向きについて二人はいつも話題にしていて、分り合う地盤が共通にあった、とも見えます。私小説という言い方が、明治以後日本に発生しましたが、その言い方をなぞっていうと、この歌仙はとても私俳諧的です。関西や名古屋の人たちからは、こうしたふざけ方が好まれなかったのでしょう。

A　そうですね。「沓は花貧重し笠はさん俵」と芭蕉が付け、それに「芭蕉あるじの蝶丁く見よ」と続けられるところは、見方によれば、絡み合いが緊密過ぎて、連句の原則――繰り返しを忌み、なるべく遠くに思いを馳せる原則――からすると、難じられる質のものといえそうです。どうですか。

B　その規準から見たら、この連句は落第ということになるのでしょうね。面白いのは、落第になるかもしれない連句を芭蕉が作って残していることなのではないのでしょうか。芭蕉には宗匠ふうに事を仕切って、可能性の領分を狭くするような点がない。その点が魅力なのだと思います。見たところは活発のようでも、伝統がしかじかということを持ち出すことで、結果的に連句の内実を狭い方向にもって行く動きは、今でもありがちなことですからね。

A　それはそれとして「沓は花貧重し笠はさん俵」という芭蕉の句は、何か、意味ありげな感じがしますね。要するに野外生活者の状態のようなあり方をかたちにしたのでしょうか。

B　「さん俵」というのは、俵の端の丸い蓋のことだから、それを笠にしている、ということは、無一物の、野外生活者風風流を生きている人のあり方になります。「沓は花」というふうに、目線の下にあるものと花とをつなげるところには芭蕉の柔軟な個性の光が見られる、ということはありますね。

A　さん俵笠の主は芭蕉だ、と其角は断定するわけですね。

B　表現を進めるエネルギーになっているのは、逸脱者意識を共有して、その意識に洒脱に対している二人の視軸です。

〔六〕

A　さて、ここで一つのことを話題にしたいのです。今、普通だとみなされている式目だと、歌仙では、花が二回出るうち、一回目は、オモテのウラの終りから二つ目のところに置くことになっています。だが、ここでは、終りから四つ目のところで花は作られています。全体では一五句目のところになります。通常は一七句目とされるのですね。つまり、引き上げられているのですが、位置を芭蕉が引き上げているのには何かわけがあるのでしょうか。

B　『去来抄』に花を引き上げることへの言及がありましたね。前にここで検討したことがありましたが、もう一度引用してみましょう。

　卯七曰く、花を引上げて作るはいかに。

　去来曰く、花を引上ぐるに二品あり。一は一座に賞翫すべき人有りて、其人に花をと思ふ時、其句前に至り春季を出、望む也。是を呼出し花といふ。又一つは一座の貴人功者などは佳に花を作す。又両吟は互ひに一本づゝの句主なれば、謙退に及ばず。何方にても引上げて作する也。

去来が語ったのは、時があとのことでしょうが、この歌仙が作られた時点で二人は去来がいうようなことをどの程度意識していたか、面白いところです。このケースは、去来のいう枠のなかでは「両吟」について述べた場合に当るようですが。つまり、二人のどちらかが花を出したくなったら随意に出すことがある、という場合のようですが。

A　この時点では、花と月の位置に関して、芭蕉たちはわりあい無造作だったようにも見えますね。二度目の月が出るのはオモテのウラの最後に至ってです。「鰥々として寝ぬ夜ねぬ月」がそれで、作者は其角です。二人の話のうち誰がいうとでもなく、この面にまだ月が出ていないですね、ということになり、じゃここで私が、などと其角がいって、月を詠んだ、ということも考えられます。規則のことを頭に置くよりは、雰囲気で事を進める、といった感じで事を成り立たせている、とも見えるのですが、どうでしょうか。

B　規則を先立てるよりは、場の展開の興を中心において付け合いをしているように思えます。月の上の、ここでは「ホチホチ」と読ませている「鰥」という字は、想像のうちで思い描かれた大魚のことといいます。が、また男やもめのことでもあって、普通の読みは「カン」です。ここでは、その男やもめの意味で其角は使っているようですが、男は寝もやらず、月も寝もやらず、というのには妙なユーモアがある。

A　「うき世に泥む寒食の痩」以下、私俳諧《しはいかい》の感じをここでは集中して出して楽しんでいます。

「寒食の痩」にある者でも「うき世に泥む」ほかはない、というのは、ある種のすね者のあり方をいっているのでしょうし、「さん俵」を笠にするのは貧の状態を演技化するほうに転じている、と見ることができます。

B　「芭蕉あるじの蝶丁く見よ」というのも、すね者の風流のあり方をいいたいのだ、としていいでしょう。「丁」という字は、元もとは木を切ったり、碁石を叩いたり、元気がいい音を出すことに使われる言葉なのですが、「芭蕉あるじ」が叩く相手といったら、何とそれは「蝶」なんですよ、と諧謔のうちでおどけてみせている。そうしたら、「腐れたる俳諧犬もくらはすや」と芭蕉がまたおどけて見せた。これは二つに意味が取れます。腐った俳諧は、犬にでも食わせるか、というのと、犬も食わないか、というのとです。そうしたら其角が、一人住まいのやもめは夜も安眠できないで、寝ることはない月と付き合う世界が開ける、とまたふざけてみた。徹底的に諧謔を弄している、といった雰囲気ですね。そんなふうにして、こわばりを解消しているように見えます。

A　詠まれている季節のことを振り返ってみます。「ほとゝきす」が夏でしょう。次の「うき世」の句はもしかしたら春かもしれません。「寒食」というのは、冬至から百五日目ぐらいの頃、風雨が激しいので火を禁じて冷たいものを食べた慣習からできた言葉だといわれますから。そうすると、この句で、其角が芭蕉に春の句を出す促しをかけたのかもしれませんね。芭蕉は、そこで、少し早いが花の句の出し時ということにした。其角はそれに「蝶丁く」で春を出して応じ、芭蕉が「腐れたる俳諧」と、まあじゃれてみた。いづれも付き過ぎといった感じがするのですが、オウの後半は、二人が貯った欝憤を言葉に吐き出している趣ですね。仕掛人は其角だったのでしょうが、芭蕉も、ずいぶん楽しみを掘っているように見えます。

B　さすがの其角もナゴリのウラでは雰囲気を変えなければ、と思ったのでしょう。「鰥々として寝ぬ」男を若者に見立てて、男の婿入りが近付く状態だと、物語を組み立てるほうに話を転じました。

〔七〕

A　ナゴリのオモテのはじめ、「婿入の近づくまゝに初砧」は向付というやり方ですね。月に続く秋の季語を求めて「砧」の世界が導かれたのでしょう。

B　砧をうつのは女性ですから、婿を取る娘の仕種のことで向付ということになります。娘を出したことで恋の仕掛けを据えたことになりますね。

A　そうだとすると、その次の「たゝかひやんで葛うらみなし」というのはどのように恋の情とつながるのか、難しい。

B　「葛天氏」のことかと思ったのですが、恋だとするとそれはまずいことになります。葛天氏は、中国の神話のうちの人物で、教化をほどこさずに世をよく治めたといわれる人ですが、それでは恋にならない。

A　「葛」は秋の季語として連想されたのでしょうが、それに恋をからめると、葛の葉伝説のことを出したとするのが妥当かもしれませんね。

B　そうかもしれませんね。生命を救われた恩返しに、白狐が人の姿になって、安部保名の妻になる。そこで子供を設ける。ところが、そのあと、葛の葉という名の人間の女が保名の妻として訪ねて来たことで、狐は正体を現して身を隠さざるをえないことになる。狐は狐で、名を葛の葉としていたのです。こんな歌が残っています。「恋しくば尋ね来て見よ和泉なる信田の森の恨み葛の葉」。哀切な歌ですが、そうなると、付けとしては恋情になりますね。

A　そう取ると、次の「嘲リニ黄‐金ハ鋳ル二小紫ヲ一」というのも納得できるようです。女狐が策した妖術のことにして話をつなげた、と見ることができます。

B　「紫」とは、あかがね、赤銅、のことを意味することがある。錬金術の逆で、黄金を赤銅に変えてしまう狐の技を言葉にした、ということですね。黄金が尊重される人間のほうの習慣を「嘲」って、人からすれば価値が低いものに変えてしまう。そういう狐のあり方に託して、人に通有の価値観を顛倒させた、と見ることができそうです。漢文調で作られていますが、これは、狐の技の、人離れしたあり方を強調するための工夫としてなされたのかもしれません。

A　芭蕉の付けが調子が変って面白い。「黒鯛くろしおとく女が乳」。しかし、分りにくいです。

B　黒鯛の黒さをイメージして、そこからこれまでに乳をたくさん吸わせた「おとく」という女の乳房が黒ずんでいるということでしょう。狐を追っ払ってあとに来た人間の女も、年を経て、子沢山になり、黒ずんだ乳房の持ち主になった、というわけです。その主題を出すのにまず黒鯛を据えたところに、芭蕉の感性のうちにある生々しい人間臭さを見ていいかもしれません。奇抜な連想であると私には見えます。こうした付けをふと出す点に、芭蕉が一目置かれることになるわけが、ほの見えるのではないでしょうか。

A　イメージの掃除をして、がらっと雰囲気を変えたような点がこの付けには確かにあります。それに付けた其角の表現は、相変らずおどろおどろしいほうに傾く様子です。「枯藻髪栄螺の角を巻折らん」が示唆したいのは、どういうことなのでしょう。恋がここまで続いたことになりますね。

B　そうです。女は老いて婆さんになった。そんな老婆の髪だって、妖怪ふうのあり方をしている者のものなら「栄螺の角」に巻き付いて折りちぎったりすることもあるだろうよ、と黒い乳房からの連想として付けた。こんなふうな、子供っぽいともいえる連想の営みに大人が大真面目で夢中になるのは、連句の場においてぐらいでしょう。芭蕉が、江戸での人の付き合いで知ったのは、時には天をも貫くようなこうした荒唐無稽な方向に向う遊び方だったのではないかな。

A　芭蕉にとって其角が面白かったのはそうしたほうに傾く点が其角には多大にあったからなのかもしれませんね。それはそれとして、それに継ぐ「魔‐神を使トス荒海の崎」という芭蕉ののはあまり魅力があるようには私には見えません。妖怪尽くしに偏って、その点で直截過ぎる感じです。

B　ちょっと肩が張り過ぎたのですかね。芭蕉も少し疲れてきたかな。しかし、連想が単調になるのも芸のうちかもしれない。アクロバットのような変化をそうそう続けられるわけはありませんから。

A　ずっと、何か伝奇小説の断片の展示、といった趣が続くことになったのは、葛の葉の霊にでも憑かれたからですかね。さて、それに継ぐのは「鉄の弓取猛き世に出よ」と其角。「虎懐に妊るあかつき」と芭蕉。前のものは「クロガネノユミトリタケキヨニイデヨ」と読むのでしょうが、これは戦国時代の、たとえば武田信玄が心に浮べた感想のような方向に飛んだのでしょう。「魔神」が出たので、勢いをよくするほうに言葉を向けてみた、ということのようです。次の芭蕉は、武将が、強さの証拠に、懐に虎を宿らせているようだ、と道化風に事を展開させてみたのでしょうか。

B　いつかも話題にしましたが、重みがあることに興味が向う傾向が芭蕉の心の根では働いていたように私は直感しています。ここではその面を素直に出しているようです。

〔八〕

A　前に話題にしたことですが、芭蕉は自分の抱えている重い感じ方をどうやって軽いものにするかという点に一生関心を寄せた、と見ていい面がある、と私は思うのですが。

B　その視角から芭蕉の歩みを検討すると興味深いのではないかと、私も思います。重さを抱えながら、そこを突き抜ける方向を探求する過程を通して、独特の包容力を備える言葉の世界が芭蕉のうちに開けたように私には感じられます。この連句の場面では、時についつい重さの地が出る、ということがあるようです。この時期は、軽みの方向の道筋がはっきり見える時期のずっと前だ、ということなのでしょう。それにしても虎に向う芭蕉の眼は、其角の言葉立てが直截におどろおどろしいほうに行くのとは、かなり違うようです。

A　どう違うのでしょう。

B　どこか、遠くに眼をやって、憧れるように見通したもののほうに向けて言葉を飛ばす点が、芭蕉の場合は際立つ、とでもいったらいいかな。二人に違いがあって、その違いのままに事を不調和に噛み合わせているところが、二人にとって、付け合いを続けることの面白さだったのではないかと想像されます。この辺りで、二人が題材は伝奇話ふうで統一しようと示し合わせて、連想を競い合っているようです。

B　出勝ちではある箇所を一つの特徴のほうに塗り込めて意図的にまとめようというやり方は実現しにくい。参加者が、それぞれの随意の興にしたがって言葉をどんどん出すのがこのやり方ですから。それに対して、膝送りの場合、特に両吟の場合は、ある箇所でテーマを互いに打合せて、それにかかわるところでしのぎを削る、といったことが行いやすいのかもしれませんね。

Ａ　「婿入の近づくまゝに初砧」が恋の呼び出しで、それから「たゝかひやんで葛うらみなし」「嘲リニ黄‐金ハ鋳ル二小紫ヲ一」「黒鯛くろしおとく女が乳」「枯藻髪栄螺の角を巻折らん」と連なる過程は、恋の句を変化させて繋げてゆく試みです。「魔‐神を使トス荒海の崎」で、意図的に恋を離れる世界にようやく向った。

Ｂ　そういうことになりますね。

Ａ　改めて考えてみたいことがあります。連句において、恋にかかわる表現が一つの重要な役割を担うとみなされるのはどうしてなのでしょう。つまり、恋の句のあり方についてどういう方向で捉えてみると、生彩に富む考え方ができるか、という点が私の興味の中心なのですが。

Ｂ　恋の句でこそ多様に変化を求めることができる、という点が眼目になるのではないでしょうか。恋というのは、人が神秘のほうに傾きたがる心のあり方のうちで成り立つもののようですから、あり方は実に多様ですね。

Ａ　ということはどういうことですか。

Ｂ　異類婚などということが殊更に話題になるのも、恋の場のこととしてですね。そうした恋は、人から動物が何か恩恵を受けたということで話になるのですが、その軸にあるのは、予想を越えた厚意に浴した人間でない者の側の驚きです。こうした恋が現れ出るのは、常識の場面を突き抜けるという展開においてなのです。恩を受けたから嫁さんになりたいと願い出る、というふうに話は多く仕立てられますが、そんなことは現実には生じるわけがない。「鶴の恩返し」などは誰もが知っている典型的な話ですね。人は意識下の思いとして、通常の営みの枠をはみ出すような事の出現を恋の働きに期待している、ということがあるのでしょう。そこでそうした話が生まれることになった、と考えると面白い。連句の場も、通常の営みの場面をはみ出すことを望んで言葉を連ねる遊びで、その点が、連句で恋の句がとりわけ注目される理由なのだ、と考えてみてはどうでしょう。変幻の世界を呼び出すことができるのは恋を種にすればこそだという人の思い方があるから、こういうことになる、という次第です。

A　私にも、この場面は想像力をたくましく働かせることで事が進んでいる、と見えます。この歌仙の展開のうちでは白眉といえる場面でしょう。

B　さて「虎懐に妊るあかつき」の芭蕉の句に其角は「山寒く四-睡の床をふくあらし」と付けました。遺句の感じですね。冬の季を入れて凄みを少し加えたいという意図があったのかもしれません。眼目は「四-睡」という語の発明にありそうです。この意味は正確には定めかねるのですが、なべてのものが眠りのうちにある冬の山の夜明けの寒さのうちを嵐が吹き渡って、それが床にまで及ぶということで、あばら屋の様子の点描とした。さて、そうした山にかかわる情景を、芭蕉は人の世界のほうに転じました。「うずみ火消えて指の灯」というのは、囲炉裏や火鉢などの「うずみ火」も消えてしまって、ということで、前句の寒さを補強しながら転じの先を考えたようです。世界全体が冷えているなかで頼りとなるのは指の熱さしかない、と続けたのですが、また微妙に恋がらみですね。指が向く先はどこなんだろう、と気をもませます。

〔九〕

A　前から話題にしているナゴリのオモテの恋の句のことですが、「嘲リニ黄‐金ハ鋳ル二小紫ヲ一」という其角の句には、前に述べたのとは別の解があることにその後気がつきました。小紫は実在の小紫のことを詠んだと見るのです。白井権八の馴染みだった遊女です。そうとると、付けの関連はどうなりますか。「たゝかひやんで葛うらみなし」の「葛」はやはり葛の葉伝説のこととして、次に「小紫」を出した転じの心は、遊女の真心からすれば黄金などは「嘲」りの対象でしかない、ということになるでしょうか。とすると、「黒鯛くろしおとく女が乳」という芭蕉の付けは、変え方がやはり鮮やかで、其角も感心したことでしょう。特殊な感じで続いていた雰囲気を、日常の普通のおかみさんの滑稽な詩味のあり方に移した点にはとても柔軟な飛躍が見られます。

B　「黒鯛くろしおとく女が乳」といい「うずみ火消えて指の灯」といい、芭蕉には、意外に下世話な場の、些細なあり方に着眼してその些細さをさらっと撫でて印象的な言葉を導き出す面があるようです。沈思黙考して、根源的な、とみなされる事柄に眼を据える詩人の役柄を勤めただけ、というふうではありません。芭蕉が人びとに魅力的だったのは、そうした臨機応変な表現を開拓する際に匂い出る言葉の幅の広さに接するということがあったからなのかもしれません。

A　「うずみ火消えて指の灯」は僧の早暁の修業の様子とも読めますが、きぬぎぬの別れのうちで帰る男の指が燃えるあり方から冷えに向うさまととると面白さが増します。其角は、後者として付けました。雰囲気から恋と見た感じです。「下司后朝をねたみ月を閉ず」。難解です。どうして「朝をねた」むのでしょう。男と別れなければならないからですか。それで、月を見るのが辛いから戸を閉ざした、ということかな。ここは、月の座だから天空の月を詠みこんでいるはずですが、違う解もできる。月経のことともとれます。男と別れることになってそちらの月も閉じてしまった、そんな「下司后」だよと、其角はいたずらをした、ともとれます。相当下品な作りぶりです。

B　そうですね。それはそれとして、この歌仙の変遷に接してきて、芭蕉は、案外、恋の相談なんかを誰かがもちかけた際に、聞き上手だったかもしれないな、という気が私はしてきました。さて、「下司后朝をねたみ月を閉ず」の自分の句に、其角は付けて「西瓜を綾に包むあやにく」としました。「月」を受けて、秋の季語を重ねるために「西瓜」を出したのでしょう。妃だから綾ぐらいは持っているだろう、ということで、西瓜を綾で包んで贈り物にしたとでもいいたそうな場面です。やはりすっとんきょうな転じです。

A　「哀いかに宮城野のぼた吹凋るらん」でナゴリのウラに入ります。この付けはどういうことなのでしょう。

B　「ぼた」はぼた山のぼたかな。「宮城野」は東北方面のことでしょうか。そうだとして、付けの心が、やはり鮮明には分りませんね。西瓜がごろごろっと重なるように畑にあるあり方から、ぼた山の石の連なりを思ってみた、ということなのでしょうか。みちのくの哀れをイメージするのは、芭蕉のこの地への関心がまた出たからのように見えます。「吹凋るらん」というのは、含意が分りません。粗悪な石炭が、それでも吹かれて燃されてぼろぼろのかすになった、といったことでしょうか。今だったら、フィンランドやノルウェーなどに心を寄せたがる性癖が芭蕉にはあったのかもしれない、と考えてみると面白い。

A　其角が次に「みちのくの夷」としているから、宮城野を東北ととることは二人の合意だったのでしょう。其角がいいたいのは、荒蕪の地では作物の出来が悪く、石臼を使う場もないから、「知らぬ」ということなのでしょうか。

B　そうかもしれませんが、芭蕉には、かの地の「哀れ」に己れの「哀れ」を重ねるような点があるのからすると、其角の歌い振りは、繊細さよりは物のあり方の端的さに傾くようです。

A　芭蕉の「武士の鎧の丸寝まくらかす」は戦闘時の野宿の場面でしょうね。

B　芭蕉は武士出身だったから、この階層への憧憬といった心情を気持ちの底に潜ませていたのでしょうか。前に「鉄の弓取猛き世に出よ」と其角が作っていましたが、芭蕉の言葉は、どこか、やはり哀れさに向いたがるようです。

A　次の其角の「八声の駒の雪を告つゝ」は、鳴き声をさまざまに出す馬が雪が近いことを告げていないないている、というので、終りから三つ目の句にふさわしくきれいにまとめました。冬の様子ですが、芭蕉は讃めたかもしれません。

B　さて、この歌仙は諧謔の繰り返しで終ります。発句で其角が「詩あきんど年を貪ル酒債哉」とした。それを「年」を「花」に変えて「詩あきんど花を貪ル酒債哉」と最後の花の句としました。「冬‐湖日暮て駕レ馬ニ鯉」だった芭蕉の脇句の「冬」「馬」「鯉」が「春」「興」「吟」に変えられて「春湖日暮て駕レ興ニ吟」という挙句ができました。遊びきった終り方です。芭蕉が、沈着といった感じからは遠いじゃじゃ馬ふうの言葉の交しと付き合ったのは、其角が相手だったからでしょう。次に江戸という場で、芭蕉が見出した内実について、其角との接触を鏡にしてやや点検してみましょうか。

〔一〇〕

芭蕉が其角と、「詩あきんど」の歌仙を巻いたのは一六八二（天和二）年一二月のことだった。時に芭蕉三九歳、其角二二歳である。一七年の年齢差がある。其角が芭蕉門に入るのは、一六七四（延宝二）年、一四歳の時である。今だったら高校生の初期ぐらいに当る時ではないか。ずいぶん若い入門だ。この時期、若者にとって、俳諧がどんな魅力を示すものとしてあったのか、知りたいところだ。注意を求めたいのは、上述の歌仙を其角が巻いたのは、年若くしてのことだったということである。言葉が直截なものになるのももっともだ、というべきだろう。むしろ見るべきは、そうした若さの角を矯めずに其角と向かい合い、可能性を発揮させながら、相手の言葉のうちに踏み入ってその根のうちから〝よい〟方向に転化する芽を模索し、掘り出そうとしている芭蕉の対応だろう。こうしたあり方に、芭蕉が人に接する仕方の原型となるものを見ることもできそうだ。

次の点は、そうした芭蕉のあり方とはたしてかかわる点があるのだろうか。

芭蕉が示すことになった面白さの一つは、多面的にいろいろな地と交流した点にある、といってみよう。鎖国といわれる事情などもあって、比較的狭い場との接触で過ごす人が多かったろう江戸期という時代に、彼は、多くの土地とかかわった。まず伊賀に生れてその出生の地とのかかわりがあった。ついで江戸に出て、新開のこの地の人びとと交わることになった。それから、旅の途次、名古屋の人と交流し、近江の人と交流し、京都の人とも交流した。最後に大坂の人と、わずかだが交わった。いずれは九州に行くことを望んでいたともいう。早い死が訪れなければ実現していたことだろう。多様な土地と接したことは、彼のうちのさまざまな面を多彩に引き出すことになったと考えられる。それぞれの土地が芭蕉の表現のうちに刻むことになった展開はきわめて興味深い。

芭蕉にとって江戸経験がどのようなものとしてあったか、その点について検討したいのは、そうした視点からなのである。

『虚栗』に、

草の戸に我は蓼くふほたる哉

という其角の句が載り、「角が蓼蛍の句に和す」との題詞を付けた、

あさがほに我は食《めし》くふおとこ哉

という芭蕉の句が載っている。唱和の句である。芭蕉が、其角を、言葉を響かせ合う相手として認め、感興が湧いたからこのことは生じた、といえるだろう。芭蕉からすれば、其角という存在は、異質性は充分に認めながら、それでも共に語るに値する相手として、とりわけ親近感をもって接することができる相手として、感じられていたようなのである。

その点にかかわる興味深い話題がある。去来が其角の詠じ方について芭蕉に難点と思われることを述べたところ、それに対して芭蕉は反論をもって対し、さらにその内容を其角の編著『末若葉』（元禄十年五月跋）に載せたというのである。今泉準一『其角と芭蕉と』（春秋社）から引用する。

去来問て曰く……句に千載不易のすがた有り。一時流行のすがた有り。此を両端におしへ給へどもその本《もと》一なり。一なるは共に風雅の誠をとればなり。……退いておもふに其角子は力の行く事あたはざる者にあらず。……然れども、其の詠草をかへり見れば、不易の句においては頗る奇妙を振へり。流行の句にいたりては近来その趣を失へり。殊に角子は世上の宗匠、蕉門の高弟なり。吟跡の師とひとしからざる事、諸生の迷ひ同門の恨み少なからず。翁曰く、汝が言しかり。しかれども、凡そ、天下に師たるものは先ず己れが形位を定めざれば人おも

むくに処なし。是、角が旧姿をあらためざる故にして、予が流行に誘はざるところなり。……共に風雅の誠をしらば、しばらく流行のおなじからざるも、また、相はげむの便りなるべし。去来曰く、師の言かへすべからず。然れども都《すべ》て風は詠にあらはる。本歌といへども代々の集の様おなじからず。況んや、俳諧はあたらしみを以て命とす。……猶、永く此にとゞまらば、我、角を以て剣の菜刀になりたり、とせん。翁曰く、汝が言慎むべし。角や今、我が今日の流行におくるゝとも、行末、そこばくの風流を吐き出し来らんもしるべからず。去来曰く、さる事有り。是を待つに歳月あらん事をなげくのみ、と呟き退きぬ。（一四〇頁）

芭蕉の基本姿勢が示されているのは「天下に師たるものは先ず己れが形位を定め」という言い方である。

〔一一〕

「草の戸に我は蓼くふほたる哉」という其角の発句とそれに唱和した芭蕉の「あさがほに我は食《めし》くふおとこ哉」について改めて考えてみたい。二人の間を往来した感興はどういう質のものだったか、その点は検討に値するからである。

今泉準一氏は、其角の句は和泉式部の歌が下敷きになっているという『其角と芭蕉と』（春秋社）」。その和泉式部の歌を引いておく。「物思へば沢の蛍もわが身よりあくがれ出づる魂《たま》かとぞみる」。題詞にこうある。「男に忘れられて侍りける頃、貴船に参りて、御手足川《みたらし》に蛍の飛び侍りけるを見て詠める」。この歌は、「魂」という表象にかかわる興味深い内実が盛られている。が、この点について話題にするのは別の機会に委ねよう。

この場面では次のことをいっておきたい。其角は、和泉式部の歌を知ってはいたろう。だが、その影響関係に主眼を置いてこの言葉を見ないほうがいいだろうと、私は思う。注目すべきは、其角の句のうちの蛍が、和泉式部の場合のように浮遊する心象といったものとはかかわらない点だ。

其角が提示しているのは、いわば〝伊達〟〝いなせ〟といった心のあり方なのではあるまいか。草深い粗末な家に住みながら、光耀をほんのりだが発する蛍に似たあり方を私はしているといってみたいが、つまりはご馳走の具の蓼《つま》のような余分者なので、それで充分に満ち足りているのですが、とでも翻訳できそうな心意気の世界を差し出しているのだ。

そのことと対照すれば、芭蕉が示すのは、いわば居直りの向きに腰を据えた「寠《やつ》し」の心だろう。「我は食くふおとこ哉」とは、とっさに思いついた表現だろうが、よくもこういう言い方をしたものだ。其角よ、君は無用の者でありながら、蛍の輝きぐらいは自分のうちにあると見ているらしいが、私はといえば、何も光るものを発しない用なしで、普通の飯が食えればいい平凡な男なのさ。卑下してみせている、この表現をうしろで支えているのは、痩せ我慢に専念する其角の心意気を買い、それにエールを寄せる心なのではあるまいか。其角の句を受けとめてこそ、芭蕉は自分が窶し者であると滑稽さを篭めて認定する言葉を表出することになったのだった。

人は、年を経る過程で、多くの年下の者に出会うことになる。そうした出会いのうちでも、自分がまだ若いうちに知り合いになった年少の友人は忘れがたいものらしい。芭蕉が同郷のではない人とはじめて深い付き合いに入ったのは江戸においてだった。そうした付き合いのうち、年下の其角との交際はとりわけ印象に残るものだったのではないか。其角の物言いには稀に見る直截さがあって、その率直さに驚きを伴った好感を芭蕉は感じ続けたように察せられるのだ。この唱和のうちには、そうした芭蕉の心の襞がそれとなく刻みこまれているのではなかろうか。

去来に対して芭蕉が示した其角観には、そうした思いが現れ出ている、というべきだろう。「不易」の面では充分に力を振うが、「流行」の面では芭蕉に同調しない点に其角の問題があると、去来はいう。それに対して、芭蕉はこう応ずるわけだ。もう一度引いてみよう。「凡そ、天下に師たるものは先ず己れが形位を定めざれば人おもむくに処なし。是、角が旧姿をあらためざる故にして、予が流行に誘はざるところなり。……共に風雅の誠をしらば、しばらく流行のおなじからざるも、また、相はげむの便りなるべし」。芭蕉は、独立自尊の方向を保つ点で、其角を「共に風雅の誠をし」る者と認める。「詩あきんど」の巻を点検することで、両吟をし合う二人が、根もとから異なる者としての相手に応じていたことを私たちは確認できたといってよかろう。芭蕉からすれば、其角は、他との異質さを軸に言葉を発信することで己れの「風雅」を追及する者だったのだ。

ここで去来がいう「流行」とは、当然、芭蕉の提唱する「軽み」のことを指している、と解せる。其角はその「流行」に追随しなかったのだった。去来はその非追随を問題にしているのだ。想像を加えれば、去来も芭蕉のいう「軽み」については疑念を抱かないではなかったのだ。去来が芭蕉と座を共にした『猿蓑』に載る歌仙は、人倫日用の場から異次元の世界に飛んでみるような詠風で、軽みといった一括語とつながる方向は微塵もなかったのである。

芭蕉の「軽み」への提言を受けとめたのは、江戸住いの杉風などの人びとだった。同じ江戸派なのに、どうして其角はその「軽み」に同調しないのか。自分のうちに疑念を宿しているからこそ、其角の態度が去来にはいぶかしく思えた。

芭蕉に同調し、波長を師匠に合わせるところで連句を作った江戸のグループと其角とは傾向を異にしていたらしい。自分流を保って毅然としようとする方向の探究者が其角だった。芭蕉の方向に和らかく寄り添うのをいとわない人びともいた。その一人、杉風は、芭蕉に住まいを提供することもした。江戸での芭蕉の交わりは多面的だった。江戸という場は、そうした膨らみが生じるところとしてあった。

〔二〕

徳川幕府が江戸に置かれたことで、性格がきわめて異なる三つの都市が、日本という場のうちの東海道とその先に並び立つことになった。京都と大坂と江戸がそれである。ほかに名古屋もある。四つ巴といえるが、とりあえず三つの場に焦点を定めることにしよう。

京都の歴史の古さについてはいうまでもないだろう。この町の特質の一つは、平安期の末から実にしばしば戦乱にさらされたことにある。源平の戦いの際には、平家が京から逃亡する際、町を焼き払ったと『平家物語』は語る。南北朝の内乱の際も、六波羅探題がこの地を引き上げるとき、町は壊滅状態になったようだ。応仁の乱の際も町は荒れに荒れた。織田信長が殺された本能寺の変のときも、辺りは尋常ではなかったろう。そこで、この地では、武家的なものを可能なかぎり遠避けようとする志向がきわだつことになった。文禄三（一五九四）年、「京本能寺前町掟」には「武士奉公人に家売るべからざる事」とある。文禄五（一五九六）年、京鶏鉾町衆起請文にも「武士に家売る申すまじきこと」とある（『日本思想体系・中世政治社会思想下』二一九頁と二二一頁）。そこで、この町を構成する主たる人びとは、旧貴族や農民や町人や職人やということになったか。こうして、ここには、他の地とは異なる特有の雰囲気が生じることになったろう。だが、幕末には、新撰組が跋扈《ばっこ》して、血なまぐさい場になったりもする。

大坂は、とりわけ江戸期、大規模な町人の町に成長したのに違いない。京都の町人が町場の小売りを主とする人びとから成るとすれば、大坂は、米の仲買いをはじめとして、遠いところからの商品を扱う交易商人の町になった。「女殺油地獄」といった事件は、やはり大坂でこそ生じる質の事件だったはずである。油は、いろいろなところから集められる交易品である。各地の物産が集中的に荷揚げされる場が大坂だった。町人の風情も江戸からしては及びもつかない成熟した内実を作り出していたのに違いない。

二つの町と対比すると、江戸の顕著な特徴は武家によって作られた町である点にあった。ここは徳川氏が進出することになって、大幅な町作りが試みられたところであった。丘陵に飛んだ地形のところに武家の屋敷を割り当てることでニュータウンとしての様子が形になっていったはずだが、そうなる前のこの地は、畑と未開の原野と森の地帯だった。徳川幕府が土地の管理に当り、その差配によって土地が武家中心に割り振られて、様相が変っていった。町人の住まうところは、武士のお余りの低い土地に定められた。

こんな座談会の会話がある。

半藤　たしかに江戸切絵図なんかを見れば、江戸の町の四分の三ぐらいは、だだっぴろい武家屋敷ですもんね。残りの猫の額みたいなところに庶民がワサワサワサッといる。

細窪　人口が武士と町民で半分半分なんですね。それなのに町人の住むところは約二十パーセントあるかないか。日本橋は町人の町だからちょっと違うかもしれないけど、あとはあの狭い長屋にごちゃごちゃと。

（『日本史が楽しい』文春文庫、三五九頁）

芭蕉は、そんな江戸の町にやってきたのだった。

彼は、はじめは、日本橋辺りに住み、水道工事に従事したといわれる。ニュータウンで仕事を求めるとしたら、まわってきそうな職種である。だが、彼は、ただの働き者であることでは自足できなかったのだろう。仕事人間として生きることからの抜け道になったのは、俳諧の巧者であることだった。どういうわけか、町中から、まだ田園ふうの様子のままであったろう深川に移り住む。この地で遊芸者に徹する方向に次第に自分を追いやる。わずかの弟子との俳諧による交際を主にする世界に専念することに向ったのであった。

弟子のうちに、旗本の階層はいないようである。どうしてなのか面白いことだ。静岡辺りで連句が流行したということもあまりないようである。連句にかかわる条件として、この頃、土地柄というものがあったのかどうか。武士で連句を試みたのは、琵琶湖周辺から大垣にかけた地帯の人か、芭蕉の出身地の伊賀上野の人か、である。前者は、曲翠、許六、丈草、濁子、怒誰などである。後者は、京屋、長兵衛、土芳などである。土芳は『三冊子』を編んだ人である。これらの地域の弟子が武士で占められるのは、それらの地ではほかの職域が未発達だったからだろう。

例外のように、高山伝右衛門という甲府の武士がいる。家が火災で全焼した際、芭蕉は、甲斐の国のさる在所に一時隠棲した。この転居には伝右衛門がかかわっている、といわれる。そこではどんな人付き合いがあったのか。どんな風貌で日々を過ごしていたのか。

〔一三〕

江戸での芭蕉の弟子の多くは商人だった。主たる人びととして、深川茶人衆（杉風一派）と越後屋に奉公していた野坡一派とがあった。ほかにいたのが一匹狼ふうの、生業のあり方が定かではない其角だった。それに嵐雪もいた。

杉風の人柄は温和ということだったか。魚問屋だったという。新興職業の気振りを示していたか。芭蕉に深川での住まいを提供したのは、やはり美談である。前にもいったが、芭蕉は、誰かが、何か助けの手を差し伸べたくなる気配を漂わせていた人だったらしいのは面白いことだ。杉風の援助もそうした枠のうちで生じたといえばそうだが、その芭蕉への心配りは、やはり際立つのである。

『俳諧問答』で許六はこんなことをいっている。

杉風、廿余年の高弟、器も鈍ならず、執心もかたのごとく深し。花実は実過たり。常に病がちにして、しかも聾也。師は不易・流行を説て聞かせたりとおもへ共、杉風が耳には前後半分ならでは入がたし。故に半分は流行して、半分は廿余年動かず。しかれ共、久しく名人に随ふ故に、『別座敷（別座鋪）』に少し血脈あらはれたり。（岩波文庫、一九九～二〇〇頁）

こんなふうないわれようだから、鋭敏といえる人柄ではなかったと見られていたのかもしれない。さはさりながら、ここでも言及されていて、かなり評判にもなったらしい『別座鋪（別座敷）』という歌仙がある。芭蕉の提唱する「軽み」の傾向がうまく現れ出、展開している、とされるものである。「軽み」といえば、芭蕉のいう「不易流行」の「流行」の部分にかかわるわけで、この点を、右の許六についての評言と照らし合わせてみると、何か皮肉なことになる。「流行」が得手でない杉風が「流行」の新風で成功したという様子になるからである。出現したのはどういう事態だったたか。

これは、芭蕉が客死することになる関西への最後の旅出に際して、餞別のようなかたちでなされた連句だった。出来栄えに芭蕉は満悦したようであり、旅先でもその評判がよいことを手紙に記している。

検討してみよう。まず全部を引く。

紫陽花や（別座鋪）

紫陽花や薮を小庭の別座鋪　芭蕉
よき雨あひに作る茶俵　子珊
朔《ついたち》に鯛の子賣りの聲聞て　杉風
出駕籠の相手誘ふ起《おき》〳〵《おき》　桃隣
かん〳〵と有明寒き霜柱　八桑
榾《そだ》掘かけてけふも又来る　蕉
住《オウ》み憂て住持こたへぬ破れ寺　珊
どう〳〵と鳴《なる》濱風の音　風
若党に羽織ぬがせて仮枕　隣
ちいさき顔の身嗜よき　桑
商《あきなひ》もゆるりと内の納まりて　蕉
山のかぶさる下市の里　珊
草臥《くたびれ》のつゐては旅の気むづかし　風
四日の月もまだ細き影　隣
穐《あき》来ても畠の土のひゞわれて　桑
雲雀の羽のはえ揃ふ声　蕉
べら〳〵と足のよだるき華盛《はなざかり》　珊

ひらたい山に霞立なり　風
ナオ 正月の末より鍛冶の人雇《やとひ》　隣
濡たる俵をこかす分ケ取　桑
昼の酒寝てから酔のほかつきて　蕉
五つがなれば帰ル女房　珊
此際《きは》を利上ゲ計に云延し　風
まんまと今朝は鞆《とも》を乗出す　隣
結構な肴を汁に切入て　桑
見世より奥に家はひつこむ　蕉
取分て今年は晴《はる》ル盆の月　珊
まだ花もなき蕎麦の遅蒔　風
柴栗の葉もうつすりと染なして　隣
国から来たる人に物いふ　桑
ナウ 鬧《かしま》しう一臼搗て供支度　蕉
糞汲にほひ隣さうなり　珊
今の間にじるう成程降時雨《ふるしぐれ》　風
日用《ひよう》の五器を篭に取込ム　隣

扈従《こしょうしゅう》衆御茶屋の華にざはめきて　　桑
小船を廻す池の山吹　　筆
(『芭蕉連句集』岩波文庫、二五五〜七頁)

連衆は五人である。完全な膝送りで成就した点が特徴である、とまずいっておこう。

〔一四〕

歌仙「紫陽花や」は芭蕉の唱導する「軽み」の俳諧理念が具現したものとされることに再び注目しよう。ここでの二つの花の句を見てみる。

「べら〳〵と足のよだるき華盛」と「扈従衆御茶屋の華にざはめきて」とがそれである。前者には「べら〳〵と」といった擬態語が使われる。飲み回り歩き疲れて、足がかったるい、ということだろうが、「よだるき」という口語調が用いられる。日常語の調子をあえて残している様子だ。後者は、前句「日用の五器を篭に取込ム」を茶屋の場面に見立てて、主人のお付きとしてそこに来た「扈従衆」が花見の場面に興奮している様を言葉にした、というところだろう。最後の花のところに「扈従衆」を登場させた点に、人情の一局面を切り取る新鮮な眼が働いている、ということか。それにしても、ここでは、両方とも、「花」ではなく「華」なのはどうしてだろう。

植物としての「花」の花やぎに加えて、場に人のかもし出す華やぎに焦点を据えるための語選びだったか。

この座での「花」の詠じ方には、古典的な美意識につながる視線から脱しよう、という姿勢があるように見える。花は、平安期の美意識とかかわって普及したものだから、詠者のうちには、その枠のうちで事を詰めようとする心がどうしても働きがちである。そうすると、美の世界の方向は限定されがちになる。芭蕉が願ったのは、そうした型をいつも壊し、その向うに行こうとすることだったようだ。

そうした姿勢を備える点に眼を据えて芭蕉の動向を点検すると、いつも新たな何かを生み出す方向を探索しているあり方は、やはり注目点になる。彼は停滞することが大嫌いなのである。瞠目に値することだろう。そうしたあり方の基底にあったのは、生をいつも清新なものに向けて構成してゆく志だった。

そうしたことを念頭に置きながら、「紫陽花や」の歌仙を検討してみよう。

「紫陽花や藪を小庭の別座鋪」という発句の作り手が、客の中心である芭蕉に当てられたのは、妥当なことだろう。この興行は、旅に向う芭蕉への送別として子珊の別邸でなされた。元禄七年の初夏のことだった。招いた子珊に、挨拶の言葉を発するのは芭蕉を措いてはなかった。庭といっても、念入りにしつらえる仕方に仕立てないで、無造作に藪の領分を置いている小気味よさがここにはあって、それがよいね、折から紫陽花の季節でそのくすんだ華やぎはこうした場でこそ発揮されるようですよ、といった気持ちを託して、句は出された。「紫陽花」が、実際の季節の、夏を刻む徴として示されたのである。

脇句は、招き手の子珊が出すのこそがふさわしい。折しも梅雨時だったが、その日は晴れていたのだろう。「よき雨あひに作る茶俵」と応じた。時節の言葉として示されたのは「雨あひ」である。それに「茶俵」が加担する。指示されている時は、梅雨の最中にある晴れ間である。摘み取った茶を入れる俵を、折角の晴れ間に作ることに慌ただしくしておりまして、庭のほうはほおりっぱなしでございます、といった趣向だろう。冒頭で、場と時がかかわる条件を媒介にして、二人が親しみを差し向け合っている様子だ。

三句目に杉風が登場した。

「朔《ついたち》に鯛の子賣りの聲聞て」である。

鯛網は、今では春の季語とされる。だが、この頃の連句では、季語を定めるのは、実際経験を軸に据えることでなされる面が強かったのではないか。朔は、旧暦五月のそれだろう。鯛の子の振り売りの初声は、この時期、夏の気配を予告していると捉えられていたのかもしれない。発句と脇句では、実際の場に即して言葉が立てられたわけだ。三句目の役割は、新しい方向を引き出すほうに向けて気分を一新させることにある。杉風が用いたのは、回想という方法だったか。今は、五月も少し過ぎましたが、その朔日に、そういえば、鯛の子賣りの聲を聞いて夏を感じましたよ。その替り時から随分時が流れましたが、今の向うの時も、また遥かですな。

虚実皮膜の相にある言葉のように見える三句目に付けた桃隣の句で、事は完全に虚構のことに転じた。

「出駕籠の相手誘ふ起〳〵」。

駕篭舁きを業としている人たちに想像が及んだのである。朝である。この時期、駕篭舁きの溜り場のようなものがあったのに違いない。この仕事には相棒が必要である。事は、今日誰と組むことにするか、相手を漁っている情景に転じられた。あいつと組むと売り上げが上がるかな、なんぞという思惑を働かせながら、人を見分けている場の動きが見えてくる。日常でしばしば目にはするが、言葉として立ち上げられる機会が少ない仕事に視線を丁寧に向けたのだ。

「軽み」として働く言葉が、こうしたかたちで現れている、と見ていいだろう。卑俗に、しかしたおやかに生きている人たちのあり方に詩の言葉を与えようとする志向として、それは表現になる。そこには、世相の隅にいる人の風体に眼を向けて生の香りを掘り当てる試みがある、といえそうだ。

〔一五〕

この座では、連衆のうち、最初の二人は出番があらかじめ決められていたとして、残り三人の出方は、句を出した順で定まったのか。最後に残ったのは八桑だった。彼は場面のことを言葉にして趣を変えた。

「かん〳〵と有明寒き霜柱」。

「有明」は明け方の月である。月はこの辺りで出すのが望ましいわけだ。前の句の時分を受け、「霜柱」を出して季は冬に転じたのである。

五句目で参加者全部が句を出した。六句目からは作り手がはじめに戻る。そのあと、句は出した順に付けられた。

「榾掘《そだ》かけてけふも又来る」。芭蕉である。

山仕事に従う人のことに話をもっていって、転じの領分を広げた。榾とは囲炉裏などで燃す薪のことだが、その木を掘りに来た人が、太いので一日では仕事を果せず、次の日も朝から山にやって来た、ということか。そういうことなら、功績は、山住みの領分を登場させて町場を離れてみたことにある。生活の場のちょっとした様相を掘り出して眼の方向を転ずる点に、卓越した芭蕉の目配りが感じられる。

これでオモテ六句が終ったことになる。

七句目の子珊は、前句の雰囲気を受けながら、話を、檀家などはほとんどなさそうな山寺の様子にした。「住み憂て住持こたへぬ破れ寺」である。住職が寺を維持しきれないというのである。想像しやすい光景ではある。

連句では、どういうわけか、寺的な題材は出し易いようだ。連句と仏教とは相性がよいようである。江戸期なのに、連句に関心を示す人として儒学者が出ることはきわめて稀なのと対蹠的であって、この点はよく調べて考えてみれば、この時期の生活と思想ということに関して、何かを示唆することがあるかもしれない。

それに続けた杉風は、この局面では、なかなかよくやっている、といえそうである。前の山寺の場を海に近いところとみなして、「どう〱と鳴濱風の音」としたのである。寂しさの雰囲気を呼応させせて、前に繋げたのだ。北陸の親不知辺りの海に近く山が迫るような地帯を思い描いたか。あるいは、座のうちでの談話で、芭蕉がそのことを口にしたとも想像できる。そう想像しみると面白い。「市振で、一家に遊女もねたり萩と月、という俳語ができたところでは、山にいながら、浜風も聞こえました」と、かつての旅の様子を語ってみたのかもしれない。そんなふうに、連句の場では、途中の座談を養いとして事が運ぶことがあるのだ。

浜風が聞こえる、という場面から、旅が連想されるのはありがちなことである。それでも、次の付句、「若党に羽織ぬがせて仮枕」に接すると、これは、芭蕉の「おくの細道」の旅の回想が座のうちでなされたことに影響されて出た言葉ではないか、と想像してみることは、つまらない考えでもないだろう。冴えない主従の、旅の宿の振る舞いを描いてみたのである。

十句目の「ちいさき顔の身嗜よき」は、宿の女の様子のことを連想したのでもあるか。八桑としては、この辺で恋でも、とそれを呼び出すつもりだったのだろう。それを受けたのは芭蕉だった。「商《あきない》もゆるりと内の納まりて」とは彼らしい転じである。場面をがらりと変えて商家のことにしたのだ。「内」は、お内議の意で、前の「ちいさき顔」をもつ女のことだろう。かつては恋の修羅場もあったのだろうが、今は、落ち着いて、夫婦円満、仕事もうまくいっていますよ、という仕儀にした。人の集まるところに戻したのである。

子珊は、場を、江戸や大坂に仕立てるのは厭だったのかもしれない。「山のかぶさる下市の里」として「下市」という地名を出してみたのである。「下市」があるところは吉野である。吉野といえば、山近くはあっても、商家が堅気に商いをしているような雰囲気がかもし出される。

さて、一三句目、「草臥のつゐては旅の気むづかし」という杉風の句は、やや場の調子をはずしている、といえるのではあるまいか。前に「若党に羽織ぬがせて仮枕」という旅を連想させる句が出ている。同じ主題は、五句去りが原則だが、ここでは、前のそれに去ること四句である。前のものとは趣向が異なる、ということで黙許されたのだろうが、変化を新たにする程度が乏しいことは否めないようだ。

それに続く桃隣としては、遺句ふうに言葉を立てて事を繋げるしかなかったのだろう、「四日の月もまだ細き影」という当たり前といえば当たり前の情景を言葉にした。この辺りで月を出して題材のほうから変化を企ったのでもあったろう。これが出たことで、あとの者が場面の転換をはかり易くなったのは確かだろう。

そこで、八桑は「穐《あき》来ても畠の土のひゞわれて」と付けた。前が月で、秋を示すから、あとに付ける句は秋でなければならない。この句には動きと着想の開きがある。日照りで、秋になっても畑の土のひび割れはおさまらない、として、農場の事に転じながら、時の流れる様子をも含ませたのである。

〔一六〕

「穐《あき》来ても畠の土のひゞわれて」という八桑の付けに接して、芭蕉は満悦の態で、付ける言葉を案じ出した、と想像してみると面白い。「雲雀の羽のはえ揃ふ声」という句は、そのような経過のうちで生まれたのかもしれない、と思ってみたくなる。この表現は、そう考えてみたくなるほど、やはり秀逸だ、と私には思われる。雲雀は、通常は春に季語をもつ。季語への配慮の仕方がおかしいという意見も出そうだが、示されている季は秋である。鳥の羽が充分に生え揃うのは、春から夏を経、秋を迎えてからだ、という。そこで、こういう、ややひねった言い方が出現したのである。一時期に限定せず、時間の経過を含みこむこともある、というみなしのうちで季語が使われているのだ。発句の季語ではないからそうなったのだ、ともいえる。この時期、発句での当期に限られる季語と、連句の展開に応じて出る想像の上での季語とは、質が違うと見られていたとすると面白い。そこで、芭蕉の言葉立てのような、今から見れば、大胆な表現も登場することができたのではあるまいか。

次がオモテのウラの終りから二つ目で、花の定座である。秋から急に春に転ずる仕方には、無理がある、とする見方もありうる。だが、ここで働いているのは次のような視点だろう。雲雀の羽は、秋の季節に合うという見立てと同時に、二重の含意として、この鳥が目立つ時である春を示すこともまたありうる、という合意が成り立っていて、花を見過ぎた人を想定してみた、ということだ。

「べら〳〵と足のよだるき華盛」は、鳥の飛ぶ動きを人の動きへの連想に換えて付けた、とも読める。だが、高いところから転じて目線を低いところに向け、普通の世界の人の様態の滑稽な真実を射当てようとする意図が見える、と捉えることもできる。「べら〳〵」は口語調である。語調を含めて、華麗なだけではない花を出し、詠出する範囲を広げてみることが、参加者には楽しかったのだろう。こうした作り振りのうちに見られるのは、芭蕉の提唱した「軽み」の実際の様相だ。

オモテのウラの最後は、杉風の番である。「ひらたい山に霞立なり」と平凡に付けた。さっき場違いの句を出したのをどこか気にしていて、鋭く働きたがる心を消そうとした結果このようになったのかもしれない。「霞」だから春である。遺句ふうに言葉を定めているのだが、「ひらたい山」という表現に、何やらのんびりした雰囲気がある。

ここでナゴリのオモテに入る。

桃隣が「正月の末より鍛冶の人雇」としたが、これは、現在だったら却下されることもありそうな付けだ。「正月」とあって、春からすると、季が戻るとみなされるからである。だが、それも、下地には「正月」から盛りの春の今までの時の流れを含みこむ意図がある、とすればいい、と当時は考えられたのだろう。芭蕉の時期、季節の詠みこみに鷹揚だった実例がここにもある。前の句が示す意味内包が少ないから、事を自由に展開できるわけで、鍛冶の人を雇う世界の着想を得た点が手柄だろう。さまざまな職業を示すことで、展開する世界が広がるのである。「鍛冶の人」を「雇」うのだから、「雇」った人として想定されているのは大商人か、大きな工人か。人生模様のさまざまな局面に眼を向けようという合意があって、事が進められている、と想像していいだろう。背後で事を指示している中心には、やはり芭蕉がいたか。

次の付けで、生活の場面の情景がさらに広がることになった。「濡たる俵をこかす分ケ取」。俵が濡れてしまったのはどうしてなのか。仕舞い忘れたか、あるいは突然の大雨があったか。詮索してみれば、さまざまな理由が案じられるが、そこがはっきりとは分らないのが、かえって面白い。注目すべきは、日常生活にありうる、しかし、すぐには思いつかない題材が、取り上げられている点である。給金として俵が与えられる慣習がこの時期にはあった。ところがある人に濡れたものが与えられた。その分け前を不承不承転がして行く人がいる、という次第だけが、表面に出ているのだ。こんな題材が、それまで連句のうちに登場したことはなかったか。談林派などではどうだったのだろう。それはともかく、参加者は、この八桑の付けで、意外なほうに事が向ったのを面白がったに違いない。無季である。

ははは、と芭蕉は、笑った。俵のなかのものはうまく乾さなきゃ食えないな、と思った男は、自棄酒でも飲まなければ満たされない気分になって、飲んだんだとさ。ずいぶん飲んだようだね。そうしたら、夜になって床に入ってから、酔いがまわって胸がむかついてきたということだよ。「昼の酒寝てから酔のほかつきて」。

ほとんど滑稽本のような話題が続けられる。この辺りで恋の句を、という誘いが一座の誰かからかかったか。通い妻の世界が出た。「五つがなれば帰ル女房」。どこかの女房である。五つ、午後八時の鐘が鳴れば別れとなる逢瀬、というわけだ。子珊が付けた。

〔一七〕

「五つがなれば帰ル女房」という句について、もう少し触れておきたい。午後八時になると帰る女房とはどんな女性か。不倫の相手を訪ねる女の振舞いだ、と見てよいようだが、本当に不倫なのなら、午後八時は帰るのに遅過ぎる時間ではないか。この女性は、家付きの婿取りかなんかで、権勢をほしいままにしている人か。そんな想像が浮かんでくる。

恋は恋なのだろう。惚れ合っている面もあるのだろう。だがまた、この男女は金を軸にすることで依存し合っている面もあるのだろう。そんな想像も浮かんでくる。

これを前句として「此際を利上ゲ計に云延し」と杉風は付けた。「帰ル女房」に対して、その帰り際を「云延し」と続ける感じで言葉を引き出したようだ。「此際」とは節季で借りた金を帰す時のことである。女が男のところに来たのは、折しもそのいずれかの時節だった。別れに際して、借金の返しは利息だけにしてくださいよ、縁がまだ続くようにね、と男がいっているのだ。人情本にでもありそうな光景である。

そのあとの桃隣の句、「まんまと今朝は鞆を乗出す」もかなり遊び心のほうに傾いて出された言葉であるように見える。鞆は備後の鞆の浦である。瀬戸内海に面した良港である。昔は、異国の船もよくここに寄港することがあった、という。今でも鯛漁などが盛んになされるところであるらしい。江戸期には遊廓もあったという。桃隣は、展開される場を遊廓で遊ぶ男の様に転じたのである。

男が女を騙すのと、女が男を騙すのと、頻度としては、一般的にはどちらが多いのだろう。騙しの質において、男と女のそれは質を違える、ということがあるのかないのか。ここに登場するのは、騙す男だ。職業は分らないが、女から借りた金を返すのを延ばしている男がまず出た。次に出るのは、遊女と一夜を過ごして、遊びの金を払わずに逃げる男である。男は船乗りだろう。船で海に出てしまえば、追跡されても逃げおおせるのは難しくない。そこで朝に漕ぎだすという次第のようである。

この辺りでは、連衆は奇妙な人たちを登場させるのを愉しんでいるようだ。人に貸すほど金がある女房、利子しか返さない男、遊びの金を踏み倒して逃げる船乗り、変な人たちづくめである。連衆たちはかなり興奮しながら転じの方向を探したのだろうと想像してみたい。

芭蕉の提唱した〝軽み〟の理念から発する具体的なかたちは、こうした展開のうちに見られるあり方なのではあるまいか。焦点は世態人情に据えられる。それも、普通ではあまり見られないような諸局面にである。そうした領分を描き取ることが、では、どうして〝軽み〟になるのか。〝軽み〟とは、その一面は、意味を重たくするのとは逆の向きで言葉を働かせる、という点にあるのに違いない。滑稽な場を展示して見せながら、意味を軽くするほうに向けて言葉を疾走させる営みが〝軽み〟の実践だ、と私はいってみたいのだ。この辺りの展開は、連衆には、事がよく軽く流れている、と感じられた箇所なのではないか。

その次もそうである。

「結構な肴を汁に切入て」という八桑の付けは、何となく笑い出したくなるような軽い滑稽さを備えている。眼が据えられているのは船乗りの船の上での様子だろう。船乗りは漁師でもあるから、捕れるときには魚はふんだんに捕れる。高級魚といわれるものもたっぷり捕れる。言葉にされているのは、その魚を料理法も考えずに無造作に切って汁に入れている様子である。この光景を出すことで、恋の絡みは消えるのである。秀抜だ。

要するに、ここまでの数句の展開に見られるのは、ちぐはぐさを軸に置いて滑稽さの領分を続けることであった。そこで芭蕉の付けの時になる。

芭蕉は、言葉を引き出す勘の地点をどの向きに働かせたらよいか、その点について考えたのではないか。ちぐはぐな局面を軽く流しながら、人間模様の多様な様子が切り取られるここまでの展開はたしかに面白い。だが、この辺りで必要なのは、人情をもう少し奥まったほうに引き下げる方向の表現ではないのか。芭蕉はそうは考えなかったか。

そこで出てきたのが「見世より奥に家はひつこむ」である。一見したところ、これは何気ない様子を言葉にした事のあり方だ。含意は、あるいは、たとえばこうだろう。魚屋がある。表にはいい魚が並ぶ店がある。だが、奥にそれを料理して供するところもあって、そこの評判料理は高級な魚を無造作に入れた汁だというぜ。そんな店なら行ってみたいもんだ。

前の句を換骨奪胎するところで、この表現は成り立っている、というべきだろう。だが、前の句に示されるちぐはぐさはしたたかに引き継いでいることにも注目したほうがよい。説明してみればそんなふうにいえるのである。芭蕉としては、そんなふうなつもりではなかった、というかもしれない。その通りだ、というかもしれない。この場面がとりわけ面白く、かつ優れているのは、多層の解を幾分にも許す表現が連ねられているところなのだ。

〔一八〕

芭蕉の「見世より奥に家はひつこむ」という句は、穏やかな日常を過ごす町場の雰囲気に傾くあり方を叙している、と受け取れる。あとの者としては付けやすい句である。子珊の「取分て今年は晴ル盆の月」は難なく出たか。新しく家を建て、盆になって新たな御霊を迎えた、という解も成り立ちそうである。早めにここで月を出したのは、出るのにふさわしい景として、前句を見立てたからだろう。盆の場に近親が集まり、追善の心と重なるところで月見の場が設営された、といった案配である。折よく晴れ渡って、月が亡き者の御霊の寓であるかのように思う者もいた、ということにしたかったとも取れる。この連句の興行のあと、間もなく旅先で芭蕉は逝去した。子珊は、訃に接して、自作のこの句を思い出したことだろう。「盆」は秋を示す。月も秋だから季の言葉が二重にある。今だったら配慮が足りない、という人も出そうなところである。芭蕉は、こうしたことにはとても鷹揚であったようだ。要するに、今は万事にせち辛いから、連句観もせち辛くなっている、ということなのかもしれない。

連句では、語や場面の繰り返しを忌む。打越は町場の様子だった。それならというので、杉風は村里のほうに眼を転じてみたのだろう。「まだ花もなき蕎麦の遅蒔」。蕎麦の花の季は秋である。時は秋になっているのに、遅蒔きなので花はまだない、という次第だが、ない花を出すことで変化を出そうとひねったのか。これも、とまたいおう。今だったら、禁じ手だといわれかねないところである。「花」といえば桜のことで、集中にそれ以外の花を言葉として出すのはよくないとする通念が、今は行き渡っている。芭蕉の時代には、そうした通念はまだなかったようだ。それで作振りが伸びやかになっていた、ということはありそうなことである。

この辺り、終盤に近づいた、という共通の思いが広がっているようで、全体の調子がとてもなだらかな感じに化してきている。その次もそうである。「柴栗の葉もうつすりと染なして」。桃隣の作である。田や野に近くある栗は小粒で、それでも秋になれば葉が黄葉しています。私も小粒な出来ですが、色づいて終局を迎えます、といった意味の含みがある、とも読める。

さて、芭蕉グループは、新興都市江戸に鄙から出て来た根無し草の集まりだった気配がある。心が行くのは、どうしても出身の地のほうへ、ということであったか。時は、芭蕉が関西に旅立つ直前である。郷里の伊賀の近くにまでお出でになるのですね、という思いを、八桑は付けに託したのだろう。「国から来たる人に物いふ」。江戸はさまざまな地方から来た人が寄り合う場だった。そうした情景を眼にすることは、日頃にもあったことだろう。そのことと集いの終りが近いこととを重ねて、芭蕉の旅心に向けて挨拶をする気分になった、ということだとすれば、快哉といいたいところだ。

「閙《いそが》しう一臼搗て供支度」と芭蕉が付けたのは、八桑の言葉に誘われたからだ、と想像してみると面白い。芭蕉は、食に強く興味をもつ人だったようだ。この時期、旅の世界にあると、今のように思うままに食べたいものに恵まれることは多くはなかったはずである。下敷きになったのはそうした体験だったか。旅に出る祝いもかねて、餅を搗いてたらふく食べて、さて同行者、仕度だぞ、君たちも幻想の上では一緒に旅をする人たちなのだよ。そうした心性からの呼び掛けがここにある、と考えてみると、語の響き合いについての理解が一層深まる。

だが、注目したいのは、ここでの連衆は心に引く筋が一筋縄ではないことである。遊びの心に長けているようだ。そうは問屋が卸しませんよ。生活することのうちにはいろいろなことがあります。こちらは餅つきの句が出て、ちょっと浮かれ気分が醸し出されたが、どこかから糞尿の香が漂ってきましたよ。「糞汲《こえくむ》にほひ隣さうなり」、子珊。あるいは、この事態は、ここに寄り合った者たちが、この場で実際に体験したことだったのかもしれない。終り近くなって、本当に肥溜めのものを汲むことを隣がはじめた、という次第だったのだ、としたほうが面白い。事に直面して、集まりの場となった家の持ち主である子珊は、やや戸惑いながら、次のような気分で呼びかけをしたのだったか。芭蕉先生、懐かしい香りですね、旅の場面でもこうした香りには何度もでっくわすことになるかもしれませんね。この句が出て、参会者は何度目かの笑いを交し合ったことだろう。

杉風はここで、事を想像上の季に転じたほうがやや風雅になる、と思った。冬の時雨時、香りは地を這うように漂いますでしょう。そんなふうだと身が香りに包まれた感じになりますね。「今の間にじるう成程降時雨」。「じるう成程」という口語ふうの言い方をしているところに付けの妙味がある。「じるう」とは、今風の語に無理矢理翻訳すれば、うざったい、といったところか。肥溜めを汲むことから発する香りとよく映り合っているのだ。背後にあるのは、でも、しばし我慢、我慢。桃隣さん、どこか別の世界に転じて、終りにしましょう、あと三句を残すだけだ、といった呼び掛けの心なのに違いない。

〔一九〕

杉風の「今の間にじるう成程降時雨」は、季は冬である。ここに冬を出したのは、季節の雰囲気を入れることで前句の肥溜めの香りを消そうと策したからかもしれない。季が冬の場合は一句だけで捨ててよいとされる。終りから二つ目は花を出して事を飾るのが習わしである。花の季は季は晩春になる。花の前は無季のほうが無難でしょうね。そんな会話が交されもしたか。

桃隣が「日用の五器を篭に取込ム」と季なしで付けたのは、そうした次第ゆえか、と推測されるが、変化を醸す工夫は充分にほどこされているようだ。五器とは、普通は仏具のことを指す。一対の花瓶、一対の燭台、それに一個の香炉である。だがここでは、「日用の」とあるから、日常に使う食器のことをいっている、と見るのが自然である。前の時雨を受けて、濡れるのを避けて食器を篭に仕舞う、ということだろう。とすると、ここでの食事は野外でなされていることになる。多くの人が出入りするという家の状況があって、庭で食事が供されるありさまが眼に浮かぶ。食事のあと、洗った食器を日に晒して乾かすのだろう。雨が来て、取り込むのにあたふたとしている様子である。終りが近いのを見据えて、忙しい活気のある場を詠み込むことになった。

終りから二つ目の花、「匂の花」を付ける役が、八桑に当った。「扈従衆御茶屋の華にざはめきて」。「御茶屋」の景に転じたのである。主人に従って来た扈従衆がいる。扈従衆の数は少なくなく見立てられている。お大尽の豪華な花見の様子に事を仕立てたのである。浮かれた扈従衆の賑やかな華やかさを、言葉で演出してみた、ということになるか。

「小舩を廻す池の山吹」という挙句で、事は終った。執筆《しゅひつ》は誰だったか。桃隣か子珊の役回りのように見える。この歌仙が成ったあと、これも中に入れて、ほかの俳語も集め、総題を『別座鋪』とする本が、時を置かずに版本として刊行された。江戸時代においては、本を出すことは私出版のような仕方でかなり行われていたようである。本を上梓することはさほど難事ということではなかったようだ。刊行責任者となったのは、のちに引く書簡にあるように、桃隣と子珊だった。そうしたことから類推すると、この歌仙の場でも牽引者となっていたのは、その二人だったのではないか、と想像されるのである。子珊は、この興行の場所の提供者であり、発句を出しもした。執筆役を勤めたのは桃青だろう、とするのが、蓋然性が高い見方のようだ。

はなむけとしてこの歌仙を寄せられたあと、芭蕉は旅に出て、近江の膳所《ぜぜ》、義仲寺に到った。無名庵と呼ばれる建物があり、そこに芭蕉は好んで滞在したのである。愛着をこの場にずいぶんもっていたようだ。大坂で客死する間際に遺言でここに葬ってほしい、と依頼することもした。そこで、彼の遺体はここまで運ばれたのだった。亡くなったのは九月だが、三ヵ月前の六月に杉風宛てにこの地で書いた手紙がある。江戸で興行を果したばかりの「別座鋪」などについての細かな言及がある。点検してきた歌仙を含む集が、『別座鋪』として刊行されて、芭蕉のところに送られていたらしい。本として出来上がるまでがずいぶん早い。少し前だったらがり版での、今だったらパソコンでの仕事が早いように、木版の本造りもすぐにかたちになったものらしい。その本を当地の人びとに披露したことから得られた反応のことが、微細に語られているのである。

別座鋪、門人残らず驚き、もはや手帳にあぐみ候折節、かくの如くあるべき時節なりと、大手を打て感心致し候。右の通り、三神かけて挨拶申し進じ候に御座無く候。もとより他へ出で申さず候ゆえ、他門宗匠の沙汰承らず候。大坂にて、伊勢より出で候一有と申す俳諧師方にて、才丸見申候て、あまり世の風俗、俳諧手づまり候様に成り候処、何様いかやうにも之あるべき事と内々存じ候。これは〳〵と驚き候よし、一有、洒堂にかたり候よし相聞え候。才丸偽りに申すとは存ぜず候。先ず他はともかくも、曲水・正秀・去来・之道・洒堂大きによろこび候間、桃隣・子珊仕合せにて候。清書貴様に見せ申さず候由、両人共に初めての版行に候へば、是も尤もに候。何遍もあらため新に目を頼み、改め候ても、二所三所相違之れ有る物に候。是れまで段々江戸より出で候板木、門人の中とても拙者下見致さざるには、あやまり少しづゝ之無き本は御座無く候。重ねて覚悟致すように御申し成さるべく候。あやまりは人の申し分是非無く候。

（『芭蕉書簡集』岩波文庫、二九〇～一頁）

「驚き」という言葉が、二度にわたって使われている。「門人残らず驚き」と、「これは〳〵と驚き候よし」とである。芭蕉としては、工夫して達した成果が正当に評価された、という感じだったのだろう。いかにも満足気である。

〔二〇〕

書簡のうちに「三神かけて挨拶申し進じ候に御座無く候」とある。さまざまな賛辞を聞いたが、それらの言葉はお愛想から発したものではけっしてない、という意味である。近代、俳語の基本は挨拶であるといわれる。その場合は、この語は積極的な肯定の意味で使われる。この手紙では、そうしたよい意味ではなく用いられているのが面白い。「別座鋪」を巻いたその現場でも何がしかの手応えを芭蕉は感じたのだろう。そうだからこそ、近畿の地に来て、この歌仙を含む近業への高い評価に接したことは望外の喜びとなったはずだ。

賛辞の一つは近江の地の知己から寄せられた。だが、もう一つは他門の人から発せられた。大坂の俳諧師才丸がその人である。

大坂の俳諧師、才丸に「別座鋪」を見せることになったのは、偶然の奇縁からだったようだ。この歌仙に触れて、才丸はこういった。「あまり世の風俗、俳諧手づまり候様に成り候処、何様いかやうにも之あるべき事と内々存じ候」。「世の風俗」のあり方も「俳諧」も、決まった型をなぞるだけで「手づまり」に傾いているのに、こんなふうに閉塞した局面を新しく開く仕方があるのだとしかと感じ入った、というのだ。その才丸の感想を、共にいた一有が聞き、一有が洒堂に語って、芭蕉には洒堂の口を通して達した。ずいぶん遠回りした伝聞だが、それを書き写すのだから、この師匠は自分が仲間と新たに劃した俳語の方向について、諸般の反応を秘かに期待してもいたか。

洒堂は、出身は膳所の人で、転じて大坂に住んだ。書簡で名が出る之道も大坂住まいで、共に芭蕉の弟子筋とされる。二人の間に生じた確執の内実を聞き調停するために、芭蕉は大坂に赴き、予期せずに世を去ることになったのだった。無念な死であった、というべきだろう。

杉風当ての手紙について必要な部分を注解してみよう。

「もはや手帳にあぐみ候折節」というのは、斬新さの手応えが感じられない付句に接するばかりで、語の進め方について思案しかねていた折節、という意味である。要するに、多くの俳諧師が発想のマンネリズムのうちにいて、新しさを求めるとはどういうことなのか、その方面に考えを及ぼして事を展開する姿勢がなくなっている、ということだろう。そうした問いを構えることに気づくことすらできなくなっている、ともいえるかもしれない。こうした問題は、今にもある。二つの意味である。一つは、世に流行する一つの風潮は、一旦は清新な様相を示すものだが、それはいつも、習慣化することで惰性となり、同じ型のなぞりに堕してしまうのが習いだ、ということである。もう一つは、こうだろう。俳諧が流行の現象になると、広く普及することはよいことだ、という傾向が行き渡る。その種の広がりは、本当の清新さを掘り起こすのには、かえって毒をもたらす。問題は、そのことが毒である構造に眼が向くかどうか、ということだ。芭蕉は、そうした構造にとりわけ敏感な質だった、と見るべきである。俳諧は、事の局面を新しく探る〝意志〟に支えられることがなければ新しさを欠くことになる質の営みであることを、直知し、その直知を原則として事を運んだ点に彼の真骨頂はあった。彼が余人を絶していたのは、その点でこそのようだ。

「別座鋪」の歌仙を総括的に改めて点検してみよう。

この歌仙のとりわけての特徴は、付句で前句と前々句（打越）とのかかわりから場面を断ち切って、前の雰囲気とは異なること遠い地点に新たな世界を導いている点にある。

発句と脇句、

紫陽花や藪を小庭の別座鋪　芭蕉
　よき雨あひに作る茶俵　子珊

では、江戸の川向うの地の、田園風の一角の様子が照応し合う。実際に経験している事柄を軸にして発句と脇句を構成するという原則通りの作り様だが、見るべきは懸け合いのうちに滲み出る優しさである。

それが、

　よき雨あひに作る茶俵　子珊
朔に鯛の子賣りの聲聞て　杉風

になると、「鯛の子賣り」が行くところは、限定された場を越える。房総辺りの海辺の町でも、江戸の西の新開の村でも構わない。三句目のいさぎよい転じで、眼の線が遠くの地点に向けられた。調子も元気のよい方向に転じた。

三句目、四句目、

朔に鯛の子賣りの聲聞て　杉風

出駕籠の相手誘ふ起〳〵　桃隣

では、駕篭舁きが登場する。この意外さは、興を呼んだかもしれない。眼にはしながら俳語の題材になることが少ない職業の、朝の出番の様子に言葉が与えられた。「鯛の子賣り」のいなせな「聲」によって駕篭舁きたちが目を覚ました、としてもいい。場に充ちるのは、たつきにせっせと勤しむ領分を梃子にして、生彩ある前途を導こうという促しである。

〔二〕

オモテ四句目と五句目は、

出駕籠の相手誘ふ起〳〵　桃隣

かん〳〵と有明寒き霜柱　八桑

で、五句目に至って人が消える。「景気」が出されたことで、雰囲気が一気に鎮まりに向う。

かん〳〵と有明寒き霜柱　八桑

梢掘かけてけふも又来る　　　　　　芭蕉

で、ぐっと場を転じ、山家の様子になる。

こうして、この歌仙では、オモテですでに、ゆったりとした様子で、この世の暮らしのさまざまな様相に語を向ける模索が、連衆の共通の心性として構えられた。そうした言葉を連ねる背後にはやはり指南役として芭蕉がいるようである。

この歌仙のもう一つの特徴は、それぞれの紙面ごとに雰囲気を変えるように配慮されている点にある。

オモテは出発の場を据えることに心が配られている。オモテのウラは、概して人が移動して接するさまざまなあり方に焦点を据えるような結果になった。ナゴリのオモテは、人がさまざまに世にある生活の哀感に眼差しが向う。この面で転じの妙がとりわけ見事に発揮されているように見える。まるで言葉の軽業師が舞っているといってみたいな気配だ。そして、ナゴリのウラに到り、収束を予感しながら、遊戯心を含ませて、旅立つ者への餞の言葉が、さまざまな装いをとりながら寄り合うことになる。

とりわけ転じの妙が出現することになったのは、ナゴリのオモテの以下の部分なのではあるまいか。

濡たる俵をこかす分ケ取

昼の酒寝てから酔のほかつきて
　五つがなれば帰ル女房
此際を利上ゲ計に云延し
　まんまと今朝は靮を乗出す
結構な肴を汁に切入て
　見世より奥に家はひつこむ
取分て今年は晴ル盆の月
　まだ花もなき蕎麦の遅蒔

のちに見るが、この歌仙のあと、芭蕉は杉風に向けて、式目を型通りに構えて恋の句を作ることは場の展開を安易にすることにつながる、という趣旨のことを述べている。その視点からここの展開を改めて見直すと、「五つがなれば帰ル女房」以下は、恋の句と認定すべきかそうでないか、その境のようなところにある表現だ、といえそうである。

「五つがなれば帰ル女房」という句は、前に述べたのとは異なってこう解せるかもしれない。昼間は出かけている女房は、五つが鳴る頃にやっと帰って来るていたらくだ、と。女房は家に戻ってくるあり方の人だ、とみなすのである。そうすると、次の「此際を利上ゲ計に云延し」は恋絡みではないとすることもできる。今のところ、利息だけの払いにしてください、という意味は前に述べた通りだが、このように捉えると、「利上ゲ計に云延し」たのは女房であることになる。金の工面がつかずに、女房が利息だけ払いに行き、戻ってきたのはやっと午後八時になってだった、という次第になる。生活の相が濃厚に出た付けである。女房がそんなことをするのも、ぐうたら亭主ではあるが、その男への愛情ゆえだ、と取れば恋の句にならないことはない。だが、恋だとしても、艶っぽい恋ではない。生活臭の滲む男と女のかかわりだ。

恋といえば、人は何かこの世ならぬことの出現といった様子を連想しがちだが、下世話な男と女のこうしたかかわりだと、やや身につまされながらも、滑稽な雰囲気が醸し出される。〝軽み〟とは、あえて低空飛行をして接することになる人間模様に愛情をもって接する姿勢、とも翻訳できるか。

それが「まんまと今朝は鞆を乗出す」で、遊廓からの支払いを逃れて脱出する景に転じ、さらに、事は穏やかに逆転して「結構な肴を汁に切入て」という付けになる。この展開に見られるのは確かに目線を軽さに向ける転じなのである。

そして、「見世より奥に家はひつこむ」に継いで、秀句「取分て今年は晴ル盆の月」が冴々とした感じで現れ、そのあとは「まだ花もなき蕎麦の遅蒔」という、眼を散らすような叙景の言葉で引き継がれる。

ナゴリのウラで「糞汲にほひ隣さうなり」という、奇妙奇天烈な句が出たときは、誰もが意表をつかれた、と思ったたか。それに続く「日用の五器を篭に取込ム」「扈従衆御茶屋の華にざはめきて」「小舩を廻す池の山吹」という展開は軽快である。「扈従衆」とは、連衆のことをユーモアを湛えて寓意したのだったかもしれない。だが、連衆を扈従衆のあり方に寄託することに、芭蕉へのおべんちゃらの心が働いている、と捉える必要はない。真に愉しい時を共有した体験をした、という思いが皆にあって、その共通の心性を代表したところで、こうした表現が思わず現れ出た、と見ればよいのだ。挙句にも祝いに充ちた心が染み出ている。

〔一二〕

芭蕉が没した翌年、杉風は谷村の高山伝右衛門（麋塒《びじ》）に次のような書簡を送った。

戌《いぬ》の年上り申す時分私に申し置き候。

一、翁近年申し候は、俳諧、和歌の道なれば、とかく直《すぐ》なる様にいたし候へ。尤も言葉は世に申し習ひし片言《かたこと》も申し候へば、其句の姿により、片言は申すべし。それも道理叶ひ申さず候片言は無用。埒あき申すばかり用ゆべし。

一、段々句の姿重く、理にはまり、六ケ敷句の、道理入りがほ罷りなり候へば、皆只今までの句体《くたい》打ち捨て、軽くやすらかに、不断の言葉ばかりにて致すべし。是を以て直なりと申され候。

一、前句へ付け候事、今日初めて俳諧仕り候者も、付け申し候へば、かならず前句へ付くべからず。随分はなれても付くもの也。付け様は前句に糸ほどの縁を取りて付けべし。前句へ並べて、句聞え候へばよし、と申し置き候。句の行きやう、段々申し置き候へども、紙筆に申し上げられず候。

一、古事来歴、致すべからず。一向己れの作なし、と申し置き候。

一、翁古法を打ち破り申し候事は、恋也。恋の句は句姿は替りても、句の心は同じ事也。恋の心に替りたる心なし。然る上は、恋の句は二句にて捨つべし。もし宜しき付句是れなき時は、一句にても捨つべし。恋の句、一句にて捨つる事、古法にこれなき事は皆人の知りたる事也。見落しになりともすべし。かならずかならず、恋の句つづけ申す事無用、と申し置き候。

一、古人も賀の歌、そのほか作用の歌に面白き事なし。山賤《やまがつ》・田家《でんか》・山家《やまが》・景気《けいき》ならでは哀れ深き歌なし。俳諧もその如し。賤《しづ》のうはさ、田家・山家・景気専らに仕るべし。景気、俳諧には多し。諸事の物に情あり。気を付けていたすべし。不断のところにむかしより云ひ残したる情山々あり、と申し置き候。

一、翁近年の俳諧、世人知らず。古きと見えし門人どもに、見様申し聞かせ候。

一遍見ては只かるく埒もなく、不断の言葉にて、古き様に見え申すべし。

二遍見申しては、前句へ付け様合点いき申すまじく候。

べし。

六遍見申し候はば、前句へ付けやう格別はなれ、只今迄の付けやうは少しもなき所見え申すべし。

五遍見候はば、句は軽くても意味深き所見え申すべし。

四遍見申し候はば、言葉古き様にて、句の新しき所見え申すべし。

三遍見候はば、句の姿替りたる所、見え申すべし。

七遍見申し候はば、前句の悪しき句には付句も悪しく、正直にいたし候所見え申すべし。

一、翁近年の俳諧合点仕り候者、江戸、上方の門人どもの中に、人数三十人ばかりも御座あるべく候。その外は前句付、点取ばかり仕り候へば、その者どもには少しも伝へ申されず候。惣じて、江戸中、上方ともに、十年先の寅の年（貞享三年）の俳諧の替り目の所にとどまり罷り在り候。その時よりは悪しく御座候よし、翁申され候。

一、翁申し置き候は、深志なる者候はば、この段申し聞かせ候様にと、戌《いぬ》の年（元禄七年）上り申す時分、私に申し置き候間、其許《そこもと》へも申し上げ候。かねがね其許へ参り申すべき由、申され候へども、彼是《かれこれ》いたし、参り申さず候へば、亥（元禄八年）の春は罷り下り、秋中其許へ参り申すべき由申し置き候ところに、皆夢現《ゆめうつつ》となり行き申し候。この度玉句拝吟仕り候へば、涙流し申し候。以上。

杉風

六月朔日

麋塒様

（今栄蔵『芭蕉年譜大成』角川書店、四〇四〜六頁より引用）

芭蕉の人柄が忍ばれる内容である。彼が、長年連句にかかわる言葉運びを続けてきたところで、改めて杉風に伝えたメッセージが述べられているのだ。

繰り返せば、戌（元禄七年）の年に、歌仙「別座鋪」の会で送別され、芭蕉は、関西に向い、旅先で亡くなった。が、この旅人の気持ちとしては、死に近く赴く思いからは遠いところにいたことが、この書簡から伺われる。上方の旅から、次の年に戻り、その秋、甲州の谷村を訪ねるつもりだったのである。彼は、まことに旅で自分を鍛える達人たらんと志す人だったのだ。

この人はいつも自己の過ぎて来た過程を振り返り、批判点を訪ねて事を革新させる可能性を探究し続けた人であった。一つの成果に達する。一応充ち足りる。だが、事が成ると、さらにより豊かに事が開けるどんな方向が伏在しているのかを問うほうに眼を向けた。一層広びろとした充足に転じられる仕方があるか、その点をじっくりと探索するのだ。そうした精神の具現者として芭蕉はあった。

〔二三〕

一六八四（貞亨元）年八月（旧暦）、芭蕉は江戸を立って、野ざらし紀行の旅に出た。四一歳の折である。

旅に出るに当って、杉風、李下が送別の発句を捧げ、芭蕉がそれに脇句を付けた。

何となう柴吹く風もあはれなり　杉風
雨の晴れ間を牛捨てに行く　芭蕉
ばせを野分その句に草鞋かへよかし　李下
月と紅葉を酒の乞食《こつじき》　芭蕉

杉風の句を見ると気がつく一つのことがある。季語として特定できそうな言葉が見当らないことである。気持ちの上では、秋の季のことと見立てられているのは「柴吹く風」らしい。だが、「柴吹く風」だけでは誰にでも通ずる季語とはなし難い。こうした表現が出るについて、考えられるのはこういうことだろう。この時期、季語を綿密に定めてそれに従う、という発想はさほど強固ではなかったのだ。季節を感じさせる雰囲気の言葉が示されれば、季が示されたとみなされていたようなのだ。俳語表現の制度化の度合いが、まだ緩かった、ということだろう。芭蕉の付句にもはっきりした季語らしきものは現れていない。「雨の晴れ間」とあるのは、主観が捉えた季節の様で、四季を特定できる季語ではないのである。

杉風は、別れの忍びがたさをさりげなく述べているのだ。それに対して、芭蕉は諧謔をもって応じた、というふうだ。「牛捨てに行く」というのは、「牛にひかれて善光寺」をもじったのかもしれない。牛のおかげで信心を得たどこかの老婆があったが、私は、そうした、他力の暗示となる牛に当るものへの期待は捨てて、まっさらな自分に出会いに行くのだ。そんな言い方で、相手の真摯な心情に応じようとでもしているかのようである。

李下と芭蕉との応答は、前のものに比べると直截である。

一六八一（天和元）年、「芭蕉野分して盥に雨を聞く夜かな」という句を芭蕉は得る。李下は、野分の季節の今、家居のうちにではなく、旅の草鞋を履いて、本当の野の分けられる風景に旅で接することになるのでしょうね、その折は草鞋を変えますすね、と挨拶をしたのだ。芭蕉の応答は平凡である。月と紅葉を酒の魚にするだけの乞食になる、といった具合ですよ。事を洒脱に展開したいようだが、直截すぎる言表に見える。旅の直前で、気持ちのうちにどこか詰るものが住むしかなかったということだろう。

杉風は風の句を贈ったが、そのせいかどうか、芭蕉にとって、この旅立ちは風の吹く様子と密接にかかわるものとして印象されたようである。紀行は、こんなふうにはじまる。

貞享甲子《きのえね》秋八月、江上の破屋を出づるほど、風の声そぞろ寒げなり。

野ざらしを心に風のしむ身かな

秋十とせ却って江戸を指す故郷

面白いのは二句目である。箱根の関の東の地で秋を十年も経てみると、伊賀ではなくて、江戸こそが却って故郷であるように感じとれるのだ、といった内容になる。

それにしても、芭蕉は、大上段な表現で振る舞うのが嫌いではないようである。「野ざらしを心に風のしむ身かな」とは、いかにも大仰である。こういうことだろうか。彼は、この旅で、実際、「野ざらし」になるかもしれないと、真剣に予感する点があったということか。大仰な表現の基底に、冒険に向おうとしている自分の切実さを見据える眼を坐らせようとしていたのか。

とはいえ、この野ざらし紀行の旅は、芭蕉には大きな転機をもたらすことになった。『冬の日』に結晶する名古屋での連衆との歌仙経験に接したことがその内実になる。芭蕉は、名古屋で、連衆とのかかわりで精一杯の言葉を紡いだ。そこで、その場に身を置くまでは茫漠としていて、表現をうまく与えることができなかった連句の展開に関して、一つの新たなかたちを生み出すことができた。芳賀一晶が、貞享四年、『丁卯集』で「去年おととし」より「やすらか」で「優美」な句風がはやり出した、と述べているそうである（今栄蔵『芭蕉年譜大成』八八頁）。要するに、この句風の動きとは、連句表現における詩的なるものの探究の深めだ、といってみることができる。芭蕉の営みもその流れのうちにあるものだった。その方向が支配的になって、中心の座から切り捨てられることになったのは、西山宗因ふうの滑稽さに事を落すことを中心にする俳諧だった。

麋塒宛の杉風の手紙に「惣じて、江戸中、上方ともに、十年先の寅の年（貞享三年）の俳諧の替り目の所にとどまり罷り在り候。その時よりは悪しく御座候よし、翁申され候」という「寅の年の俳諧」とはその動きを指しているのだ。

〔二四〕

杉風の槖埘宛の手紙について検討しよう。まず、中に述べられる一つの主張に注目したい。

芭蕉は、「俳諧、和歌の道なれば」「直なる様にいたし候へ」と述べる。「直」という概念が意味を付されて使われているのである。だが、「和歌の道」は「直なる様にいた」すのだ、とされるが、芭蕉よりも昔に作られた和歌がすべて「直なる様」としてだけあると、ただちに断定することができるか、それは問題である。『新古今和歌集』の作柄を、大旨「直なる様」といってよいだろうか。この歌集には屈折した表現のものもあるではないか。たとえば、「春の夜の夢の浮橋途絶えして峯にわかるる横雲の空」という藤原定家の作は「直」であるか。折り曲る心の像を外に開き出すようにした、といった歌い振りである、といってみることもできそうだ。そうしたことを勘案してみると、「直なる様にいたし候へ」という主張がなされるのはどのような視点からなのか、という点は点検するに値する。ヒントは、先の引用に続く部分にあるようだ。「尤も言葉は世に申し習ひし片言も申し候へば、其句の姿により、片言は申すべし。それも道理叶ひ申さず候片言は無用。埒あき申すばかり用ゆべし」。続けて、「段々句の姿重く、理にはまり、六ケ敷句の、道理入りがほに罷りなり候へば、皆只今までの句体打ち捨て、軽くやすらかに、不断の言葉ばかりにて致すべし。是を以て直なりと申され候」と芭蕉は述べるのである。

「言葉は世に申し習ひし片言も申し候へば、其句の姿により、片言は申すべし」という言述に視点を定めてみる。「片言」を用いても構わない、とされる点には、俳語にかかわる芭蕉の姿勢が端的に現れているのではあるまいか。「片言」のうちには、言葉として優美とはいえない日常俗語も含まれる。和歌の場合は、要請されるのは、日常俗語とは異質の雅語だけで表現を組み立てることである。こうした和歌表現に課されている制約から言葉の枠を広げる方向に、俳語の語の領分を構えてよい、というのである。

俳語は、短い表現で何かを言い果そうとする営みである。何を言い果すのか。端的にいえば、一つの〝詩〟を、なのだろう。その営みに関して、世俗の語の駆使を通して迫ろう、とするところには、俳語を用いる者たちのいわば気概が見られる。平安期には、和歌という詩語にかかわったのは、主として貴族といわれる階層の人びとだった。だが、江戸期には〝詩〟語にかかわる階層は、広く拡大されることになった。「片言」を用いてもよい、という芭蕉の主張は、そうした事態により積極的に対応しようとするところで成り立ったものなのに違いない。

さはさりながら、俳語に身を託する者は、表現世界を日常俗語を軸にした言葉の取り合せに置くことだけには留まりきれないはずである。言葉の詩性の輝きの多汎なあり方を追及する営みをする者が、詩の言語の多様な広がりに探索の眼を向けようとするのは当然だからである。『冬の日』では、芭蕉自身もそうした方向の一つの面を探索する者だったのだ。だが、その方向は、「六ケ敷」言葉の提示に及ぶあり方だと、そののちの芭蕉自身から自己批判的にみなされることになったわけである。

「直」という概念が芭蕉のうちに育つことになったのは、そうした批判を自分のうちに産み出す過程と重なるところで、なのではあるまいか。

そうすると、是非考えてみたいことがある。「皆只今までの句体打ち捨て、軽くやすらかに、不断の言葉ばかりにて致すべし。是を以て直なり」という、この「直」と、はじめにいわれた「直」とは、意味が交差しているとすれば、どのような内実においてなのか、ということである。

あとの「直」の対照として芭蕉が考えているのは、「句の姿重く、理にはまり、六ケ敷句の、道理入りがほ」というあり方である。そうした表現が斥けられるのは、それらは、優しくない言い方だからなのだ、と考えてみてはどうだろう。その質の表現は、一人の独特の個性の展示、ということにはなっても、その表現に接する他者の眼に思いを致し、その人の共感を引き出す方向を模索する姿勢ではないのである。「直」とは、他者と共になだらかに合せもつ場面を言葉にするあり方として、改めて考え到った概念なのではなかろうか。

そうだとすると、芭蕉は、こういうことを主張していることになる。先に見た定家のような歌も、そこには事が優しく進む様に言葉が与えられている点で、彼からすれば「直」なのに違いない。日本の韻文を貫くのは「直」だ、という見方が立つのは、そうした視点ゆえなのだ。定家の場合には、日常の暮しに発する優しさ、といったものには眼は向っていない。時代に限定されたからそうなったと、芭蕉は考えたかっただろう。芭蕉が掘り起こしたいのは、人の共感を呼び起こす優しさの領分としてある日常の暮しの様子、なのではあるまいか。彼の時代は、そうしたあり方を新たにかたちにする仕方で確実に展開していると、彼は見ようとしたのだ。

〔二五〕

杉風の槖堺宛の書簡のうち、注目したいのは、恋句のあり方について言及していることである。もう一度引いてみる。

一、翁古法を打ち破り申し候事は、恋也。恋の句は句姿は替りても、句の心は同じ事也。恋の心に替りたる心なし。然る上は、恋の句は二句にて捨つべし。もし宜しき付句是れなき時は、一句にても捨つべし。恋の句、一句にて捨つる事、古法にこれなき事は皆人の知りたる事也。見落しになりともすべし。かならずかならず、恋の句つづけ申す事無用、と申し置き候。

同じ趣旨の言及が『去来抄』にもあるので引いてみる。

卯七、野明曰、蕉門に恋を一句にても捨るはいかに。去来曰、予此事を伺ふ。先師曰、古は恋の句数不定。勅已後、二句以上五句と成る。是礼式の法也。一句にては捨ざるは、大切の恋句に挨拶なからんは如何と也。一説に陰陽和合の句なれば、一句にて不可捨共いへり。皆大切に思ふ故也。予が一句にても捨よといふも、いよ〳〵大切に思ふゆへなり。汝は知るまじ。古は恋出れば、しかけられたりと挨拶せり。又、五十員（韻）・百員（韻）といへども、恋の句なければ一巻とは云はずしてはしたものとす。かく計大切なるゆへ、皆恋句になずみ、わづか二句一所に出れば幸とし、かへって巻中恋句稀なり。又多くは恋句より句しぶり、吟重く、一巻不出来になれり。此ゆへに恋句出て付よからん時は、二句か五句もすべし。付難からん時は、暫不附とも、一句にても捨よ、と云へり。かくいふも何とぞ巻づらのよく、恋句の度〳〵出よかしと思ふゆへなり。勅の上を云はいかゞなれ共、夫は連歌の事にて、俳諧の上に有らねば奉背にもあらず。しかれども、我古人の罪人たることをまぬかれず。只後学の作しよからん事を思ひ侍るのみ也。

（岩波文庫、五五〜六頁）

芭蕉が杉風に述べた内容と去来に述べた内容とではかなりの違いがあることが注目点になる。去来に語った時期のほうが、当然前のことになるのに違いない。

『去来抄』には「予が一句にても捨よといふも、いよ〳〵（恋句を）大切に思ふゆへなり」とある。連句中で恋句を仕掛けられたときは、偽装的に恋の挨拶をされたと事をみなし、それに付ける者もその心に応答するといった気分で句を出すように昔はした、とも述べられる。杉風の書簡にはそうした言葉がない。それがないことについて考えられる可能性は二つある。杉風が落としたか、それとも芭蕉がその点はいわなかったか、である。どちらとも速断はできない。だが、前後の言葉運びからすれば、後者のほうの確率が高いとはいえそうだ。というのは、杉風にいう言い方はこうだからである。「恋の句は句姿は替りても、句の心は同じ事也。恋の心に替りたる心なし。然る上は、恋の句は二句にて捨つべし」。恋心のあり方には、表現の上でのたいした変容は出現しがたいと強調するのは、去来への物言いとは微妙に違っている。

東明雅氏に『芭蕉の恋句』という著作がある（岩波新書）。恋句の妙手としての芭蕉の表現の多様な相を主として連句での発語を通して追跡している好著である。確かに、恋の機微に言葉を向けることに芭蕉は長けているのだ。それなのに、その彼が連句の本旨は恋句にはないという方向を、年を積むと共にますます強めることになるのが面白い。なぜそういうことになったか。その理由を一義に定めるのは難しい。だが、こういうことはいえそうだ。杉風に語った時点で、連句の表現の方向として、恋よりも重視したいものがある、という考えを、芭蕉は抱くに至っていたということだ。恋への言葉をあえて消したところで拾い出せる題材は、それではどういう質のものとされたのか。

生活だ、といえよう。

虆塒への手紙のうちの次の条は、いささか舌足らずながら、その見方を展開したものである。「古人も賀の歌、そのほか作用の歌に面白き事なし。山賎・田家・山家・景気ならでは哀れ深き歌なし。俳諧もその如し。賎のうはさ、田家・山家・景気専らに仕るべし。景気、俳諧には多し。諸事の物に情あり。気を付けていたすべし。不断のところにむかしより云ひ残したる情山々あり、と申し置き候」。とりわけ注目したいのは、「諸事の物に情あり。気を付けていたすべし。不断のところにむかしより云ひ残したる情山々あり」という部分である。さまざまな「事」の示す「物」のあり方には「情」がある。細心の配慮をそれらに向けよ。普通にあるあり方をしているもののうちに、表現として発見できる（言い残されている）「情」が山ほどあるのだ。芭蕉がいうのは、彼は意図して態度をそのようなほうに差し向ける、ということだろう。人や風景の姿のあり方のさまざまな面白さ、面白さから醸し出される「情」は、式目に合せて恋を歌うよりも、人に発見をもたらす詩的な営みだ、という主張が、ここにある。

〔二六〕

虆塒宛の芭蕉の手紙にこういう箇所がある。

一遍見ては只かるく埒もなく、不断の言葉にて、古き様に見え申すべし。

二遍見申しては、前句へ付け様合点息申すまじく候。

三遍見候はば、句の姿替りたる所、見え申すべし。

四遍見申し候はば、言葉古き様にて、句の新しき所見え申すべし。

五遍見候はば、句は軽くても意味深き所見え申すべし。

六遍見申し候はば、前句へ付けやう格別はなれ、只今迄の付けやうは少しもなき所見え申すべし。

七遍見申し候はば、前句の悪しき句には付句も悪しく、正直にいたし候所見え申すべし。


事に関してきわめて入念な述べ様だ、というべきか。

一度見るだけでは、軽い普通の言葉の羅列で、出現しているのはむしろ旧態依然なものであるように見える。

二度見るだけでは、どのように前句についているのか、さっぱり納得できない。

三度目で、句の姿が在来の美意識と変っているのが、やや感じられてくる。

四度目で、言葉は古いようだが、句に新しいところがあるのが見えてくる。

五度目になると、句は軽くても、意味の孕みが深いところが見えてくる。

六度目に読むと、前句に付ける付け方が離れている様子がこれまでの仕方とはまったく異なることが見えてくる。

七度目に至って、付け句が悪いのは、前句の悪さによるので、悪さには正直に悪く対する様子も見えてくる。

ここで問題にされている事の核は二つである。一つは、「意味深き所」という表現がなされていることである。もう一つは、付け句で生ずる善し悪しは、前句と連動的である、とされることである。

一見するところ、凡庸でただの軽さだけに見える表現が、実は「意味深き所」を担っているのだ、という言い方に含まれているのはどういう内実なのだろうか。

「別座鋪」の一つの部分をまた引いてみる。

朔に鯛の子賣りの聲聞て　杉風
　出駕籠の相手誘ふ起〳〵　桃隣
かん〳〵と有明寒き霜柱　八桑
　榾掘かけてけふも又来る　蕉
住み憂て住持こたへぬ破れ寺　珊
　どう〳〵と鳴濱風の音　風
若党に羽織ぬがせて仮枕　隣
　ちいさき顔の身嗜よき　桑

商もゆるりと内の納まりて　　　　　　　　　　　蕉

三句目から一一句目のところである。

月のはじめに「鯛の子賣り」の声を聞いた。それで、朝を感じとって、かつぐ駕篭の相手に起きることを促している駕篭かきの暮らしがある。霜柱が朝の月に輝いて寒さが一段と厳しく感じられる。囲炉裏に燃す榾を昨日に続いて今日も掘りに来る暮らしの仕方がある。山里なので檀家も乏しく、持ちこたえかねている「破れ寺」の微妙な突っ立ち様よ。海が近くて「濱風」の怒涛が激しく鳴っているところです。そんな海のそばの宿で「若党」の「羽織」を脱がせて仮の枕にする侘しい旅人がいます。小さい顔つきで「身嗜」みのよい女がいるところなのです。女が手をつくすので商いのほうもゆったりと進んで始末は安泰です。

そうした展開がここにはある。

この展開のうちで「意味深き所」はどのように現れているのだろうか。先に見た、恋句にかかわる芭蕉の見解を下敷きにして考えてみよう。

八桑の「ちいさき顔の身嗜よき」は恋の呼び出しと取れる。八桑は次が芭蕉であることを意識して、恋の仕掛けを構えてみた、と仮想してみると面白い。その構えに対して「商もゆるりと内の納まりて」が芭蕉の応じだったのである。恋ははずされたのだ。あるいは、恋の結果として定着した商家のなりわいのほうに遠く事の様子が転じられたのである。ここに「意味深き所」が述べられているとしたら、それはどんなふうにか。ここに実現されているのは、「前句へ付けやう格別はなれ、只今迄の付けやうは少しもなき所見え申すべし」ということなのではないか。「ちいさき顔の身嗜よき」人が、生活の事を軽やかにこなす様が出現するのが、「意味深き所」だ、という思想がここに示されていると見るならば面白いではないか。人の生の力強さを根にして暮らしの多様さはある、という見方を芭蕉は推し進めたいようだ。

〔二七〕

一六九四（元禄七）年、芭蕉は大坂で客死した。彼の心のうちでは、大坂から江戸に戻り、次の年、甲斐の谷村を訪ねるつもりだったことはすでに記した。願いを適えることができないままに不意に世を去ったのである。

二〇〇一年の冬、都留の地の博物館で、当地にまつわる芭蕉の事跡を追懐した展覧会が企画され、私は観に訪ねた。江戸で火災に遭ったあと、芭蕉はしばらくこの地に身を寄せた。時は夏場だった。やや標高の高いこの山地で清涼な気分を味わい、大いに心を癒すことになっただろうと想像してみたい気がした。近くの滝を見物したりして新たな興を刺戟されることもあったようである。

芭蕉は、江戸期の人としては、遊行風の暮らし振りを充分に示した。江戸での住まい方自体が遊民風だったが、おまけに彼は東北という異境にまで遊行することをしたのである。こうした動きぶりは、前の自分の行動を前句と見、それに次の行動を用意して繋げる、連句の営みに似たあり方である、とも見てとれる。少なくともこういうことはいえるだろう。彼が俳諧師でなかったら、こんなふうに旅の営みに身を費やすことはなかっただろう。二つの理由でそうである。表現の移動を事とする言葉の連ねに従事することは、移り行く言葉のうちに身を置くことを習い性として培うことである。そうした営みを続けていれば、自他のうちを移動しない言葉の中にだけい続けると落ち着かない気分になるかもしれないのだ。もう一つはこうである。連句に従事することは、連衆に出会い続けるということである。そうだとすると、連衆に出会うためにあえていつも外に出る、という行動の様式が、動作の基本に位置づいてしまうかもしれないのだ。東北への旅で、芭蕉は多くの連衆に会った。俳諧従事者が多くいろいろなところにいたのも不思議なことである。加えて、芭蕉がある地を訪ねると、そうした連衆が現れ出て、座が据えられることになるのも不思議である。一つの魔術が働いている、といってみたい気がするほどだ。

こうした表現に興の中心を置いた芭蕉のあり方が、この稿を書き続けて大分経った今になってみると、私にはかえって不思議に見えてくるようになった。というのも、私自身は、このような流動する表現のうちに自分を置くことで自足できる者ではないからだ。私の場合は、どういう仕方をすれば、自分の単独の営みとして、一貫した表現の流れを作り上げ、不充分なところをさらに幾分にも転換させて展開し、人が「生きる力」になる方位といったものを拓くことができるか、といったことを基本的な関心事とするしかないようなのである。

そうした見方からすると、芭蕉のあり方は、あえていえば、異様でもある。流動する表現が、どうして、彼にとって、自足の中心として位置づき得たのか。その営みに青年時に出会った縁を縁としているうちに、姿勢が次第に固まってきた、ということなのか。

私も、幾度か、連句の座に加わったことがある。ここでの体験の質を要約していってみれば、ここを流れるのは「時間のユートピア」といった時間である。前句がある。付句を考える。そのとき、自分のうちに臨機応変の言葉の向きを模索する際の気持ちは、これに優る愉悦はない、といえるものだ。ここにあるのは、いわば、表現の多様を探し求める遊びの極といったものなのだ。保持し、先の方向をさらに追及しなければならない自己の一貫的な課題を考えるといった志向の向きからしばらく解放されて、ふさわしいと思われる表現を時どきに探る流れに自分を委ね、それに集中する営みからは、ほかの場面のうちではまったく得られない至上の悦楽の経験が醸し出される。芭蕉はこういった。「学ぶ事はつねに有り。席に望んで文台と我と間《かん》に髪《はつ》といれず。おもふ事速かにいひ出でて、ここに至りて迷ふ念なし。文台引き下ろせば則ち反古也」（『三冊子』）。緊張感が漂う物言いである。語を案ずる瞬間のうちだけにしか仕様の場はない、と述べている。が、また、文台がなくなれば意味をまったく与えようがない言葉を紡ぐのが連句というものだ、とも主張される。

本稿のはじめに、連句の備える表現の意味するものが、青年期の私には一向に分らず、それを分ろうとしてさまざまな努力をした、と書いた。本稿を書いて考えたいのは、連句という表現がどんな内実としてあるのか、ということだ、とも書いた。ここまで検討を続けてきて考えとなるのは、次のようなことだ。

私のうちでは、探究の言語の自分のうちでの掘り起し、といった方向に自分を置きたいという志向と、自他の交流のうちで泉のように湧いてくる言葉を求める連句のような表現に接したいという志向と、その二つは分裂している。

芭蕉の場合は、その二つの質の表現は、どのようにかかわっていたのだろう。そのことを問い明かすことができれば、芭蕉を考える際にもっとも核心にある事柄に触れることになるように思われる。その点をもう少し問い詰めてみよう。

第六章

羽黒山での歌仙評釈

〔一一〕

江戸時代には、連句をする者を二つの組に分けて句を出し合い、どちらを採るか争うという営みが行われたらしい。

『三冊子』にはこうある。

句合判《くあはせあん》の事。衆議判と云ふは、連中の打寄り、詮議・批判するをいふ也。『蛙合』は衆議判の格也。ゆへに判者もしかとなし。ほん（本）判と云ふ時は、判者、奥に跋にても又序にても書く也。句引迄も付くる也。歌にうた合せ有り。即座の判・兼而《かねて》之判も有り。即座の判は左右に文台を立て、判者あり。難陳有つて、判者是を聞く。それにもかゝはらず判を書く也。巻頭は多くは持の物也。（日本古典文学体系『連歌論集・俳論集』、三九〇頁）

大意はこうである。

二組に分かれて句を出して争う場合、衆議判がまずある。参加者みんなが意見を出し合って、事を定めるのが衆議判である。私たちがかつてやった『蛙合』は衆議判の見本のようなものだ。版になったものにも、そのため判者が記されていない。本当の判者がいるときは、本の終りかはじめに名を書き留めるものだ。出句者の句と勝敗も書き留めるものだ。和歌の世界にも歌合せというものがある。即座の判と、あらかじめ事を判じておく判と二種がある。即座の判の場合は、戦う者たちが左右に分かれて、文台を二つ立てるが、判者もその場にいる。出た句について出席者はいろいろ述べる。判者は聞き役になる。判者は最終的な判断を下すのである。巻頭は勝負に懸けないのが普通である。何となく目上とされる人のものを用いるのである。

引用書の注解によると、連歌で「兼而之判」の判というやり方はやらないそうで、その点は芭蕉は事を誤解していたらしい。

さて話題にしてみたいのは、何度目かのことになるが、現在の連句の作法としてある出勝ちと膝送りのことである。今隆盛しているのは、出勝ちのやり方である。連衆がどんどん出す句を判者（今の語でいえば捌き）の判断で採用するやり方である。芭蕉が話題にしているのは、二組に分かれる句合せのことだが、一つの連句だけを巻く場合に、芭蕉の時期、判者（今の語でいえば捌き）はいたのかどうか。芭蕉がやったのは概して膝送りの仕様でだが、時には判者を立てないこともなかったらしい。『おくのほそ道』での歌仙の一つを引用してみる。

「有り難や」の歌仙

有り難や雪をかほ《（を）》らす風の音　翁
住程人のむすぶ夏草　露丸
川船のつなに蛍を引立て　曾良
鵜の飛ぶ跡に見ゆる三ケ月　釣雪
澄む水に天の浮べる秋の風　珠妙
北も南も礒打けり　梨水
眠《オウ》りて昼のかげりに笠脱ぎて　雪
百里の旅を木曽の牛追　翁
山つくす心に城の記をかゝん　丸
斧持ちすくむ神木の森　良
歌よみのあと慕ひ行く宿なくて　雪
豆うたぬ夜は何となく鬼　丸
古御所を寺になしたる檜皮葺　翁
糸に立枝《たちえ》にさま〳〵の萩　水
月見よと引き起されて恥しき　良
髪あふがするうすもの丶露　翁
まつはる丶犬のかざしに花折りて　丸

的場のすゑに咲ける山吹　雪
春《ナオ》を経し七ツの年の力石　翁
汲ていたゞく醒ケ井の水　丸
足引のこしかた迄も捻蓑　円入
敵の門《かど》に二夜寝にけり　良
かき消ゆる夢は野中の地蔵にて　丸
妻恋するか山犬の声　翁
薄雪は橡の枯葉の上寒く　水
湯の香に曇る朝日淋しき　丸
むささびの音を狩宿に矢を矧て　雪
篠かけしほ(を)る夜終の法　入
月山の嵐の風ぞ骨にしむ　良
鍛冶が火残す稲妻のかげ　水
散《ナウ》かいの桐に見付けし心太　丸
鳴子驚く片薮の窓　雪
盗人に連れ添ふ妹が身を泣て　翁
いのりもつきぬ関々の神　良

盃のさかなに流す花の浪　　会覚
幕うち揚るつばくらの舞　　水
（『芭蕉連句集』岩波文庫、一〇八〜一一〇頁）

元禄二年六月四日を始点として、羽黒山本坊で興行がなされたものである。

〔二〕

『おくのほそ道』の旅の途上、芭蕉は何度か歌仙を巻いている。しかし、そのいずれも、彼に近い時代に刊行されることはなかった。京都や名古屋や江戸の連衆と行ったものに比べれば、内容が劣るものとみなされたからだろう。

これから検討しようとする羽黒山でのものも出来からすれば充分とはいえない節も見られる。点検してみよう。

「有り難や雪をかをらす風の音」と芭蕉が発句を出した。乞われてまず句を出すことになったのだろう。客人として遇されていることが見てとれる。今こそ著名になったが、この時点では目立たない一人の旅人風情でしかなかったはずの芭蕉が、羽黒山で丁重に扱われていることに興味が向く。

芭蕉が羽黒山を訪ねる機縁を作ったのは連衆の一人、露丸だった。呂丸とも書く。本名を近藤左吉という。歌仙に記録されている露丸は俳号である。呂丸とも書いたようだ。羽黒山に登る根拠地になっている手向《とうげ》に住む染物師だった。羽黒山にいる僧の着るものを染めることで生計が成り立つ、ということだったらしい。発句を出した訪れ人に対して、迎える者として脇句を付けたのは、地元の代表としてであったか。

有り難や雪をかほらす風の音　翁
住程人のむすぶ夏草　露丸

芭蕉の発句は、今の見方からすると、季語の響かせ方が微妙である、といえるようだ。現在「風薫る」は夏の季語とされる。「雪をかをらす風」ということで、芭蕉の意図では、夏を示しながら、その夏になお消えない雪をかぐわしく過ぎる風の音に言葉の位置を与えている。こうした場の雰囲気があたかも特別の光景であるように彼には思われて、山の世界の不思議への挨拶を言葉にした、という気配が見える。

東北に到って「風の音」は、芭蕉には殊更心に留まるものであったらしい。須賀川の相楽等躬方に滞在した際にも、白河で得た「早苗にもわが色黒き日数哉」を「西か東か先ず早苗にも風の音」と直すことをした（何云宛書簡、『芭蕉書簡集』岩波文庫、八二頁）。「風の音」は、芭蕉にとっては、そこで連想が落ち着く言の葉だったようである。

露丸が付けたのはこういう含意でだろう。宗匠は風の音に眼を向けられましたが、この地には人も住み習わしていて、夏草に手を触れるような暮らしを続けています。中尊寺での吟として「夏草や兵どもの夢のあと」を得たことを、芭蕉は出会いのうちで語ることもあったか。

芭蕉は、羽黒山を出たあと、呂丸に書簡を送っている。

この度初めて御意を得候処、御取持御厚情故、山詣滞留、心静かに相い勤め候て、誠に忝く存じ奉り候。風雅の因み浅からざる故、もの事御心安く、他人隔てなき、互ひの心意安らかに芳慮を得、大慶忝く存じ奉り候。先ず以て御馳走御懇情の段、扨々無類堂者、御礼筆頭に尽し難く存じ奉り候。うき世の人がましく程よろしき御礼も筆端もどかしく候間、よきやう御心得頼み奉り候。光明坊・貞右衛門殿、南谷御坊様がたよきやうに御礼御心得頼み奉り候。

尚々上方より具に申し上ぐべく候。以上。

（『芭蕉書簡集』岩波文庫、八三頁）

芭蕉と呂丸は、この時、初めて顔を合わせたのである。「御意を得候処」はそういう意味である。そうした条件なのに、呂丸が羽黒山の中心にいる人たちに取り次いでくれたことを「御厚情」として、芭蕉は感謝しているのだ。その「御厚情」があったから、月山、湯殿山への参詣も羽黒山での滞留も、「心静かに」することができた、というのである。「風雅の因み浅からざる故」という言い方に芭蕉調が見える。芭蕉が、人と繋がる原理として据えたのは「風雅」という観念だった。この志向を提示したことには、もしかしたら驚嘆に値することが含まれているのかもしれない。この時代に、大きく力を振るいはじめた人の地位とか職業とかを軸に置く目線を擦り抜け、無化させてしまう方法として、「風雅」に身を据えることが必要な着眼点になったのかもしれないからである。一番無力なものにしか本当の力は出て来ないと態度を定めるとき、根源からの力が湧き出る事態がその態度から発生するのだ。

「もの事御心安く、他人隔てなき互ひの心意安らかに芳慮を得」という言い方にも、深く安堵した芭蕉の心境が投影している。「他人」とあるところは、ホカヒトと読んでみてはどうか。隔ててある人同士のかかわり、といった含意としてみてはどうか。人同士のかかわりが、素晴らしい柔らかな「芳情」の差し向けとして現れ出ていた、と芭蕉はいいたいのである。混濁したように見える表現が、かえって事に微妙に応ずる芭蕉の心を語っているようだ。そうした得難いあり方が具現した条件のうちで巻かれたのが、この歌仙なのだとすれば、ここにそうした心情が反映していないことはあるまい。

〔三〕

『おくのほそ道』の羽黒山の項の記述を引いてみよう。

六月三日、羽黒山に登る。図司左吉と云ふ者を尋て、別当代会覚阿闍梨に謁す。南谷の別院に舎《やど》して、憐愍《れんみん》の情こまやかにあるじせらる。

四日、本坊にをゐて誹諧興行。

有り難や雪をかほ《(を)》らす南谷

五日、権現に詣づ。当山開闢能除《のうぢょ》大師は、いづれの代の人と云ふ事をしらず。延喜式に「羽州里山の神社」と有り。書写、「黒」の字を「里山」となせるにや。羽州黒山を中略して羽黒山と云ふにや。出羽といへるは、「鳥の毛羽を此国の貢《みつぎもの》に献る」と風土記に侍るとやらん。月山、湯殿を合せて三山とす。当時武江東叡に属して、天台止観の月明らかに、円頓融《ゑんどんゆ》通《づう》の法《のり》の灯をかゝげそひて、僧坊棟をならべ、修験行法を励し、霊山霊地の験効、人貴《たふと》び且恐る。繁栄とこしなへにして、めでたき御山と謂つべし。

(『おくのほそ道』岩波文庫、四七～八頁。なお、原文の仮名遣いを変更して読みやすくしたところがある。)

図司左吉とあるのが呂丸のことである。

内容の上でまず注目したいのは、歌仙の発句では「有り難や雪をかほらす風の音」だったのが、『おくのほそ道』では「有り難や雪をかほらす南谷」に変えられていることである。後者では季語についての配慮が消えているのが特徴になる。考えられるのは、地の文から、訪れたのが夏であることは明らかだから、季語的なものにこだわらない措置に出た、ということである。句のうちに宿舎となった「南谷」を入れて、その地への讃め言葉を刻みつけたかった、というのが改作に及んだ主たる理由なのに違いない。

羽黒山を一度だけ私も訪ねたことがある。芭蕉の頃は手向《とうげ》から上に向うのは徒歩だったが、今は神社まで行くバスがある。降りだけ歩いた。石段が何段も多く続く道だった。途中、頂上の神社から遠くないところに「南谷」跡という標識が立つ。肩の背のように広がる場所である。建物はかけらもなかった。芭蕉は「僧坊棟をならべ」と書いたが、その面影は想像で描いてみるしかない。

芭蕉の記述から分るのは、江戸時代には、羽黒山は東叡（東の比叡の意）といわれた寛永寺の管轄下にあったことである。京都を基点にする文化が各地に伝播する一つの仕方はこんなふうだったのだ、と想像される。江戸時代、全国の寺を管轄のうちに置くことで、既成の宗教のうちに自前の仕方で作り出された修験道の世界をも吸収したのだろう。

寛永寺から派遣された人が「別当代会覚阿闍梨」だった。羽黒山の最高実力者である。その会覚に芭蕉は会うことができたのである。曾良の旅日記によると、大石田平右衛門の紹介状を貰っていた。大石田は、当時、最上川下りの拠点の地だったが、平右衛門はそこで船宿を経営していた。この地で芭蕉と歌仙を巻いた俳人でもあった。羽黒山と昵懇な関係にあったのか。曾良によれば、芭蕉たちが佐吉のところに着いたのは、六月三日（旧暦）の午後四時頃である。佐吉は紹介状を会覚のところに持参し、そのあと、旅人たちは南谷での宿泊を許されて山に登ることになる。祓川のところから暗くなる、と曾良は記す。祓川は参道のほんの入口近くにある。芭蕉たちは、提灯を頼りに山道を、二時間ほどは登ったのだ。徒歩の身に課されたはずの労苦を偲びたい。

芭蕉は、この地で、羽黒山の由来をいろいろ教えられたようである。「開闢能除大師」への言及がある。「いづれの代の人と云事をしらず」とするが、今流布している伝承では、崇峻天皇の第一皇子とされる人である。その肖像とされるものが伝わっていて、頂上の記念館で観ることができる。奇怪な面貌を示すものだ。昔の人のものとして伝わる顔つきでこれほどおどろおどろしいものに私は接したことがない。異世界の人物を極度に象徴化している感じなのである。修験道の特徴である、この世ならぬ世界への思い寄せが、こうした像の形象に結びついているのかどうか。開祖が殺害された天皇の子供であるのは、歴史の暗い部分がかかわって山の場はある、ということを象徴的に暗示しているのか。

曾良日記には「四日、天気よし。昼時、本坊へ蕎切にて招かる。会覚に謁す」とある。「蕎切」とは蕎麦切り、のことという。土地の名物を供され厚遇されたのだ。日記によれば、俳諧をはじめたのはこの日である。参加者は、盛岡藩主南部重信の代参として山に来た「浄教院」、江戸から来た僧円入、それに曾良の知己だった観修坊釣雪である。観修坊に曾良はこの地で会って、「互に涕泣す」とある。奇遇を許すほど訪ねる者が多い場として羽黒山はあったか。曾良の日記には「俳、表計りにて帰る」とある。この日はオモテの六つを巻くに留まったのである。帰ったのは浄教院である。殊妙という名がオモテ六句の五番目に一回だけ見える。曾良の日記に記載がない梨水は地元の俳諧愛好者であるという。

〔四〕

有り難や雪をかほらす風の音　　翁
住程人のむすぶ夏草　　露丸
川船のつなに蛍を引立て　　曾良

三句目は曾良が付けた。その位置で事に当ったのは経験を買われたからだろう。脇句に「住程」とあるから、川に近く住む者のことが叙述されている、と採るべきである。川漁をなりわいとする者が、夕暮、家路を辿るとき、船の綱に蛍火がちらほら寄りつくという情景である。その蛍を

「引立て」るという動作のうちに〝詩〟が浮き出る。勢いも言葉になる。三句目だから「て」で留めてあるのは常道である。羽黒山の近くに大きな川はないから、場面を遠くの場に転じていることになる。蛍で夏を三季続けたのである。

鵜の飛ぶ跡に見ゆる三ケ月

と四句目を付けたのは、曾良の知己、釣雪である。

今は鵜は夏の季語とされる。だが、月は秋に強くかかわるものだから、ここでは秋の季を示すことに合意されたように思われる。そうでないとすると夏が四句続いて式目とはずれる。「鵜」と「月」とを組み合せれば、今だったら夏の季の月の詠みこみ、とみなすのが普通だが、季の定めは時どきの裁量で行ってよいとする点に、芭蕉の時期の季節の扱いへの鷹揚な対処が見える、とまたもいうべきなのだろう。とにかく、移動して行く川に「鵜の飛ぶ跡」に沿って、見えている三ケ月をしつらえたわけだ。美の光景といえばいえるが、付き過ぎとも見えるし、作り過ぎとも見える。とはいえ、句の転じを遠く離すほうに向わせるのを好むのは、芭蕉の説くところではあったが、別の意味では私たちの時代の癖だ、といえないこともない。興行は陰暦の六月四日のことだったから、前の夜、芭蕉たちが山坂を登ったとき、三ケ月に実際に接することがあって、そのことを誰かが、進行のなかで話題にしたという想像を立てることもできそうだ。

四句目に続く、珠妙の、

澄む水に天の浮べる秋の風

は、付けとしてはきわめて興を欠くものである。発句に「風」があるのに同じ語が出ている。打越に川があるのに「水」が出ている。宗匠役だったはずの芭蕉が助言してみることはなかったのか。作者は南部藩主の名代だから遠慮する気持ちが働いて控えたか。オモテ六句の労苦のうちの言葉立てだから口を出すのをあえてはばかったか。初対面の人なので率直な物言いをすることは避けたか。「澄む水に天の浮べる」に「秋の風」とつなげられているが、言葉がこなれていず、生硬なのも気になる。それでも、「秋の風」を「浮べ」ているのは天の配剤だとした点に気運の壮大さを見た、ということはあるかもしれない。芭蕉としては、異郷での気心が測れない連句興行で、たづなを緩める感じで言葉の進みを見守る、ということだったのだろう、としておきたい。

六句目として出されたのは、梨水の、

北も南も碪打けり

である。あちこちで碪を打つ音が聞こえてくる様子に転じたのだ。当然想像の句だろう。碪という古典によく現れる言葉を出すのは、付け句の思いとしては平凡で、連想の運びに跳躍がないようにも見える。碪で季節は秋である。梨水としては、秋を続けようと多く思案して、ようやく案出した語ということだったかもしれない。それでも碪が出れば、聴覚の世界が開けることになる。連衆は、山の静けさのなかで、想像の耳のうちにその音を響かせてみることがなかったとはいえないだろう。

とにかくオモテ六句が成るまでには、思わぬ緊張が、いつでも支配するものだ。言葉の形を探り当ててかたちにすること自体が誰にとっても至難だといえばそうなのだ。芭蕉としては、連衆の手並みを密かに推し量りながら、この程度でも先に進めばよかろう、と感じてもいたか。

六月五日の曾良の日記はこうである。

「朝の間、小雨す。昼より晴る。昼まで断食して註連《しめ》かく。夕飯過て、先ず、羽黒の神前に詣ず。帰り、俳、一折にみちぬ。」

午前に断食するのは、出羽三山に登るための潔斎の営みであるようである。「註連かく」とは身体を注連で装う風習でもあった、ということか。何しろ山は聖地だから、そこに進み入るのにはそれにふさわしい、神事を伴う特別の準備が必要だったのだろう。午後も神にかかわるそれなりの所業があって、忙殺されるということだったのだろう。オモテの俳語を操る営みが終了に至ったのは、夜間のことのようだ。明るいはずはない行灯の下で言葉を模索して座を囲んでいる人びとの光景が眼に浮んでくる。

〔五〕

オモテ一八句を終えた翌日、六月六日（旧暦）、芭蕉たちは月山、湯殿山に向った。曾良日記によると三人での道行きだった。芭蕉、曾良に加えて、同行したのは強力である。『おくのほそ道』には「八日、月山にのぼる」とある。が、曾良日記では、この山の頂に到るのは六日である。芭蕉に記憶の違いがあったのだろう。芭蕉の記述は曾良の記述を見ることなく書かれたか。
　曾良日記にはこうある。

　六日　天気吉。登山。三リ、強清水（四合目）。二リ、平清水（六合目）。二リ、高清（七合目）。是迄馬足道に叶ふ（人家小ヤガケ也）。弥陀原（八合目）、こや有。中食す。（中略）難所なり。御田有。行者戻り、こや有。申の上尅、月山に至る。先ず、御室を拝して、角兵衛小屋に至る。雲晴て来光なし。夕には東に、旦には西に有る由也。

（岩波文庫、一一〇～一一頁。仮名遣いは適宜変えてある。）

　七合目までは馬の足に頼ることもできたようである。だが、芭蕉は馬は使わなかったようだ。『おくのほそ道』の記述を見るとそう感じられる。見てみよう。

　八日、月山にのぼる。木綿しめ身に引かけ、宝冠に頭を包み、強力と云ものに道びかれて、雲霧山気の中に、氷雪を踏てのぼる事八里、更に日月行道の雲関に入るかとあやしまれ、息絶え身こゞえて頂上に到れば、日没て月顕る。笹を鋪き、篠を枕として、臥て明《あく》るを待つ。日出て雲消れば、湯殿に下る。

（岩波文庫、四九頁。仮名遣いは適宜変えてある。）

徒歩で登って難儀した感じがにじみ出た文ではないか。それでも芭蕉は健脚だったのである。曾良日記によると、頂上に到ったのは「申の上尅」、午後四時から五時の間の頃だった。「御室」とは山の神体が祀られるほこらである。そのあと山頂付近の小屋で夜を過ごしたのだった。「来光」とは、日の出や入りの時、陽光を背に立つとその人の影が雲や霧のうちに投影され、周囲に紅環が現れる現象のこと、という。習いとして、光背を負う弥陀に事をなぞらえる見方がある由である。曾良が言及しているのはそのことである。雲霧が漂わない気象で、二人はそうした体験に恵まれる条件を与えられなかったわけだ。

七日の曾良の日記は次のように続く。

七日　湯殿へ趣く。鍛冶やしき、こや有り。牛首、こや有り。不浄垢離、こゝにて水あびる。少し行て、わらじぬぎかえ、たすきかけなどして御前に下る（中略）。是より奥へ持たる金銀銭持て帰らず。惣て取落すもの取上る事成らず。浄衣・法冠・シメ計りにて行く。昼時分、月山に帰る。昼食して下向す。強清水迄光明坊より弁当持せ、さか迎へせらる。暮れに及び、南谷に帰る。甚だ労《つか》る。

（二一二頁）

芭蕉の本文の続きはこうである。

谷の傍らに鍛冶小屋と云有り。此国の鍛冶、霊水を撰て、爰《こと》に潔斎して剣を打ち、終に「月山」と銘を切て世に賞せらる。彼の竜泉に剣を淬《にら》ぐとかや。干将《かんしょう》・莫耶《ばくや》のむかしをしたふ。道に堪能《かんのう》の執《しゅう》あさからぬ事しられたり。岩に腰かけてしばしやすらふほど、三尺ばかりなる桜のつぼみ半ばひらけるあり。ふり積む雪の下に埋れて、春を忘れぬ遅ざくらの花の心わりなし。炎天の梅花ここにかをるがごとし。行尊僧正の歌の哀も爰に思ひ出て、猶まさりて覚ゆ。惣じて、此の山中の微細《みさい》、行者の法式として他言する事を禁ず。よって筆をとゞめて記さず。坊に帰れば、阿闍梨の需めに依て、三山巡礼の句々短冊に書く。

涼しさやほの三か月の羽黒山

雲の峰幾つ崩れて月の山

語られぬ湯殿にぬらす袂かな

湯殿山銭ふむ道の泪かな　　曾良

（四九～五一頁）

「竜泉に剣を淬ぐ」とは、『史記』に出る故事に拠る。「淬ハ、俗ニ云フ水ギタヒノ事ナリ」と『奥細道菅菰抄』は註している。焼けた鉄を水に晒して刃を鍛える営みのことだろう。「干将・莫耶」は中国の鍛冶の名工である。芭蕉は、ここで中国の昔を想起しているわけだ。彼にとって、中国が位置づくあり方はどのような位相としてだったのか。

山中に見出した夏の桜に芭蕉は眼を留めている。ことさらに哀切な感慨が表に出されていて読む者の興を強く喚起する。行尊僧正の歌とは『金葉集』に載る「もろともにあはれと思へ山ざくら花より外にしる人もなし」である。大峰にておもひがけず、桜の咲たりけるを見てよめる、と題詞にある。

〔六〕

月山と湯殿山を訪ねた際の記述で、芭蕉と曾良の書きぶりがきわめて対蹠的なのが興味深い。大まかにいえば、芭蕉のほうは心情陳述的であり、曾良のほうは事実記述的であるのが特徴だ、とすることができるだろう。問題は、そうであることが、根のところで両者の見方の態度のどのようなあり方を示しているか、という点にある。

湯殿山という場がどのような内実を負う場としてあるか、ということは、芭蕉の記述だけでは、読む者のうちに明確なイメージを浮かばせないのではないか、という点を切り口にしてみる。この場の性格が鮮明になるのは、曾良の記述を補ってみることによってなのだ。

曾良は書く。「是より奥へ持たる金銀銭持て帰らず。惣て取落すもの取上る事成らず。浄衣・法冠・シメ計りにて行く」と。湯殿山は、普通の人間世界に対して逆世界・反世界として設定されているところのようだ。「金銀銭」は、それがなくてはこの世で人が身過ぎ世過ぎをすることができないものの象徴である。その「金銀銭」を持ち帰ってはならないことが湯殿を辿る者には義務づけられているわけだ。そうした湯殿にかかわって芭蕉が言葉にするのは、「此の山中の微細、行者の法式として他言する事を禁ず。よつて筆をとゞめて記さず」というものである。二つの記述からすると、この地が通常の世に対して逆世界・反世界である内実は、〝死の領分〟の具体相を顕現している点にある、と解釈することもできる。〝生〟の場では語になることも、死の世界では人語に固まらないのが本筋だから、言葉にすることは禁じられるのである。湯殿という場の構えは、世を経ることの実相についての理解を人に提供するために、構想された気配がある。

〝死〟と相似する場をくぐり抜けることでこそ、実現されるのが誕生というものだし、そうした過程を何度も経なければならないドラマとして生の進行というものもまたある、と捉えることが必要だという見方を基底に置いて、この地帯を聖地とする習俗が形成された可能性があるのだ。〝異界〟とか〝他界〟とかいう概念が人の世界に発生したのは、歴史の深層部を流れている、こうした構想力と強く関係しているのに違いない。こうした装置のあり方が、ここを訪れた二人の意識下にもなにがしかの働きかけをしているのではないか、と私は想像してみたい。二人の違いとして現れ出るのは、この働きかけを受けとめる感性の質の差異なのである。

この場に接して芭蕉が注目するのは、二つのことである。一つは、ここが刀鍛冶の錬成場になっていることであり、もう一つは、山の桜の遅咲きである。その二つのことをとりわけ書き留める際に働いているのは、どのような眼の動きなのか、と問うてみる。こういうことなのではないか。ここに示されているのは、この世に現れ出る「卓越なるもの」に敏感に接する視線なのではないか。

芭蕉のうちには〝武的なるもの〟に向けて切実に心を向ける感性が宿っていた、といえそうである。やはり、出自が武士であったことが、いつも彼の内部に何かを促し続けるものとして働いていたか。湯殿で作られる名剣への興味は、そうした心性とかかわっていないとはいえない様子だ。そのことを中国の故事につなげるところに働いているのはどういう心の向きか。文化の元を中国に置く、江戸時代の知者たちにかなり通底している見方がここでも働いているということか。明確には確定できない。とにかく、彼は卓越した刀に関心を示しているのである。

山中の花に向けて感興の言葉を綴るところでは、「炎天の梅花ここにかをるがごとし」といい、「行尊僧正の歌の哀も爰に思ひ出でて、猶まさりて覚ゆ」という。「炎天の梅花」とは、予期しない季節に意外なものの出現に出会う驚きを陳述した、これも中国の故事を元にした指摘である。ここで働いている基本の感性は、事が人の意外を越えて現前していることへの驚きだ。ギリシア人が哲学に目覚めたのは、基底に「タウマゼイン（驚き）」が働いたからだ、という考えを示したのはアリストテレスだが、その言述と類比できる心の規制が芭蕉の感情のうちを動いている、といってみてもいいような気がする。そうなら、そうした驚きを歌にした人としての行尊僧正のほうに、芭蕉の連想が向う点にも考察の眼を向けるべきだろう。花は、人がいなくても一つの場に咲く。人は、咲いた花を見て、美しいと言葉にしてみたりする。だが、その場面で働いているのは人の勝手な思いのあり方なのである。人は移動者だから、そこをいずれは立ち去る。だが、花は同じ場を動かず、それ自体のあり方で咲いて散るから花なのだ。そうした花のあり方を本当に知る者があるとするなら、それは人ではありえない。花に心があれば、花だけが花の実質を内側から知る可能態なのである。人の実態は、本来は、そうした花のあり方から疎外されてあるのだ。芭蕉が卓越していたのは、人のそうした逆説的なあり方を直観する敏感な眼を働かせている点において、なのではあるまいか。

〔七〕

芭蕉と曾良との感性の違いに関して検討しておきたいことが、まだある。

芭蕉は、月山の頂近くにある角兵衛小屋といわれる山小屋に泊まったことに言及している。「笹を舗き、篠を枕として、臥て明るを待つ」というように、である。その小屋の模型が、現在、羽黒山の麓の、手向《とうげ》にある文化会館のうちに復元されている。なにやら、山にある材料だけを使って作った急造の掘っ立て小屋といった感じで、野性漂う雰囲気のものだ。その古代風の家の様子は、芭蕉の感興を強く惹いたのではないか。芭蕉という人は住まいの雰囲気にかなり敏感に反応するたちであったように、私には見えるのだ。

芭蕉は、生涯のうちで到り着いた一番の高地で一夜を過ごして興奮しただろう。湯殿の山頂に向ったのは翌朝である。月山の頂上を出てそこにまた帰る道程である。早立ちしたのだろう。昼には早くも再び月山に戻っている。

湯殿の世界の体験は、二人に異様な新鮮さを感じさせるものだったように思われる。芭蕉が「惣じて、此の山中の微細、行者の法式として他言する事を禁ず。よつて筆をとゞめて記さず」という書き振りをしていることからもそのことは感じとれる。曾良が、ここで落としたものを拾ってはならないとされていることに言及して、この領域が〝反世界〟とみなされる特性に着眼していることは、先に述べた通りだ。こうして、二人の記録を合せてみるとき、私たちは湯殿山の全体像にやや近付けるのだ。

月山から羽黒山に戻る帰路で「強清水迄光明坊より弁当持せ、さか迎へ」されたことを曾良は記録している。「さか迎へ」されたのは、賓客として扱われたからか、よくなされるただの儀礼だったか。いずれであるにしても、そのことを曾良は、尋常とはしない感謝の心で受けとめているようである。芭蕉にもそうした心情は萌したかもしれない。が、そのことを書くことはしなかったのである。芭蕉の記述だけでは、読者としては、勇躍と帰って来たような雰囲気だけしか感得できないことになるわけだ。彼の書きぶりはこんなふうなのである。「坊に帰れば、阿闍梨の需めに依て、三山巡礼の句々短冊に書く。

涼しさやほの三か月の羽黒山
雲の峰幾つ崩れて月の山

語られぬ湯殿にぬらす袂かな

湯殿山銭ふむ道の泪かな　　　　曾良

〝美〟の気配に関心を示す傾きが強い芭蕉の特性が現れ出ている、といえそうである。着目してみたいのは、芭蕉に虚構癖があるかもしれないという点である。

芭蕉が訪れた際、月山は、曾良によれば「雲晴て来光なし」ということだったのだ。月山では雲には出会えなかったはずなのである。それなのに「雲の峰幾つ崩れて月の山」と、芭蕉は作る。それに、芭蕉は「雲霧山気の中に、氷雪を踏てのぼる」と、道中のことを書きもする。高山の特徴を「雲霧山気」というレトリックで捉えてみた、ということだったのかもしれない。ということは、これは、〝喩〟に傾く言葉として述べられたことなのかもしれないということだ。そうだとすると芭蕉の言葉は、そうした質の言語に向う点を特徴とする、といってみることができるのではあるまいか。

芭蕉の言葉が〝喩〟に傾くことが意味する実質はどういうこととしてあるか。その視角を軸にして掲載された三山にかかわる発句を見てみよう。

すでに述べたように、芭蕉は月山を「雲の峰」が「幾つ」も「崩れ」る場である、と捉えた。里の世界とは異なる山をこうした夢幻的な光景が顕現しているところと見たのである。地に流動をもたらす仕方で気候が働く場として、山という空間のあり方が発見されるわけだ。たえざる発見に向けて言葉を追い続けた彼の特質がこんなふうに現れているのだ。

湯殿で残したのは「語られぬ湯殿にぬらす袂かな」という句である。ここでは、通常の人の語が達しえない場のあり方に眼が向っている。どうして「袂」は濡れたのか。涙のゆえか。湧き出る「湯」に触れたからか。両方とも成り立つ解である。前者だとすれば、この場で、人の負う業のような何かに触れ、そのことに感じて、涙を流したことになる。後者だとすれば、湯が流れ出る場に接して、なるがままに衣類に浴びた、ということである。芭蕉は、その両方に意味を掛けながら、「語られぬ」こともある領分の境のところに言葉を添えているのだ。言葉を〝喩〟のほうに傾ける法式が発現するのは、そうしたやり方でしか語を発しえない時なのだ、といってみようか。

曾良も「湯殿山銭ふむ道の泪かな」と詠む。二人に共通に萌しているのは「泪」である。だが、曾良の場合は、感情の基盤が芭蕉よりも人間臭いところに向いている、といえそうだ。死者の幾人かを曾良は思い出していたかもしれない。

〔八〕

六月七日、芭蕉たちは月山と湯殿山への登行を果して羽黒山の南谷に戻った。

歌仙の続きを巻いたのは八日と九日だったに違いない。九日の曾良日記には「和交院の御入て、飯・名酒等持参。申の刻に至る。花の句を進めて、俳、終る」とある。芭蕉たちが山に登っていた間、連衆はどんなふうに時を費やしていたのか。昼寝でもしていたか。

オモテのウラまでは、出立の前にできあがっていたのだが、ウラのはじめを、

眠《いねむ》りて昼のかげりに笠脱ぎて

と付けたのは釣雪である。オモテ六句の面で釣雪が句を出したのは四番目だった。事が膝送りでなされたのならば、面の変りのこの場で、全体でいえば七番目のこの箇所で、釣雪の句が出るのは早過ぎる。このことから推察されるのは、この歌仙は、時どきで句を出せる者が出して出勝ちふうに事を繋げる、という仕方でなされた、ということである。芭蕉がその仕方を採用したのは、初心者たちに対応してのことだったか。付けられたのは昼寝の句なのだから、前句で碪を打つ時も昼であることになる。昼に碪を打つことはなされることがあったから、こうした句が登場することになるのだろう。「眠りて」の句は、順接、ということを重んじるなら「笠脱ぎて昼のかげりに眠りて」とするのが正確な言い方になる場面である。実際の句の場合は、行為の中心である「眠る」営みをはじめに示し、その営みに付属することを後から追う、といった表現の方式が採られているのだ。武骨で、優しさを打ち消す感じの付けではある。連想されたのは大胆な振舞いの仕様だが、まあ、変った人物を持ち出す虚構を構えたということだったのだろう。

そこで、旅のことならば、と芭蕉が付けたのが、

百里の旅を木曽の牛追

である。「木曽」での「牛追」とも、「木曽」出身の者の旅中での「牛追」ともとれる。本によっ

ては「馬追」としてあるものもあるそうである。まず連想は、馬とのかかわりが深い東北に向いた、ということだったかもしれない。そうでありながら、芭蕉は、東北ではない場所に場を転じたかったのか。そこで「馬」を「牛」に変えたか。そのつながりで木曽を引き出したか。近畿圏に近い木曽が、都への牛の供給の地であった可能性は大いにある。「牛車」は、平安期の京都で人を運ぶのに用いられたものだ。「追ふ」というのならば「馬」よりも「牛」のほうがゆったりした雰囲気がより現れ出るようにも感じられる。

その句に、露丸が、

山つくす心に城の記をかゝん

と付けた。前句を山めぐりの様子ととったのである。旅の途次、かつて人がたむろした山城に出会う、というのである。山城は、概して要害の地にある。山の険しさを見てとって、ここはかの名将が住み、継いで別のかの将の居城になったなどと、城主の名を追懐して書き記す、というわけだ。

曾良の、

斧持ちすくむ神木の森

は、平凡だが無難な付けである。山には神木がある。祭の際、その木を伐って里まで運ぶことがなされることがある。長い間自然の境に育った木に最初の一斧を入れる際は身が「すくむ」というのである。こんなとき、木のいのちを強く感ずることは大いにあるに違いない。

それに地元の俳人の釣雪が付けて、

歌よみのあと慕ひ行く宿なくて

とした。歌と神とは、雰囲気がつながる点がある。その筋を辿っての付けである。祭りに「歌よみ」が立ち合ったと解した、としてみてもよい。それはともかく、ここに「歌よみ」を出したのは、芭蕉という存在のあり方への連想を下敷きにして言葉を紡いだからかもしれない。座の座談のうちで、芭蕉たちの山登りのことが話題になることもあっただろう。それに、このあとの芭蕉の旅路の先のことなどが話された、と想像してみてもよい。芭蕉さんの後追いをしてついて行きたいのですが、行ったとしても宿の保証はないですよね、と釣雪は呼びかけている、といった風情を察してみることができるのだ。

豆うたぬ夜は何となく鬼

という露丸の付けは、かなり秀抜か。作為としては、しばらく、季節を示す句が途絶えたから、新年を詠みこみ、節分を出す意図がはっきり見える。豆の効用は鬼を追い出すことにある。が、豆をうたずに自分が鬼でもよいような気もしてくるではないかと、自己を照射するほうに眼を向けたのである。だが、別の解もできる。豆をうたなければ辺りに鬼が漂って、その鬼に親愛の気持ちを感じることだってあってよいことでしょうと、呼びかけている、ともとれる。山は〝鬼〟の場ですからね、と戯れている、とも解せる。

山は里からすれば異者である鬼が住む本場で、ここが豊穣なのはそのためなのですよ、といった会話が行き交ったかもしれないのだ。そう想像してみると愉しくなる。

〔九〕

「豆うたぬ夜は何となく鬼」という露丸の句に、芭蕉は、

古御所を寺になしたる桧皮葺

と付けた。鬼が現れる建物を連想してみたのである。

二点を対比させる視法が駆使されているのだ。寺院は瓦葺きであることが通常である。なのに、元は「古御所」だった建物が寺に変ったので、屋根が「桧皮葺」のまま残されている場面が示された。特異な情景の姿を鮮明に浮き上がらせて巧みである。あるいは、京都辺りで実際に見た情景を追憶してのものか。醸し出された言葉の艶に接して、流石、と人びとの感嘆を喚んだのではあるまいか。だが、感嘆されても、芭蕉は何となく後味が悪かったのではないかと、私としては想像したくなる。この句の特質は連想の飛躍に頼って意外な領分を開示して見せた点にある。だが、そうしたやり方で人を感心させる仕方は、座を生き生きとさせることからはかえって遠去かるのではないか、という直感が芭蕉のうちに萌しはしなかったか、と思えて来るからである。そう彼が感じたとすればとても面白いと思うのだ。〝うまさ〟という領分に自分を置くのに慣れてしまうと、人はいつも新鮮さを座右に稚拙に導くことから遠ざかってしまうのではあるまいか。

そうしたことの機微を感じとる感性を備えていることにこそ芭蕉の特質があるように、私には見えるのだ。

むろん、芭蕉が身を置いているのは、語を繋げて事を進める連句の流れのうちに、である。言葉で一つの輪郭を開いて付けを進めないわけには行かないのだ。そうした調合の営みとして、前の句では、新年が出されたのに対して、彼は、季なしの、珍しい場面に転換することをしたのに違いない。その役を果しながら、これで本当にいいのか、と芭蕉が自問自答していたならば興味深い、と私は見たいわけだ。

芭蕉は、二つの面にわたる問いに直面していたのではあるまいか。連句のマニュアルの伝道師であるのなら、掲げられた句を出して充分に役割を果したことになる。だが、東北の人の前で、よくは知らない京都の景をこのようにわけありげに言葉にしてみても、身にそぐわない虚構の戯れをするだけのことなのではないか。この付句は、一面からいえば妥当だが、他面、このやり方に安住してしまうと言葉から真の活性を引き出す方向を削ぐことになる、と見えるわけだ。そうなら、そうした事態の先に出るために、どういう突破口を編み出したらよいのか。そうした問いが立ち現れる場に芭蕉が身を置いていたと考えると、事の複層的なあり方に接することになるのではなかろうか。

芭蕉の句に

糸に立枝にさま〳〵の萩

と付けたのは、地元の人、梨水である。一巡の最後に句を出したきりこの人は登場していないから、この辺りで一句どうですか、と勧められて出した、と推定できる。示された世界は精彩さに欠けるものになった。むりやりにひねり出した気配もある。月が出ていないようだからその前句になるものでも、という注文が、連衆の声として発せられもしたろう。そこで、秋の風物として萩を連想することになったのだろう。だが、萩の枝振りが糸状の様である、と示されるだけでは、この植物の特徴を大まかになぞっているだけで、眼の移りが新鮮なほうに広がることにはならないのである。

それでも、その句を受けて先に進めようということで、

月見よと引き起されて恥しき

と言葉を添えたのは、曾良である。この恋句が示されたときの芭蕉の顔を想像してみるのも面白いことだ。

以下に記すことは想像にすぎない。が、この句を出すことになった曾良も、次に付けることになった芭蕉も、このとき、複雑な気分を味わっていたのではあるまいか。曾良が示したのは、訪ねて来た男に促されて恥じらいながら月を見る、平安朝にいたような姫君の様子である。たおやかな表現である。だが、恋のこととして、こうした情景を出すのは常套に過ぎる、と曾良も芭蕉も思わなかったか。思うほうがまっとうなのではないかと、私には思える。だが、座にある者は、多くは初心といっていい人たちである。恋句が恋句として働く機微はどのようなあり方なのでし

ょう、と問う誰かがいたかもしれないのだ。実例で示してみようか、曾良、と芭蕉が呼びかけて、曾良に前句を促すことで事は始まった、と想定してみることもできそうである。そこで、曾良の言葉を受けて、

髪あふがするうすもの丶露

と、芭蕉が王朝風の恋模様の点景を重ねた、と想像できるのである。「露」は秋の季を示す。出されたのが「露」なら、詠み込まれたのは外気に接している場面だ、と見なければならない。半蔀が開かれていて外気が入り込んでいるのだ。注釈風にそんな芭蕉の語りがなされたかもしれない。「うすもの丶露」という見立てを発見したことがすばらしい。誰かがそういわなかったか。それでも、示された平安風の恋に対して、連衆に違和感はまったく生じなかったかどうか。

〔一〇〕

連衆は、平安期の姫君のあり方に託した男女の触れ合いの一模様を描いた言葉に接し、なるほど、このように恋句は作るのだ、と教えられることになった、と捉えることもできる。曾良、芭蕉が掛け合いふうに仕上げた句は、人びとの感興を呼んだに違いない。だが、そうだとしても、感興のこうした質のあり方が行き渡ることに心の奥でもっとも疑義を呈していたのは芭蕉自身だったのではないか、と思われるのだ。

ある種の型を踏襲すれば恋句は作りやすくなる、とするのは一つの考え方だ。芭蕉たちが示したのはそうした型の一つであるわけだ。だが、型を習得し、なぞることに関心の中心点を据える仕方は、つまりは、連句にかかわる者に他人ごとのお勉強という性格の習いを勧めるだけのことなのではないか。そうしたことよりも、現実と繋がって働く感性を引き出す表現を、連衆が掘り起こす方向を示唆することのほうがずっと、表現者の志の向きとしては大切なことなのではないか。視点をそのように立て、そこに到る方向を探るほうへの眼差しが芭蕉のうちに密かに働かなかったか。

宗匠の役を演じながら、思いの底のほうで、芭蕉は、これまで身につけてきた言葉の立て方の先にさらに向うにはどうするか、という予感を身のうちに潜めていたのではないか。東北の連衆に接し続けることでこそ、彼がこうした思いを模索的に進める機会に出会ったのだとすれば面白いことだ。のちに、芭蕉は、俳諧の理念を「軽み」と言い表わすことになる。さらに、恋句は必ずしも必要ではないと述べるようになる。そのように事を提示することになったのは、「おくのほそ道」の旅での経験に促されたことが大きな契機になっているとすると興味深い、と私は思うのである。こうした変容は、かすかに現れ続けて、のちになって形として確定するものだ。

月見よと引き起されて恥しき
髪あふがするうすものゝ露

『三冊子』は、この転じの部分を引いて次のように注釈を加えている。「前句の様態の移りを以て付けたる句也。句は宮女の體になしたる句也」（日本古典文学体系『連歌論集・俳論集』岩波書店、四二五頁）。引用されたのは、転じの一つのモデルとみなされたからである。それはそれとして、こうした句を作りながら、それを越え出る新たな地点に事を転換させる方向を模索することが胸中に萌していたとすれば、芭蕉が芭蕉たる面目は躍如とする。

曾良、芭蕉は、いわば古典世界に逃げこむことで用を満たした。それに誰が付けるか。そんな談話の行き交いが、この辺りでなされて緊張が走ったかもしれない。

登場したのは露丸である。この地での芭蕉の案内に当った者である。四度目の登場である。

　　まつはる丶犬のかざしに花折りて

花の座である。露丸は、前句の恋の場から事を大きく転換させて、恋人たちの場に犬を据えたのである。その犬の頭を飾るために姫が花を折って投げかける様子を案じたのだ。花を頭に挿頭して踊るのは平安期の風俗だが、それを犬のことにして、ややはちゃめちゃな方面に展開させてみたわけだ。露丸がこうした案じをしたのは、緊張を擦り抜けることを意図したからか。「犬」に「花」を添えて滑稽味を据えた点にいかにも俳諧模様の所業が見てとれる。優雅な世界を俗のほうに落して、先に繋ぐ試みである。連衆の納得をかなり呼んだのではないか。それにしても、秋の季から突然花の場に転ずるのは、かなりの飛躍である。こうした付けの仕様が現れるのは、鷹揚な許容心を芭蕉がいつも示していたからだ、と想定してみるのも面白いことだろう。

次に、

的場のすゑに咲ける山吹

と出したのは、曾良の知己の釣雪である。三度目の登場である。「的場」は弓術の場のものだろう。時代は、平安期か、武家時代か。どちらとも取れる。纏綿たる絡みから事を脱するのに面白い転じをしたものだ。弓術場の片隅に咲く晩春の山吹を連想したのである。連衆たちは運びに落ち着いた雰囲気がもたらされた、と感じたか。

春を経し七ツの年の力石

という芭蕉の付け（五度目の付け）で、場は名残の表に変る。山から降ったところでなされた付けである。そのことを意識して転換をさらに企った気配がある。膨らみを漂わせた付けである。「力石」に特別の意味を与える必要はないだろう。運動にかかわる場所だから、力をつけるために身体を押しつける石が据えられている、と取ってよさそうである。「七ツの」と添えた点に妙味がある。経た年輪を構想したことで事の広がりが増したのではないか。

汲ていたゞく醒ケ井の水

井戸がある。そこからの水をいただく。詠まれているのは水を汲む人の動作である。井戸がもちだされて、語の流れに清新な風がもたらされた。気分がまた更新された。露水の句である。語感がいい人である。

〔一一〕

汲ていたゞく醒ケ井の水

について、やや補足をしておきたい。醒ケ井の水は、固有名としては近江国坂田郡醒井にある清水を指すようだ。日本武尊が旅にあって猪の霊気にあてられ朦朧としたあと、その泉の水を飲んで正気に戻ったという伝説のある井戸である。力石の傍らからそうした泉が湧き出した、という想定をして付けを案じたのだろう。ここでの井戸を固有名のものだけに限定する必要はないだろうが、実際の井戸の傍らに大きな石があるそうで、そのことは座談の話題に出たかもしれない。醒めよう、みんなもう少し、といった呼び掛けの促しを篭めて語が紡がれた、と考えてみると更に面白い。

この句に付けて、これまで出すことのなかった円入が、

足引のこしかた迄も捻蓑

と言葉を添えた。円入は、曾良日記の羽黒山到着時に名が出ている江戸の僧である。座の進行をずっと見守っていて、出してみたらどうかと、この辺りでいわれたか。こなれない言葉が羅列しているが、語を捻る意図だけは強く見てとれる作りである。「足引の」は山の枕詞とされる語だ。ここでは、この語を山を行く歩みの意味で強引に用いているらしい。昔ながらの「捻蓑」を今も

着けている旅人の動きを示した、ということか。「捻蓑」は未詳である。編みの丁寧な旅人用の蓑を特定したかったのかもしれない。芭蕉たちが登山の際に着用した「蓑」がその仕様であったか。山で着るので耐久度を強くするために多くの捻りを仕込んだ蓑が座の場のうちにまだ置かれていた、と想像してみると面白い。芭蕉たちの登山のことは、この場で何回も話題に出たことだろう。次いで、

敵の門に二夜寝にけり

と曾良である。歩きから敵討の相手を訪ねる人のことに転じて飛躍点を求めたのである。物語を構えてみたわけだ。訪ね当てた敵討の相手が表に出て来るのを待って、その家の前で野宿することが二夜に及んだという作為には、何がしかユーモアが満ちる。寝る、という言葉に曾良の旅寝の思いがついつい沁み出たか。

連句は先の展開に思いを遣りながら続けてゆくことをもって事とする。先に思いを向け続けながら、この場に列席して勇躍とする心を養う機会を得ていたのは、とりわけ露丸であるように想像される。

かき消る夢は野中の地蔵にて

という句を出した。

付けは、また旅の様子にかかわるもので、展開にやや重複のもつれが見られるようである。旅にあれば地蔵に何遍か出会うことがある。旅の途次、露丸自身、夢を見ることを何度もしたろう。

夢は映じては消える。前句の「寝にけり」に触発されて、ふと湧き出たのはそんな感慨のようである。仇討ちという熾烈な営みを消すほうに事を据えれば消える夢と捉えて、そこに地蔵を重ねた点に手柄があろう。あるいは、地蔵は地蔵堂の建物をいいたいとも取れる。

この辺り、展開のうちで、躍動のほうに言葉を摺り合わせる気分が連衆のうちに盛り上ってきたように見える。

だが、芭蕉の特徴の一つは、もつれがちな様子を察して、そうした場面を突き抜ける言葉を編み出して異なる方面の展開を導くように連衆を誘う点にある。

妻恋するか山犬の声

は、一つの恋呼びの場をしつらえて異なる次元に事を向けようとしているようだ。とはいうものの、出されたのは犬の恋である。飛躍点は、連想を犬に向けたところにある。人も恋するかもしれないけれど、犬にも恋はあるよね。芭蕉は、句を示しながらそんなことをいいもしたか。犬は前にも出たが、今度は山住みのあり方、ということにしてまあ許されるか。そういったあとで、こんなふうにいわなかったか。でもあとに恋を付けても付けなくてもどちらでもいいよ。

地元の俳人、梨水が、

薄雪は橡の枯葉の上寒く

と付けた。遣句である。恋を続けるのを避けて景気のことにしたのである。風景をかたどる言葉を編み出すことは、この人の作句の習いだったのかもしれない。橡の樹を詠み込んで地方色を引き出すことを意図したとも見られる。恋を遠ざけるにしても、連想を寒ざむとしたほうに委ねたものである。無季が続いていたが、雪で冬にして変化を求めた。

露丸が出すのは七回目である。

湯の香に曇る朝日淋しき

と付けた。冬の季は一句で捨てたが、さらに場の様子を重ねたのである。珍客が登山した湯殿山に改めて思いをやって唱和してみた、というところだろう。句としては、朝日の様を湯の湧き出る光景に繋げてみた点に面白みがある、といえる。「朝日淋しき」という切り取りに一つの固有の感性を剥き出させている言葉の仕組みが見られる、といえるか。

〔一二〕

湯の香に曇る朝日淋しき

に付けて、

むささびの音を狩宿に矢を矧て

と出したのは、出番が五回目になる釣雪である。「音」は、ね、「狩宿」は、かりやど、「矧て」は、はぎて、と読む。釣雪はなかなかの連想の飛ばし手だ。むささびが鳴く様に着眼が行ったところが面白い。といってみたが、さほど卓抜な思い付きというわけでもないかもしれない。むささびを狩る人は、この頃、この辺りには実際に珍しくなかったか。矧ぐ、とは、矢の末のところに羽を仕付ける営みのことをいう。狩人自身の仕事だったのだろう。むささびの鳴き音を聞きながら矢を矧いでいる様子を詠んだのである。

さて、ここでどう付けるか、一思案あったか。

　篠かけしをる夜終の法

という句を出したのは円入である。「篠かけ」の読みは、すずかけであるという（高藤武馬『奥の細道歌仙評釈』、筑摩書房）。「夜終」の読みは、よすがら、だろう。「篠かけ」は、山伏が衣の上に着る麻の衣で、深山の篠につく露を防ぐ衣料であるところから名が付いた、ということである。夜を通しての修業にその篠かけもしおれた、というのである。「しをる」は、法師の夜すがらの行の状態を含ませている、ともとれる。あるいは円入は、羽黒山での実際の見聞を言葉に紡いだか。そうならば、この場でこそ作ることができる内容が出されたことになる。一種のご当地ソングである。こうした句への連衆の反応はどんなものだったか。よい付けだ、と思わず称賛が湧くということだったか、絡みが多過ぎて、そこから離れる度合いが少ない、ということだったか。

この語に向けて、曾良が、

　月山の嵐の風ぞ骨にしむ

と付けた。月の座である。出されたのは、実際の月ではなく、山名としての「月山」である。別の本では「月の山」となっているものもあるそうである。実際の月に焦点を据える詠み振りでなくてもよいかどうか、一議論があったかもしれない。名がそうなったくらいだから、空に煌煌と輝く月を実際に見ましたよ、と曾良が体験を軸に言葉に出してみることもあったか。

『おくのほそ道』に見える、鍛冶の名工が月山に拠った様子は、座談のうちでも話題にされたのに違いない。

鍛冶が火残す稲妻のかげ

と付けたのは、梨水である。月が出て、季は秋だから、同季を三回は続ける必要がある。稲妻の季は秋である。句意はこうだろう。鍛冶の工人がかつて篭もったところは、今は遺構だけになったが、稲妻の光がさしかかる様子が昔の火明かりさながらだ。芭蕉たちが見た光景に唱和して、事を昇華のほうに向けてみたのだ。かつての鍛冶工も稲妻の光を呼び込んでそのエネルギーに頼るようにして鉄を熱した、という含意を篭めている、とも読める。その句に、

散かいの桐に見付けし心太

と露丸が付けた。この句には一つの問題点がある。秋を出す必要がある三句目なのに、季を示す言葉がすぐに気付くようには見られないのだ。句意の解の一つはこうである。重なり合って葉が散り交う桐の木の傍らににょっきりと白い大根が並ぶ畑を見付けた、というのだ。「心太」には三義がある。てんぐさ、ところてん、大根、である。てんぐさ、ところてんが、桐の木のあるところにあるというのも妙である。そこで、ここでの「心太」は大根の意味で出されたと、まずとってみる。「散かいの桐」が「散りかひ」でないのが気にはなる。この時期、旧仮名の用法が当

然だったから、「散り交う」の意なら「ひ」でなければならないはずである。高藤氏は、前掲の本で「散り甲斐」の意味ではないか、としているが、あるいはそうでもあるか。そうだとすると、散るに値する、といった意味になる。どちらにせよ、葉の落ちる様子を示して秋の句にしたということで、感じとれるのは、季語に鷹揚な時代相である。

『奥の細道歌仙評釈』で、高藤武馬氏は異なる解釈を提示している。「心太」をところてんのこととしているのである。氏の言を引く。

この「心太」を広田次郎・松本義一・松井鶖十氏などは大根の異名として、沢庵漬にするために木にかけて干してある鍛冶屋の庭先の景と解しておられるが、わたしはむしろ、宮本三郎氏の「稲妻のはかなさに、桐一葉を以て応じ、一葉落ちて天下の秋を知る、を心太を知ると俳諧化したか」という説に賛成したい。鍛冶小屋のかたわらに心太が浸してあったという景である。鍛冶は水を選ぶものである点から考えても、干大根は興ざめで、やはり清冽な水に浸してあるトコロテンでなければなるまい。（二五五頁）

これが高藤氏の見解である。一理はある。だが、鍛冶の場とは離れた村の、桐の木の近くに白さの際立つ大根が見える情景を案出したところにも俳諧的な眼の示しは見える。私は、とりあえずその解で行く。連句の解釈は多様でいいのである。

〔一三〕

散かいの桐に見付けし心太

という露丸の句は、それにしても、言葉の繋げにはかなりの無理がある句構えだ。

芭蕉が指導者としていながら、どうしてもっとなめらかなほうに語を定める勧めをしなかったか、という疑問が湧く。そうした声に対して、芭蕉に成り代わって応答してみれば、宗匠は、連衆によって想像力が広がる方向をゆったり残す、という方向で身を処したのだ、といったことになるか。

それにしても、「散かいの桐に見付けし心太」とは屈折した付けだ。桐の葉が散り交う場に大根を見当てた、というだけでは、そうした場面があるというだけのことである。付けの心理としてあったのはこういうことか。前句の「鍛冶が火残す稲妻のかげ」は「鍛冶」の「火」と「稲妻」とが輝くという奇妙な取り合せをぶつけることで成り立っていた。その取り合せの面白みを受けて、「桐」と「心太」と、離れた取り合せを並べ立てることが、露水の意図だったたか。

この句で、名残の裏に入ったことになる。

この面の二つ目に付けたのは釣雪である。

鳴子驚く片薮の窓

野の光景である。鳴子が秋を示す。鳥が農作物を荒らすのを防ぐために、切竹の群れを板に当てて鳴るように繕った装置である。鳴子の構えられたそばに家がある、という見做しだろう。鳴子が鳴りどよめく音に家の住人は驚いている、というのだ。着想には面白さがある。秋の四句続きである。

そうすると、転じの名手、芭蕉が、またしても、

盗人に連れ添ふ妹が身を泣て

という句を出した。場面をがらっと変らせてしまう点に妙味がある。どういうわけか、さる人の妹が盗人に連れ添うことになって、身内としては肉親がそんな身であることを泣いています。どうする？　恋を続けてもいいよ、と彼はいったかもしれない。

連句の付けには、特定の場自体が醸し出すことから生れる面白さと、場を他に転ずるはずみの面白さとがある。芭蕉がこの場合駆使しているのは、後者の仕方だ。事がこの地方にかかわる個別の事柄のほうに集中して、場面がもつれるようになると、彼は、多くの眼が向けられている地点から遠い場に軽やかに人びとを誘うのである。それにしても、こんなふうに鮮やかに芭蕉が連想を進めることができることには何度も注目してよい。私もまた盗人のような者で、とすれば私に連れ添っている曾良に同情を向けてもいいかな、というやや自虐の心情を含み篭めている、と見てもよいか。そこまで読み込んではかんぐり過ぎか。

高藤氏はこの付けに関して「女人の生涯ということに、たえず思いをひそめている人でなけれ

ば、一朝一夕で到達できるわざではない」と記しているが、この点は卓見である。芭蕉がそうした質の人であるとすると、この人は、日常の地点と日常を越えた地点との間の境域に身を置いて、その場でいつも異性を恋う心情を生きていた、と想像できる。その芭蕉が、恋句を制度化することを嫌うのは、とってつけたような色事にかかわる言葉を無理に量産することを好まないからにほかなるまい。それに、

いのりもつきぬ関々の神

と返したのは曾良である。盗人は放浪の旅を強いられる。関を通ることもある。その度に関の神に祈りを捧げながら、祈る中身は尽きることがない、ということだろう。

人のあり方の一つの特質は、祈りを捧げる領分をもたざるをえない点にある。祈るのは、祈りという仕方でしか自己を表現する方途をもちえないからである。そこから次のように連想を広げることもできる。芭蕉が旅の場に自分を置くのは、祈りに似た行為としてだったのかもしれないのだ。自分の向うに敬虔にしか対しようがないものがある、と感ずる感性が発生することに伴って、祈りの営みは成立する。芭蕉にとっては、旅に駆られるのは、行く先を祈るように思い見ることをしたかったからだったのかもしれない。

さて花の句である。

今まで句を出すことがなかった羽黒山の別当代である会覚が、ここで祝いの花を出すように出番を請われたのだろう。

盃のさかなに流す花の浪

あるいは、この場に成就を祝う杯が用意されもしたか。その肴として花を流す、というのである。風雅な光景である。高藤氏は、謡曲「安宅」の景が重なる、としているが、そのことを連想するかどうかは解釈の自由に属することだろう。言葉の純粋な響きだけで連句の流れを追想してもいいのではないか、と私としては考えたい。

幕うち揚るつばくらの舞

挙句は梨水が付けた。

終の幕が降りる。その幕を改めてうち揚げて燕が舞を舞って飛び立つ。勇躍とした句で終りが締め括られた。

〔一四〕

六月九日、羽黒山での歌仙は満尾に至った。

二つ目の花の句、「盃のさかなに流す花の浪」を別当代会覚阿闍梨が出して、連衆は納得を深めただろう。翌日六月十日、芭蕉たちはこの地を出立した。

曾良日記から抜き出してみる。

十日（中略）昼前、本坊に至て、蕎切・茶・酒など出。未の上刻に及ぶ。道迄、円入迎へらる。又、大杉根迄送らる。祓川にして手水して下る。佐吉の宅より翁ばかり馬にて、光堂迄釣雪送る。佐吉同道。道小雨す。ぬるゝに及ばず。申の刻、鶴ケ岡長山五良右衛門宅に至る。粥を望み、終て眠休して、夜に入て発句出て一巡終る。

（岩波文庫、一二二頁。仮名送り・語の転じなどをやや変えた。）

朝方、はなむけのもてなしが催され、一一時頃に及んだ。そのあと、芭蕉たちは、来るときに登った石段を一歩一歩降った。麓の町に近い祓川で手を洗った。潔斎を解いた、ということか。佐吉宅からは、芭蕉には馬が提供された。羽黒山の好意だったか。佐吉は鶴岡まで同伴した。その地で巻いた歌仙に加わった。鶴岡に着いたのは午後四時だった。滞在先は、酒井氏が治める鶴岡の藩士、長山五良右衛門宅だった。家は河畔に近い一劃にあり、今は記念碑が立つ。

こんな道程を見ていると、芭蕉のみちのくの旅の様子がやや髣髴としてくる。何度も想像を向けるべきなのは、この旅が旅宿の完備していない条件でなされた、ということである。泊る場所は、地元の人の好意に頼るのがほとんどだったのである。迎える人は、どんな顔をして芭蕉たちの訪れに対したのか。いわば、〝まれびと（稀れ人）〟の到来に接するような気持ちだったか。

芭蕉の側からいえば、行く先に点々といる好意を寄せる者の像を思い描きながら、時には不安も抱いて、とぼとぼと旅程を進めるということだったろう。

のちの旅の記録の一つとして、芭蕉はこのように書く。

今日は親知らず・子知らず・犬もどり・駒返しなど云ふ北国一の難所を越て、つかれ侍れば、枕引よせて寝たるに、一間隔て面の方に、若き女の声二人ばかりときこゆ。年老たるおのこの声も交て物語するをきけば、越後の国新潟と云所の遊女成し。伊勢参宮するとて、此関までおのこ送りて、あすは古郷にかへす文したゝめて、はかなき言伝などしやる也。白浪のよする汀に身をはふらかし、あまのこの世をあさましう下りて、定めなき契、日々の業因、いかにつたなしと、物云をきく〳〵寝入て、あした旅立つに、我々にむかひて、「行方しらぬ旅路のうさ、あまり覚束なう侍れば、見えがくれにも御跡したひ侍ん。衣の上の御情に大慈のめぐみをたれて結縁せさせ給へ」と、泪を落す。不便の事には侍れども、「我々は所々にてとゞまる方おほし。只人の行くにまかせて行くべし。神明の加護、かならず恙なかるべし。」と、云捨て出つゝ、哀さしばらくやまざりけらし。

一家に遊女もねたり萩と月

（岩波文庫、五五～七頁）

宿は、ここでは旅籠屋《はたごや》だったようだ。襖を隔てて泊まったのは遊女である。文中の「はふらかし」は、岩波文庫に載る「菅菰抄」には「をちぶるゝ事也、と徒然草の抄に見えたり」とある。遊女たちは、落剥の感じを示していたか。

伊勢参宮に向うという彼女らは、夜が明けて出立の際「衣の上の御情」に頼って、芭蕉たちに同行してくれるように願う。「衣の上の御情」とは、仏僧が発する慈悲の心、という意味である。外面上では、芭蕉たちは、知らぬ者からは僧侶と見られても不思議はないあり方だったことが見てとれて興味深い。依頼に応じられないわけを語る語り口に、芭蕉の心のあり方の固有性が見える。私たちは、所々で留まることが多い旅をしているので同行は無理です。あなた方は、ただ、ほかの人の行くのに合わせて行きなさい。神様の御加護が働きます。こういいながら、自分の気持ちを充分に語り尽くせたと彼は思ったかどうか。そうは思えなかったのではないか。ここに示されているのは、行動を共にはできないことを述べることに託して愛情を表現する一つの場合である。心のうちで、遊女よりもっと「はふらかし」たあり方をしているのは自分なのだ、と芭蕉が呟かなかったとは限らない。その思いの広がりは、果てしなかったはずである。思いの渕の辺りに、世の男と女のうちにさまざまに刻まれる哀れへの測り知れない思いを優しく息づかせていたのではないか。芭蕉は、その方面に向けて働く優しい感受性を備えている人だった。旅の場で、彼が接したのは、風雅の立ち上がる萌しと人の生の哀れの多様な肉声だった。

第七章

芭蕉という精神

〔一〕

「おくのほそ道」の旅の終着地となったのは大垣である。芭蕉がこの地に到着したのは、元禄二年八月二一日（旧暦）だった。江戸を出たのは三月二七日だから、旅は約五ケ月に及んだことになる。そのあと、すぐには江戸に帰らず上方に留まる。元禄三年の四月には、琵琶湖の南の「幻住庵」に仮の住居を得て、七月二三日までをここで過ごした。期せずして得た閑居の生活はことのほか心に適うところがあったようで、「幻住庵の記」という文章を書いて、それを何度も推敲する。最終稿を選集『猿蓑』に載せることまでする。

石山の奥、岩間のうしろに山あり、国分山といふ。そのかみ国分寺の名を伝ふなるべし。ふもとに細き流れを渡りて、翠微に登ること三曲二百歩にして、八幡宮たゝせたまふ。神体は彌陀の尊像とかや。唯一の家には甚だ忌むなることを、両部《りやうぶ》光をやはらげ、利益《りやく》の塵を同じうしたまふもまた尊し。日ごろは人の詣でざりければ、いとゞ神さびもの静かなるかたはらに、住み捨てし草の戸あり。蓬・根笹軒をかこみ、屋根もり壁おちて、狐狸ふしどを得たり。幻住庵といふ。あるじの僧なにがしは、勇士菅沼氏曲水子の伯父になんはべりしを、今は八年ばかり昔になりて、まさに幻住老人の名をのみ残せり。

予また市中を去ること十年ばかりにして、五十年《いそじ》やゝ近き身は、蓑虫の蓑を失ひ、蝸牛《かたつぶり》家を離れて、奥羽象潟の暑き日に面《おもて》をこがし、高砂子《すなご》歩み苦しき北海の荒磯にきびすを破りて、今歳《ことし》湖水の波にただよふ。鳰《にほ》の浮巣の流れとゞまるべき蘆の一本《ひともと》のかげたのもしく、軒端ふきあらため、垣根結《ゆ》ひそへなどして、卯月の初めいとかりそめに入りし山の、やがて出でじとさへ思ひそみぬ。

さすがに春の名残も遠からず、つゝじ咲き残り、山藤松にかゝりて、時鳥しば〳〵過ぐるほど、宿かし鳥のたよりさへあるを、木啄《きつつき》のつゝくともいとはじなど、そゞろに興じて、魂呉・楚東南に走り、身は瀟湘《しょうしょう》、洞庭に立つ。山は未申《ひつじさる》にそばだち、人家よきほどに隔たり、南薫《なんくん》峯よりおろし、北風海を浸して涼し。比叡の山、比良の高根より、辛崎の松は霞こめて、城あり、橋あり、釣たるる舟あり。笠取に通ふ木樵の声、ふもとの小田に早苗とる歌、蛍飛びかふ夕闇の空に水鶏《くひな》のたゝく音、美景物として足らずといふことなし。中にも三上山は士峯の俤《おもかげ》に通ひて、武蔵野の古き住みかも思ひ出でられ、田上山に古人をかぞふ。さゝほが嶽・千丈が峰・袴腰《はかまごし》といふ山あり。黒津の里はいと黒う茂りて、「網代守るにぞ」と詠みけん『万葉集』の姿なりけり。なほ眺望くまなからむと、うしろの峯に這ひ登り、松の棚作り、藁の円座を敷きて、猿の腰掛と名付く。かの海棠に巣を営び、主簿峰に庵を結べる王翁・徐佺が徒にはあらず。たゞ睡癖山民と成りて、孱顔《さんがん》に足を投げ出し、空山に虱をひねつて坐す。たま〳〵心まめなる時は、谷の清水を汲みてみづから炊《かし》ぐ。とく〳〵の雫を侘びて、一炉の備へいとかろし。はた、昔住みけん人の、ことに心高く住みなしはべりて、たくみ置ける物ずきもなし。持仏一間を隔てゝ、夜の物納むべき所などいさゝかしつらへり。

さるを、筑紫高良山の僧正は、賀茂の甲斐なにがしが厳子《げんし》にて、このたび洛にのぼりいまそかりけるを、ある人をして額を乞ふ。いとやす〳〵と筆を染めて、「幻住庵」の三字を送らる。やがて草庵の記念《かたみ》となしぬ。すべて山居といひ旅寝といひ、さる器《うつはもの》たくはふべくもなし。木曾の檜笠、越の菅蓑ばかり、枕の上の柱に懸けたり。昼はまれ〳〵訪ふ人々に心を動かし、或は宮守の翁、里のをのこども入り来たりて、「猪の稲食ひ荒し、兎の豆畑に通ふ」など、わが聞き知らぬ農談、日すでに山の端にかゝれば、夜座静かに月を待ちては影を伴ひ、燈《ともしび》を取りては罔両《もうりょう》に是非をこらす。

かく言へばとて、ひたぶるに閑寂を好み、山野に跡を隠さむとにはあらず。やゝ病身人に倦んで、世をいとひし人に似たり。つら〳〵年月の移り来し拙き身の科《とが》を思ふに、ある時は仕官懸命の地をうらやみ、一たびは仏籬祖室の扉《とぼそ》に入らむとせしも、たどりなき風雲に身をせめ、花鳥に情を労して、しばらく生涯のはかり事とさへなれば、つひに無能無才にしてこの一筋につながる。「楽天は五臓の神を破り、老杜は痩せたり。賢愚文質の等しからざるも、いづれか幻の住みかならずや」と、思ひ捨てゝ臥しぬ。

先づ頼む椎の木もあり夏木立
（日本古典集成『芭蕉文集』新潮社、一九七八年、一六六〜一七〇頁。仮名遣いには手を加えた。）

この文を記す一年前は、芭蕉は「おくのほそ道」の旅のさなかにいたのである。その旅を終ったことの達成感に改めて思いを寄せながら、日々を移動する営みとはうって変わったこの場の静かな環境に身を置くことになって、ひっそりした感慨を深めることになったに違いない。この場を囲む景物の様子も彼を強く魅したようである。

〔二〕

人があるあり方には二つの面がある。自分を自分の固有性のうちで定める面と他の人とのかかわりのうちで自分を位置づける面とである。当然のこと、芭蕉のうちにもその二つの面が働いていた。彼は、その二面が通常の人よりは際立つかたちで作用する場にいた。俳諧師だったからである。

ここまで見てきたように、彼は連句を巻くことを生涯の主たる事業とした。そのあり方を生きることは、象徴的にいえば、初対面の人とも親しみの挨拶を交す場を産み出す営みをすることだった。そうしたあり方のうちで、彼は自分を維持する地点をどのように定めたか。

横に接する人びとに自分を差し向けながら、そのあり方を引算したところに成り立つ、もう一つの自分というものが誰にもある。そうした自分を見つめ組み替えることをしながら、人とのかかわりを産み出す方向を新たにし続けるところで、芭蕉は卓越した特性を開発し続けたのではなかろうか。

中山義秀氏に『芭蕉庵桃青』（中公文庫、一九七五年。執筆は一九六五年から六九年。作者の病没により終り二回分が書かれず未完。近ごろ講談社文芸文庫として復刊された）という作品がある。今に近い世で芭蕉を長編の小説の主人公に仕立てて成果を示したものはこの作品だけか。

この作品の存在にこれまで気づかず、近ごろ読む機会を得た。三七歳の深川移住以後の生涯を辿った小説である。

こんな記述がある。

芭蕉は年の暮となった十二月一日、寂照の下郷知足宛に、上洛できなかったことを言訳して、「当夏秋のころより上り申すべき覚悟に御座候へども、なにかと心中障る事ども出来《しゅったい》、延引、浮生あまり自由さに、心変りさまざま定めがたく候」と書送っている。

浮き世が気まかせになるため、かえって心うつりして事を決しにくい、とはいったい何を意味するのか。当時の彼の心境を語ったと想われるものに、「閑居の箴《しん》」と題された自戒の文がある。

あら物ぐさの翁や。日ごろは人の訪ひくるもうるさく、人にもまみえじ、人をも招かじと、あまたゝび心に誓ふなれど、月の夜、雪の朝《あした》のみ、友のしたはるゝもわりなしや。物をもいはず、ひとり酒のみて、心に問ひ心に語る。庵《いほり》の戸おしあけて雪をながめ、又は盃をとりて、筆を染め筆をすつ。あら物ぐるほしの翁や。

酒のめばいとゞ寝られぬ夜の雪

これが孤庵に侘びずまいしている、四十三翁のかこち言だ。何事も気まかせになる、自由の境涯にあるかわり、ひまな時を相手の独り相撲に退屈して、物狂おしい気持におそわれることもあるという。芭蕉がしきりと旅を思うのも、旅がこうした独居生活の倦怠と時の空白にたいする、唯一の治療法にほかならないからだろう。

（中公文庫、一六七〜八頁）

芭蕉の述懐のうち、「あら物ぐるほしの翁や」という辺りがとても正直で面白い。四三歳でこんな気持ちを綴る裏うちとなっているのは固有の遊民ぶりなのに違いない。

江戸期には、こうした人間のタイプがさまざまに出現するようになった。戦乱がなくなり、藩という区劃が世のしきりとして構えられることになって、その区劃のうちに組みこまれる機会を逸した人もまた出現するのである。はずれ者である。芭蕉はそうした人びとの一人としていたのだった。

こうした人を隠逸の人という。隠逸人は出家者とは違う。家を出て山門に入るのが出家者だが、この人たちは捨てて出る家をもたないままに、人を避け気味に街に住まうのである。

菰《こも》をきて誰人ゐます花の春

とは、元禄三年の歳旦吟である。

句意は、花の咲き乱れる広場に菰をまとっている人のそれぞれが、もしかしたら高貴の根を宿しているか測り知れないではないか、といった内容になる。

このように詠むとき、芭蕉は「菰を」着る者に自分の姿を反照させていたはずである。

芭蕉は、自分が世にあるあり方の水位を人の諸相の一番低い位置に見定めるような眼を養う方向に思わず向っていたのではあるまいか。他者に自己にまみえたのは、そうした眼を通してだった。自己を位置づける際には、彼は水位を、いつも下のほうにさらに下のほうに下げる試みのほうに置いたようだ。その眼の運動が、彼を一つの言葉に行き当たらせる。「風雅」である。彼が軸にした「風雅」は世の階梯を一番下から眺め返すような地点に眼を据えるとき、至当さが輝き出る。その輝きに触れて、通常の位置から見るよりもずっと冴えざえしたあり方でさまざまな「風雅」をなお射止める眼を培い続けたように見える。

〔三〕

芭蕉が幻住庵に滞在していた際、かなりの知己が訪れた。地元では膳所《ぜぜ》の曲水、膳所藩士の水田正秀、珍石や「ひさご」の連衆たち、大津の尚白、千那、乙州、医師の望月木節、京都の去来、凡兆、史邦、大坂の薬商伏見屋之道、何処、美濃大垣の如行、名古屋の野水、越人、福井の等栽老、金沢の秋の坊などである。訪れた人はほかにもあったようだ。芭蕉には、人を引き寄せる雰囲気があったのだろう。

幻住庵のことは気にかかりながら、私は長い間訪ねる折を得なかった。近い春、ようやくその機会を得た。歩くこともできる距離のようだったが、JRの石山駅からタクシーで行った。二キロほどのところだった。琵琶湖と反対側の、丘状の地をやや上ったところにある神社の傍らにあった。

ここに住んでいたとき、芭蕉は街に出ることもしばしばあったようだが、その際には徒歩で行ったのだろう。

「幻住庵記」についての註解を試みてみる。

「石山の奥、岩間のうしろに山あり、国分山といふ。そのかみ国分寺の名を伝ふなるべし」。石山は石山寺である。伝えによれば、開創したのは、奈良期の僧、良弁である。良弁は東大寺を開いた人として知られる。石山寺もこの寺とかかわるところがある。聖武天皇が東大寺に大仏を鋳造することを思い立った際、そのことを成就するための黄金を日本の各地に訊ねた。そのとき、良弁は、天皇が持仏としていた如意輪観音を石山の地に据えて金が見つかることを祈願したのだ、という。祈願の地としてどうして石山が選ばれたのか、興味が行く。人は、自然の原型になる趣のあるところを聖地としたがるものだが、波がうねるように岩石が並び立ち、水が豊かなこの場所は、古来そうした聖地であるとみなされていたか。岩間は近くにある岩間寺のことである。国分山という名は、国分寺がこの近くに構えられたところから命名されたようだ、と芭蕉がいうのは、その通りだろう。国分寺を各所に構えたのは奈良時代だが、その地として選ばれたのはどこでも風光に恵まれたところのようである。この場もなだらかな丘が連なる良地であるように見えた。「ふもとに細き流れを渡りて、翠微に登ること三曲二百歩にして、八幡宮たゝせたまふ」と書かれているが、現在の様子と比べると面白い。今、行ってもなだらかな登りではあるが、山という雰囲気はない。住宅がたくさん立ち並ぶところである。江戸時代には、この辺りは山野の相を見せていて、こういう記述になったのに違いない。「翠微」とは山の中腹辺りという意味である。そこに神社がある。近津尾八幡宮という名が与えられている。阿弥陀が神体であるのが興味深い。そのことについて芭蕉はこう述べる。「唯一の家には甚だ忌むなることを、両部光をやはらげ、利益の塵を同じうしたまふもまた尊し」。ひたすら神道専一の場合は、神体が阿弥陀仏であることは忌まれるはずだが、仏教と神がみの世界が共に合わさって利益を垂れているのもまた尊い、というのである。仏が威徳の光を和らげ、神社のうちに姿を現していることに共感を示しているわけだ。こうした様子をむしろ積極的に認める点に芭蕉の特徴が見られる気がする。今でも村の多くの神社はそんな趣きだが、普段は人があまり訪れないところだったらしい。「日ごろは人の詣でざりければ、いとゞ神さびもの静か」だ、と記されるのである。「かたはらに住み捨てし草の戸あり」と、文は続く。さらに「蓬・根笹軒をかこみ、屋根もり壁おちて、狐狸ふしどを得たり」である。「蓬・根笹」と記された植物の名は修辞ではないだろう。この二つは荒地に生える雑草の代表だが、そうしたことには芭蕉も精通していただろう。「幻住庵といふ。あるじの僧なにがしは、勇士菅沼氏曲水子の伯父になんはべりしを、今は八年ばかり昔になりて、まさに幻住老人の名をのみ残せり」。曲水は、芭蕉に師事した膳所藩士である。幻住庵は曲水のおじの別荘だったのだが、その人が世を去って八年ほど空家になっていたのである。

継いで「予また市中を去ること十年ばかりにして、五十年や、近き身」とある。芭蕉が、江戸の中心の小田原町から、江東深川に居を移したのは、一六八〇（延宝八）年の冬である。そのときが脱俗に向う転機の時だった、という感慨を彼はしばしば反芻していたのに違いない。このとき三八歳だった。幻住庵に居住したのは四七歳のときである。ほぼ一〇年にわたるこの時期は、芭蕉のうちでは、脱俗してさすらいに身を委ねることになった期間として強く印象に刻まれていたようである。さらに続けて「蓑虫の蓑を失ひ、蝸牛家を離れて、奥羽象潟の暑き日に面をこがし、高砂子歩み苦しき北海の荒磯にきびすを破りて、今歳湖水の波にただよふ」。「象潟」の暑さは真に厳しく感じられたように見える。「北海の荒磯」は踵にひびを刻みこむほどの難場だったようである。その旅を達成して、琵琶湖の南の辺りにあっても、彼は、依然、彷徨を続けていると、自分のことを捉えていたのである。そんな芭蕉の様子に接して、幻住庵に住んでみないか、と言い出したのは、曲水のほうからだったか。

〔四〕

「鳰の浮巣の流れとどまるべき蘆の一本のかげたのもしく、軒端ふきあらため、垣根ゆひそへなどして、卯月の初めいとかりそめに入りし山の、やがて出でじとさへ思ひそみぬ」と、文は続く。芭蕉自身が、自分のあり方の比喩として「鳰」という言い方をする点が興味深い。自分を浮寝鳥とみなすしかないといった感じが言葉のうちに浮き出ているからである。その鳰にとって「幻住庵」は辛うじて拠ることができる「蘆の一本」に当るとみなされるのも興味深い。この寓居に移り住んだのは、今栄蔵『芭蕉年譜大成』（角川書店）によると、一六九〇年（元禄三）年四月六日である。卯月とある通りである。屋根を葺き替えたり、垣根を巡らしたりした費用を、芭蕉が出せるわけはあるまい。曲水の好意が働いたのに違いない。「卯月（陰暦四月）」は暖気が安定する時である。その季節に、しばし、かもしれないが、安居していい場所が定まって、強い安堵が訪れたように推察できる。「やがて出でじとさへ思ひそみぬ」という言い方のうち、「やがて」

とはどういう語感か。そのまま、ただちに、といった平安朝ふうの用法につながる語感なのか。

卯月といえば、暦の季節は夏である。それでも「さすがに」と書かれることになったのは、暮す場が山の精気に接したところであったことが大きくかかわるのに違いない。

彼がまみえることになったのは、生動に富んだ光景だった。身を動かさずに、植物や鳥の活発な様相に間近に触れることになったのである。時鳥の鳴き音を聴き、啄木鳥が樹を激しく叩く音にも接して、はじめはびっくりもしただろう。びっくりしながら、「つゝじ咲き残り、山藤松にかゝりて、時鳥しば〳〵過ぐるほど、宿かし鳥のたよりさへあるを、木啄のつゝくともいとはじなど、そゞろに興じ」たのである。書き方はさりげないが、芭蕉には、すべてが、きわめて新鮮な、心踊る経験として受けとめられた様が見てとれる。

連想が中国の地に向い、「魂呉・楚東南に走り、身は瀟湘、洞庭に立つ」と記されるのは、いかにも芭蕉らしい、というべきか。中国の自然は、すばらしいものの規範になると思われていたようである。「魂呉・楚東南に走り」の出典は杜甫の「岳陽楼に登る」という詩に由来する。そこに「呉・楚東南に走り、乾坤日夜浮ぶ」とある。「呉・楚」は共に国の名で、眺望がよいところとされる。「瀟湘」は、湖南省の洞庭湖近辺の八つの景勝の地への名称だという。継いで洞庭湖が出るが、この地は重複して語られているわけである。この時期、中国の名所を風光明媚の場所のモデルとみなすのは、かなり行き渡っていたことか。それとも、とりわけ芭蕉に固有の特徴だったか。今、たとえば日本の北アルプスを語る者が、名の由来となったヨーロッパの光景を話題にすることは多くないだろう。江戸期は、実際に接する機会から遠ざけられていたから、風景の規範をかえって中国に据える精神の風土が生ずる、ということだったか。

次に「山は未申にそばだち、人家よきほどに隔たり、南薫峯よりおろし、北風海を浸して涼し」とある。「未申」は西南の方向である。その側に山の高みが連なる、というのである。今は近江アルプスという呼び名もある山稜のことなのに違いない。藤原京を建造するための材木が運ばれたとされるところである。山に近く、他の人家までは遠い。南からの風は山から降って来るので、快く感じられたのだろう。北からの風は琵琶湖を経て到るので、さぞかし涼しく感じられたのだろうと、想像できる。

「比叡の山、比良の高根より、辛崎の松は霞こめて、城あり、橋あり、釣たるる舟あり」と続くのは、遥かに見える光景である。実際に琵琶湖が見えたかどうか。叙述では見えたようである。「比良の高根」は、「比叡」の北に続く山並みである。「城」は膳所の城、「橋」は瀬田の唐橋である。山あり水あり、さらにほかの景観にも富んでいて、なるほど絶景といっていい地形であると、読む者も納得する。

さらに「笠取に通ふ木樵の声、ふもとの小田に早苗とる歌、蛍飛びかふ夕闇の空に水鶏のたゝく音、美景物として足らずといふことなし」と記される。「笠取」は笠取山のことである。宇治に接する地にあり、山深いところだったように推定できる。木樵のする山仕事とは、樹木の採集などだったか。田植の際の歌、蛍の飛び交う様は、人に懐かしさを感じさせる光景である。「おくのほそ道」の旅で、みちのくの場にやっと辿り着いて「風流の初めや奥の田植歌」という句を得たのは、前年の四月二四日のことだった。このときに芭蕉の心を領していたのは、旅の先が涯しない彼方に広がる予感から生ずる緊張だったろう。そうした緊張のなかで、多分女の声の歌がゆったり流れるのに、ふと接したのだ。風流を見出したのは、歌のやわらかな優しい様子にだったのに違いない。それは予期を越えた経験だったろう。そのあり方とは対蹠的に、ここでの記述に見えるのは、眼にし聞こえて来る事柄のうちに無理なく溶けこんでいる芭蕉の姿である。

〔五〕

「中にも三上山は士峰の俤に通ひて、武蔵野の古き住みかも思ひ出でられ、田上山に古人をかぞふ」と続く。「三上山」は膳所の東北にある山で、面影が富士山に通うのである。富士の端麗な姿は、江戸という異郷で彼に慰めを提供することもあったか。思いを向けてみたくなるのは、芭蕉の時代には、江戸の下町からも、晴れていれば絶えず富士山がくっきり見えていただろうことである。「田上山」は瀬田川の東岸の山である。古歌人の墓や社が多い、という。日常の境からは離れた地であるとみなされるところだったのか。

「ささほが嶽・千丈が峰・袴腰といふ山あり」と周りの様子が記述されるが、まるで山尽しである。「ささほが嶽」は幻住庵の東の山、「千丈が峰」は西南の山、「袴腰」は南の山である。四方に連なる山を並べ立てて書き記しているわけだ。曲水辺りに聞いて名を確めたのだろうが、芭蕉の強い好奇心振りが見てとれるようである。

「黒津の里はいと黒う茂りて、「網代守るにぞ」と詠みけん『万葉集』の姿なりけり」。「黒津の里」は幻住庵の東南に広がる里である。『近江国輿地志略』には「田上や黒津の庄の痩《やせ》男、あじろ守るとて色の黒さよ」とある。「あじろ」は網代だから、この地の人びとのなりわいの一つは、琵琶湖か瀬田川で漁に従事することだったか。『万葉集』としたのは誤りのようだ。芭蕉が『万葉集』にはあまり踏み込んでいないのが見てとれる。それに、彼に見えている〝黒〟は、こんもりと里を覆う樹木のことだろう。筆の運びにつれて、こんな誤記も出たように思われもする。

ここで、芭蕉は見渡す人になっているのだ。「なほ眺望くまなからむと、うしろの峰に這ひ登り、松の棚作り、藁の円座を敷きて、猿の腰掛と名付く」という次第である。「猿の腰掛」という名付けには剽軽さがある。そのあと、筆はまたまた中国の故事に及ぶ。「かの海棠に巣を営び、主簿峰に庵を結べる王翁・徐佺が徒にはあらず」というのである。黄山谷の「潜峰閣に題す」という詩、「徐老は海棠の巣の上、王翁は主簿峰の庵」に拠る、という。二人とも求道の隠者のようだが、芭蕉はこうした方面の知識を蓄えていたのである。やはり並みの人ではない様子が見てとれる。その二人のことを話題にするのは、自分は二人のような隠者ではない、といいたいからである。彼は、隠者になるまで自分をつきつめることは志向しないままに、ただの隠逸の徒であることを強調したいのである。「ただ睡癖山民と成って、孱顔に足を投げ出だし、空山に虱をひねって坐す」というわけである。「孱顔」は高い山、「空山」は人のいない山、である。

こう書きながら、彼はこんなふうな思いを反芻していなかったかどうか。

俺はずっと、心急く感じで生きてきたもんだ。山中に鎮座してただ眠りに耽っていればいい、なんていう環境に恵まれたことは、これまで一度たりとてありはしなかった。背丈が俺の数万層倍も高い山のほうに足を投げ出して、誰も人のいない状態で山気を浴びて虱をひねっていてそれでいいなんて、そうした環境に置かれたのは、この度が生まれてはじめてのことだ。猿の腰掛というのは、まったく当を得た名を思いついたもんだよな。猿が出て来たら、話し掛けてみたっていいんだぜ。いや、まったくうっとりしてしまうよ。

「たまたま心まめなる時は、谷の清水を汲みてみづから炊ぐ」と芭蕉は書く。この記述は興味深い。おさんどんをしてくれる人が、芭蕉の寓居に常時いたのか、と問いたくなるからである。いなかったとすれば、「たまたま心まめなる時」と書くことはできないはずである。曲水の差し向けで通いの賄いの人が用意されていたのかもしれない。それでも、記述はあたかも野宿の暮らしのようである。「とくとくの雫を侘びて、一炉の備へいとかろし」とある。「とくとくの清水」と呼ばれる泉が、西行庵には湧き出していたという。芭蕉が言及しているのは、その故事のことである。自分が落ちこぼれとしてあることをややうしろめたくも、あえて好んで窶《やつ》しの姿をしていると感じることもありながら、西行においては、そうしたあり方のうちで風雅の様が探究されてきたことに思いを寄せて、己れの風姿を支えとしようとしているのだ。彼の心の向きは、中国のことを思うときはかなり華麗に、西行のことを思うときはかなり切実に、というふうであったことが察しられる。西行との類縁が思いとなる山住みでは、料理の場は簡素であることが似つかわしいのだ。その思いは、先住者のことにも及ぶ。「はた、昔住みけん人の、ことに心高く住みなしはべりて、たくみ置ける物ずきなし。持仏一間を隔てて、夜の物納むべき所など、いささかしつらへり」。前の持主とは、菅沼修理定知のことである。その人が贅をつくさずに暮していたことが、好ましいものとみなされるのである。持仏が置かれている間が一つある。ほかには、寝間が一つあるだけである。二間だけなのである。そうした簡素さこそ至当だと、その点に自足できる理由を見出しているのだ。

〔六〕

「幻住庵」という額にかかわる記述を見てみる。「筑紫高良山の僧正は、賀茂の甲斐なにがしが巌子にて、このたび洛にのぼりいまそかりけるを、ある人をして額を乞ふ。いとやすやすと筆を染めて、「幻住庵」の三字を送らる。やがて草庵の記念《かたみ》となしぬ」。「賀茂の甲斐なにがし」とは、京都賀茂神社の神官藤木甲斐守敦直である。名を正確に調べて記録することをしないのは、芭蕉のうちに、細部にこだわることを好まない気性が働いていたからでもあるか。「巌子」とは、子息の意味を与えて用いた芭蕉の造語らしい。神官の子である「筑紫高良山の僧正」は、九州高良山三井寺の第五十世座主寂源僧正である。神官の子が僧正になっているのが興味深い。この時代には、神領分と仏領分とが自在に交叉していた様子が見てとれるからだ。僧正は書の達人として名の高い人だったか。額を得て、架けることができたことは、予期しない喜びを芭蕉に与えたようである。落ち着いて定住できる住居で、額を掲げることになって焦点がさらに定まったような思いを得たのに違いない。そのことを無邪気に喜ぶ様子が面白い。

「すべて、山居といひ、旅寝といひ、さる器たくはふべくもなし。木曾の桧笠、越の菅蓑ばかり、枕の上の柱にかけたり」。芭蕉の言述は、生活の簡素を指摘する方向に傾く。日々移り住む必要がない条件にあっても、芭蕉には「山居」「旅寝」が望ましいのである。「木曾の桧笠、越の菅蓑」など、身のそばに、旅仕度のものを備えておく点には、彼の面目が見られる、というべきか。そうした簡素な場に、それでも人が訪ねて来るのは嬉しいのだ。「昼はまれまれ訪ふ人々に心を動かし」と記される。「宮守の翁、里の男ども」もやって来る。農夫の「猪の稲食ひ荒し、兎の豆畑に通ふ」という談話も、彼には耳新しく聞こえたようだ。「わが聞き知らぬ農談」なのである。芭蕉は農事に実際従事する方面とは、究極のところでは縁が薄かったように見える。

夜の静寂は、本当に印象深かったのだろう。「日すでに山の端にかかれば、世座静かに、月を待ちては影を伴ひ、燈火を取りては罔両に是非をこらす」。日が落ちると場を包むのは真っ暗闇である。月明かりと光度の弱い燈火に頼る一人居になるのだ。「罔両《もうりょう》」は「魍魎」である。こんなところにも、現れているのは芭蕉の造語癖だ。

次の部分が、芭蕉としては、もっともいいたかったことである。力をしっかりと入れて書きもしただろう。

「かく言へばとて、ひたぶるに閑寂を好み、山野に跡を隠さむとにはあらず」。根っ子に「閑寂」を好む念があるのではないと、わざわざ書き留めるのだ。こうした点に、江戸期という時代を生きた一つの精神の特質が見られる、といえそうである。彼は、人とのかかわりから成る人間のあり方から自分を完全に離脱させる発想には身を置かなかったのである。その結果、芭蕉が身の置き所としたのは、さまざまな型としてある生活類型からは微妙に離れた境界のような地点にだった。そのようであることで、彼は、境としてある場所を新しく開拓する自分を顕現させることにもなった。

「やや病身、人に倦んで、世をいとひし人に似たり」とある。想像となるのは、芭蕉は、自分の身体の不都合に内側から寄り添うようにいつも接するたちだったらしいことである。身体の不調にいつも敏感に反応していたのに違いない。

極め付けの文は「つらつら年月の移り来し拙き身の科を思ふに、ある時は仕官懸命の地をうらやみ、一たびは仏籬祖室の扉に入らむとせしも、たどりなき風雲に身をせめ、花鳥に情を労じて、しばらく生涯のはかりごととさへなれば、つひに無能無才にしてこの一筋につながる」である。芭蕉が、この年にして、遍歴を多様に辿っているような感慨のうちで、経て来た年月を受けとめているのに注目が行く。「仕官懸命の地をうらやみ」むことも、彼の心を占めることは当然あっただろう。また、西行のように「仏籬祖室の扉に入らむと」思うことも時にはあっただろう。「仕官懸命」のほうに行くのには好運といったものが必要だった。仏教世界に入るのは、その気になればまったく不可能事ではない。だが、そこに踏み切るほうに心を結晶させることからは遠いところにいたに違いない。

江戸時代の階級区分として士農工商というものがある。芭蕉が属する位置として心を向けたのはやはり「士」であろう。「農工商」は選択の範疇の外にあるものだったろう。

そうした彼が、もう一つ眼を向けるものが、仏教であることは、いろいろな意味で興味を惹く。面白いのは、儒学への関心がまったく兆していないことだ。彼の関心は、人倫の姿の規範を思い描くほうには、ほぼ向わない質のものだったのである。人を包括したところから捉える視線の向きとは肌が合わなかったのだろう。ここにいるのは、寄る辺ない自分を、定められている定準から外れて抱え、それでも身を寄せる基点を、我・人のあり方として模索する者なのだ。こうして、彼は、仏教の領分でもなく、俸禄取得者の領分でもない境のところに身を置く地点を求めるほかなかったのだった。

〔七〕

文を再び引く。「つらつら年月の移り来し拙き身の科を思ふに、ある時は仕官懸命の地をうらやみ、一たびは仏籬祖室の扉に入らむとせしも、たどりなき風雲に身をせめ、花鳥に情を労じて、しばらく生涯のはかりごととさへなれば、つひに無能無才にしてこの一筋につながる」。再びこの記述を見たところで改めて問うてみる。芭蕉はどうして仏門に入らなかったか。一つの答えをしてみよう。仏門に入ると、彼のうちの挨拶者の部分を行使できないことになるからだ、と。

挨拶者という言葉は、私の造語である。挨拶の営みに生の原則を据える者、といった含意だ。連句にかかわる芭蕉の事績を検討してきて、今、思いとして結晶するのは、芭蕉が開拓したのは挨拶者のあり方を確かなかたちにする道だったのではないか、ということである。

どの民族も挨拶の語を備える。朝に夕に晩に、それに別れに際して、人びとは挨拶を互いに交し合う。

「今晩は」という表現がある。ここで含意されている内容には、少なくとも二義が働いているように思われる。

一つには、人同士の交流のうちで、立ち上げられる語という、通常認められている含意がある。日の差し込む世界が去り、暗みに向う時に到って、さて、ご機嫌は？と人同士が問い合い、互いの所在を確かめ合うのだ。

もう一つ含意がある。改めて到った暗やみに身を置くことになって、視界が閉ざされた宇宙に向けて、夜よ、また大きな広がりのうちで私を包んだね、と言葉を発することである。

語を交し合う営みに、人はどうして身を置くのか。ひと日をつつがなく終えた喜びを、他なる者と、そして宇宙の広がりと、共に分かち合いたいからだ。そのように、事を他なるものと分かち合う語を発語するとき、人は、さまざまな関係の網の目のうちの自分の位置を、ささやかに、思いのうちで確かめることができるのだ。

芭蕉が、連句作者として振る舞い、発語し続けた所業は、こうした性格としてある挨拶を、一回限り立ち上げる言葉として何度も練り直す営みのうちに身を置くことだった、と定義してみることができるのではあるまいか。彼が事として自分に課したのは、連衆と語を交し合うことで、浄化を目指す言葉の世界を編み上げ続ける役割を演ずることだったのである。その点について、芭蕉がどの程度自覚的だったたか、確定することはできない。いえるのは、彼が、並みの生活者から脱落する者として身を処するしかなかった状態で、落下した地盤に、なお残り潜む言葉として、挨拶の語はありうる、と直観したのではないか、ということでしかない。

願いもした仕官も適わず、仏門に入ることを決意するに到らなかった次第を述べる文は、次のように進む。「たどりなき風雲に身をせめ、花鳥に情を労じて、しばらく生涯のはかりごととさへなれば、つひに無能無才にしてこの一筋につながる」と。世の制度に守られることから身を外すことになったとしても、人にはなお残るものがある。「風雲」「花鳥」がそれである。風は強く、弱く吹く。まったく勢いをなくしたりもする。晴れ間に、雲が見えたり見えなかったりするのも、一面が曇り空になったりするのも、気候のあり方のさまざまなあり方である。徒歩の旅に出れば、人は、そうした気候の様子に敏感になるしかない。「花鳥」と述べられるものも、特異な顕現なのではない。野に出れば、人がまみえるのは、雑草と呼ばれもする植物が見せるさまざまな花である。その場で、名を特定できない鳥のいろいろな鳴き音に接したりもする。それらに接することは、自分流の固有の挨拶の言葉を立ち上げることを促される条件になるのだ。

芭蕉が、最後まで放棄できず、放棄することをせずに済んだのは、人の発語のこうした局面だったのではあるまいか。この局面を手放さない地点に留まることで、事を浄化のほうに進める方向が、人間にどのように可能なのか、その点について構想し、模索することが自分の課題になると直観したのだ。彼は、その方向に歩むことでかすかに見えて来るものにかたちを与える軌道を探ったのだった。

「「楽天は五臓の神を破り、老杜は痩せたり。賢愚文質の等しからざるも、いづれか幻の住みかならずや」と、思ひ捨てて臥しぬ」と文は続く。白楽天、杜甫は、「風雲」「花鳥」と付き合う場を生の中心軸に据えた先達だ。彼らは「風雲」「花鳥」への、挨拶の言葉を編み出すのに腐心して痩せたと書かれる点に注目が行く。楽な営みではない、といいたいのだろう。「椎の木」が、そうした「風雲」「花鳥」の、ここでの象徴となって、文は閉じられる。

芭蕉は、どの「風雲」「花鳥」も、固有の〝いのち〟を見せて働いているのを感じ取ろうとする。そこで、時どきの機会のうちに示される、造化のどんな原質にも普遍を見て取る〝眼〟が現れ出る。

先づ頼む椎の木もあり夏木立

〔八〕

『幻住庵記』を締め括る発句を再び引く。「先づ頼む椎の木もあり夏木立」。椎の木は、花でも鳥でもない。だが、挨拶するに値する花鳥の同類なのだ。幻住庵のうちの花鳥なのである。この句は、そうした質としてあるものに向けての芭蕉の挨拶なのだ。この言葉を得て、椎の木はしなやかになった、と考えてみれば面白い。

挨拶をする際の芭蕉の特徴の一つは、季語の重複といったことにはほとんど気を遣わなかった点にある。

春の句に、たとえば、

春立や新年ふるき米五升
春なれや名もなき山の薄霞

がある。前者は、「春立や」と「新年」が、後者は、「春なれや」と「薄霞」とが重複している。

こうした重複は、芭蕉の発句のうちにはかなりある。列挙してみる。

辛崎の松は花より朧にて
ほろ〳〵と山吹ちるか滝の音
ひばりなく中の拍子や雉子の声
雪間より薄紫の芽《め》独活《うど》かな
春雨や蓬をのばす草の道
五月雨に鳰の浮巣を見に行む
暫時《しばらく》は滝に篭るや夏の初
木啄《きつつき》も庵《いほ》はやぶらず夏木立
朝露によごれて涼し瓜の泥
秋風のふけども青し栗のいが
初秋や畳ながらの蚊帳の夜着
しら露もこぼさぬ萩のうねり哉
鶏頭や雁の来る時尚あかし
明月に麓の霧や田のくもり
行あきや手をひろげたる栗のいが

菊に出て奈良と難波は宵月夜
秋もはやはらつく雨に月の形《なり》
冬牡丹千鳥や雪のほとゝぎす
振売の雁あはれ也ゑびす講
寒菊や醴《あまざけ》造る窓の端

辛崎のの句では「花」と「朧」が、ほろ〳〵との句では「山吹」と「滝」が、ひばりなくの句では「ひばり」と「雉子」が、雪間の句では「雪」と「芽独活」が、春雨やの句では「春雨」と「蓬」が、五月雨の句では「五月雨」と「鳰の浮巣」が、暫時はの句では「滝」と「夏の初」が、木啄もの句では「木啄」と「夏木立」が、朝露にの句では「朝露」と「涼し」と「瓜」が、秋風のの句では「秋風」と「栗」が、初秋の句では「初秋」と「蚊帳」が、しら露もの句では「しら露」と「萩」が、鶏頭やの句では「鶏頭」と「雁」が、明月にの句では「明月」と「霧」が、行あきやの句では「行あき」と「栗」が、菊に出ての句では「菊」と「宵月夜」が、秋もはやの句では「秋」と「月」が、冬牡丹の句では「冬牡丹」と「千鳥」と「雪」が、振売のの句では「雁」と「ゑびす講」が、寒菊やの句では「寒菊」と「醴」が、季語として重複しているのである。

中には、同じ時期の季ではないものもある。

「ほろ〳〵と山吹ちるか滝の音」や「雪間より薄紫の芽独活かな」や「五月雨に鳰の浮巣を見

に行む」や「木啄も庵はやぶらず夏木立」や「初秋や畳ながらの蚊帳の夜着」や「寒菊や醴造る窓の端」である。最初のものについていえば、季語は「山吹」は春で「滝」は夏である。山吹が散る折になって、夏を感じさせる様子で滝の音がひときわ冴えて聞える、と言葉にして季節の転調を詠みこんだ、と見ることもできる。二つ目は、「雪」は冬で「芽独活」は春である。冬の雰囲気のうちに立ち現れた春の気配に言葉を与えた、と取ることができる。三つ目は、「五月雨」は夏、「鳰」は冬である。だが、芭蕉の眼は「鳰の浮巣」に向いているのだ。「鳰の浮巣」は初夏に作られることが多い。そのとき、彼の念頭には「鳰」という語を季語として意識する方向は、ほとんど兆していなかったのではあるまいか。四つ目について見れば、「木啄」は秋なのに「夏木立」とある。とはいえ、芭蕉のうちでは、季語として二つを取り分ける気持ちは、働いていなかったのではなかろうか。五つ目の「蚊帳」は夏の季語である。暦の上で秋になって、蚊帳のうちにいながら薄いのではない夜着を着けた、というのだろう。季節の微妙な移りに眼が向けられている場合である。六つ目の句は、季語にとりわけ関心を置く視点からすると対照的な様子が見える。「寒菊」は冬で「醴」は夏である。しかし、それは今の時代の視野からしてのことである。芭蕉からすれば、寒い時期、甘酒を造る家があって、窓からその様子が見える、と言葉にしたかっただけのことだったろう。酒は、人に温もりを与える。甘酒も、ここではそうした用途になるように造られるのだろう。「寒菊や」は、場を開く挨拶なのだ。

〔九〕

先に、芭蕉の発句を二一句引いた。そのうち、上五句のうちに季語を置くものが一八句ある。「春立や新年ふるき米五升」や「春なれや名もなき山の薄霞」のように、である。

このことは、芭蕉において実現された発句の性格を濃厚に示しているように思われる。「春立や新年ふるき米五升」においては、まず「春立や」と語が立てられて、句を据える場が定まるのである。春が立てば新年だが、感興が繰り返される。そうして特別の時が定められて、米が五升だけの潔い暮らしのうちにある自分のあり方に眼を向ける世界が発動するのだ。「春なれや名もなき山の薄霞」でも同じ趣向が発揮される。「春なれや」と、季節が認められる。眼に映るのは、名を知らない山である。やや遠いそこに立つ「薄霞」を詠みこむことで、その領分が浮き出る。その部分を媒介にして、芭蕉は、世界の全体に向けて挨拶しているのだ。

同じ季が三つ盛られている句について検討してみよう。「朝露によごれて涼し瓜の泥」と「冬牡丹千鳥や雪のほとゝぎす」がそれである。

前の句から見る。芭蕉の感興をまず動かしたのは「朝露」の涼感だろう。家から外に出ると、へりが畠の地についている「瓜」が見えた、と想像してみてもいい。「瓜」の泥は当然「朝露」によるものではない。あらかじめ土と接していたからやや泥づいていたのである。だが、「瓜の泥」さえも「涼し」さにつながるように、「朝露」を新しく捉えてみたのは、芭蕉の卓見だった。そのありさまを、季を重ねて「涼し」と包括したのである。言葉の向きを重ねて付き合わせて、場面を刳り出す仕様だ。言葉の軽業師の営みがここに展開している、とでもいってみようか。注目すべきは、表現の型として季語を操る意識といったものは、ここには働いていない、ということである。芭蕉の眼は、ただ、ものの様相が示す妙を拓き出すことに据えられているのだ。

冬牡丹の場合はどうか。まず、作者の眼に入ったのは冬の牡丹が咲く様である。花の白が際立って見える。遠く千鳥の声が聞える。その鳴き音を、夏の音の気配の面影をもっとも刻む杜鵑に、とっさになぞらえるほうに連想が行った。「雪のほととぎす」という表現が現れた。雪は実景か比喩か。どちらとも取れよう。ここでも、示されるのは、言葉のぶつかりから浮き出るイメージの相の付き合わせなのだ。

芭蕉の時期には、連句の、あとに続く言葉を導く初動の語としてあった発句が、明治以後独り立ちすることになって、俳句という表現が普及することになった。その結果、季語にかかわる意識が大きく変ることになった。俳句の領分では、一つの句には季語は一つだけということが、いつしか定言のようにして定まった。そうなったことで、何かが失われた。失われたものの大きな一つは、季節に幾重にもかかわることから醸し出される言葉の響きについての繊細な感性であるように思われる。

季語というものは、そもそも一つの季節の特質と出会って生き生きと働く語だからこそ季語なのではあるまいか。季語が働くあり方には二つの面がある。一つは、その語を通して季節を改めて発見するという面である。もう一つは、季の語として定められた内容を季節のうちに差し戻して、〃もの〃の相に改めて出会う面である。芭蕉の句の作りのうちには、季語にかかわるこうした原初の感性の様子が現れているのではあるまいか。

こうした感性は、ほかの句の姿のうちでもさまざまに働いているように見える。「春雨や蓬をのばす草の道」について見る。細い「春雨」が絶え間なく降っている。ややうすら寒い様子だが、芭蕉の想念は、雨が世に活気をもたらすことに停まる。「蓬をのばす草の道」と言葉が繋がれる。春を示す「春雨」という語と「蓬」という語が、ぶつかり響き合って、この季節の重層する実相の一面が射止められたのである。

「しら露もこぼさぬ萩のうねり哉」という句もある。「しら露」がまず秋の一つの景として示される。透明な水粒が連なる様子である。「しら露」があるのは、同じ季を現す「萩」の枝の上だ。屈曲してうねる枝振りに「しら露」はしっかり留まってあると、事態が同じ季のこととして重ねられる。

「秋もはやはらつく雨に月の形」もある。「秋もはや」は、秋が闌けて、の意だろう。「はらつく」は、清音で読ませたいようだ。いずれにせよ、接しているのは、時雨が充ちる時を予感させる雨である。雨の茫洋とした様子が、心のうちに秋の象徴になる月を呼び出すことになる。このようにして、秋が二つぶつかり合う。下地にあるのは、連想の飽くことのない追及である。予定される固定のうちに句を納めることを肯なわず、流動するものをそのままイメージの流れのうちで射止めようとした点にこそ、芭蕉が探索して実現した卓越さがある、というべきだろう。定まった作法より瞬時に示されるもののほうに切実さを見たのである。

〔一〇〕

「幻住庵記」を収録した『猿蓑』には、そのあとに「几右日記」という項が設けられ、かなりの発句が載っている。「几右日記」は、きうにっき、と読む。芭蕉の机の右側に、墨と紙の束が置かれていて、訪問者は句を書き留めることをしたのだが、それが一つにまとめられているのである。

それらの特徴は、挨拶の句である点にある。

時鳥背中見てやる麓かな　曲水
くつさめの跡しづか也なつの山　野水
鶏もばら〳〵時か水鶏《くひな》なく　去来
海山に五月雨そふか一くらみ　凡兆
軒ちかき岩梨をるな猿のあし　千那

細脛のやすめ処や夏のやま　珍碩
おもふ事紙帳にかけと送りけり　野徑
いつたきて蕗の葉に盛るおぶくぞも　里東

はじめの部分を抜き出してみたが、いずれも芭蕉への挨拶の心が切実に篭るものだ。曲水は時鳥を詠む。「幻住庵記」のうちにも書き留められた鳥である。麓の幻住庵にあって山のほうから聞える鳴き音の感興を詠んでいるのだ。「背中見てやる」に俳諧らしい感興が見える。二つ目の句にある「くつさめ（くしゃみ）」をしたのは、当然芭蕉である。その音のあと、辺りに静かさが立ち篭めた、というわけだ。こうした時の転移の微妙を言葉にして、向い合う者と言葉を分かつのも俳諧の交わりの妙なのに違いない。三句目は、明け方、立て続けに鶏が鳴くのがおさまったあと、鳴き音が水鶏に変ることに注意を留めたのだ。芭蕉は、毎朝、鶏のけたたましい鳴き音で目覚めた、と想像してみるのも面白い。四句目は、周囲の湖と山に添うように五月雨が降り篭めていると、風景を切り取ったのである。「一くらみ」に妙味がある。五句目の岩梨は草ぼけのことである。猿のことは「幻住庵記」にも語られていた。千那は草稿を見せられることがあったか。六句目の「細脛」の持ち主は珍碩自身だろう。芭蕉は健脚だから「細脛」ではないとしたいのだ。下から登って来てかなり疲れましたと、芭蕉の足と自分のとの違いを言葉にしたのである。七句目の「紙帳」は紙製の蚊帳である。むろん、贈ったのは蚊除けのためなのだが、何かを書くのにも使えるから紙製のものを選んだことに心遣いがある、といってみたいわけだ。八句目の「おぶく」は仏供養の供物のことである。それを炊いて盛るのに相応《ふさわ》しい「蕗の葉」がここにはある、と詠んで、この場の野趣の様子に言葉を与えたのだ。

目立った句をあと二つ引く。

稲の花これを仏の土産哉　智月
石山や行かで果せし秋の風　羽紅

はじめの句がいうのは、守護仏への土産に、訪れる途中の稲田の稲花を摘んだ、ということだ。やはり野趣に富んだ場の興への讃め歌だ。あとの句が述べるのは、名高い石山寺に行かずとも「幻住庵」で秋の風を堪能することができたという次第である。これも場讃めの挨拶だ。

こういう題詞のある句もある。

明年弥生尽旧庵
春雨やあらしも果ず戸のひづみ　嵐蘭
同夏
涼しさや此庵をさへ住捨し　曾良

芭蕉が庵を立ち去ったあとにも訪れる者があったのである。前のものは、折から訪れたときは風雨激しく、人の去った家では戸のひずみが生じてがたがたする、と挨拶をしてみたのである。後者に刻まれているのは、『おくのほそ道』の旅を共にした曾良でこそ言葉にできた感慨である。芭蕉は、気に入ったはずの幻住庵からも立ち去ることになった点に着目しているのである。いうまでもなく、旅に傾く芭蕉の性向に眼が向いているのだ。

芭蕉が生きる場を求めて江戸にやって来たはじめの頃の知己、其角に『芭蕉翁終焉記』という文章がある。其角は、たまたま関西を遊歴していた折、芭蕉が危篤の状態にあることを知らされ、臨終に立ち合うことができた。

そもそも此翁、孤独貧窮にして、徳業にとめること無量なり。二千余人の門葉、辺遠ひとつに合信する因と縁との不可思議、いかにとも勘破しがたし。天和三年の冬、深川の草庵急火にかこまれ、潮にひたり、苫をかづきて、煙のうちに生きのびけん、是ぞ玉の緒のはかなき初め也。

(日本古典文学全集『近世俳句俳文集』小学館、四八三頁)

記されているのは、芭蕉を慕う人が多くいたことだ。

〔一二〕

其角の文を検討してみよう。述べられるのは、芭蕉が貧窮であり孤独だった、ということである。だが、そうではあっても、そうでありながら、彼に心を寄せる人たちが日本の到るところに二千人もいた、と記されるのだ。

幻住庵を訪ねたのは、そのうちの一部の人びとだった。

芭蕉のいる場にそうした事態が実現していたことは、きわめて瞠目すべきことなのではあるまいか。

其角の発言に接して、私の脳裡を過ぎる一つの想念がある。

芭蕉のこうした様子は、中国の孔子のあり方を連想させるのである。学校のような組織がなかった条件のうちで、孔子の周りにも、彼を慕う者が集まったのだった。

芭蕉と孔子と、二人はどのような内実を示すことで人を強く魅したのか。

孔子が提起したことの要点は、他なる者に向けて人が自分を差し向ける際、その原理として仁という基軸を立てることができる、ということだった。その考えの特徴となるのは、仁を立てることができる人間のあり方を仁者という人柄のこととして規定したことである。仁という概念が意味するものは、愛という言葉で言い当てられる内実にやや似る。が、愛をいう場合には、愛者という個体のあり方を掘り下げる面は、必ずしも主要な主題としては立ち上がらない。そのあり方に比べてみると、仁の場面ではその内実を体現する人の様態の具体相を考えることが、必須の条件になるようである。どのような実質が仁者であるのか、その内包は広く、規定しようとすると曖昧さのほうに傾く。それでも、そのあり方を大まかにいってみれば、包容の力の大きい人、自分でない者の多様な志向に対応できる度量を身のうちに育てている人、というふうに定義してみれば、さほど見当ははずれないだろう。とにかく仁者であることに向けて個体の器量を培養することこそ、人間が人間である条件になる、という考え方が、孔子によって提示されたことは、注目するに足るのだ。

さて、そこでいってみたいことがある。日本という場においては、人の器量形成の方向を模索することで、孔子のような質の言葉を自前に見出して発し、その内実を確かなものにしようと試み続けた者は皆無だった、ということである。

そのことは、この場において、倫理ということが語られる際に、ほぼ必ず伴うある種の軽薄さにかかわる点があるのではあるまいか。倫理といったものが語られるのは、この場では、多くは、倫理の輪郭が停滞してしまう場面において、なのだ。たとえば、政治家の汚職といった事柄にかかわる際に、それは語られる。あるいは、学者が公金を私の用途に転用することが生じた場面で語られる。そうした際、倫理の必要性といったことが話題になるのは、ほとんどがきわめて便宜的な文脈のうちでなのである。そうした場面のうちで徹底的に欠如しているのは、内側から事を導く視点である。そのことは、孔子のような人が一人も、自発的な要請を担っては、この場所には出現しなかった、ということと深くかかわることなのではないか、と私には見える。

この場で人びとが生の基本原理としているのは、大まかにいえば二つの点にある、というべきだろう。一つは、競争原理である。もう一つは、自己が充たされてあることを肝要なものとみなす原理である。前者との関連でいえば、他の者に負けたくない、または自分を勝者にしたい、という考えのかたちが行動原理としてこの場には潜在的に充ちている、という指摘をすることができそうだ。この発想のうちからは、他者への〝仁〟の差し向けといった視点は構造的に脱け落ちてしまうのである。後者について考えてみる。幸せ、という言葉がある。この語のうちに働く感性は、自己と自己の周辺が安寧であることが是であるとする原理を根にして成り立つ、といえる。その際の価値指標は、自己を置く場面に安寧や快楽が備わると信じられること、そのことにある。この二つの態度が成り立つについては当然根拠がある。そうした心性を支えているのは、何としても人並みであるのが望ましいという、いじましい上昇欲求である、と見られるのである。それはそうだとして、右の二つの原理が働くのは、切実に活性に富む場面を他なる者と分かち合って編み出す方向を、基本のところで欠落させているところでなのだ。

だが人は、この場にあることの経験知として、競争に励む意向、及び自己安寧を先立てる意向から脱落する事態があることも、相対知として知らないわけではない。すべてが勝者になることはないことは、誰もが知るほかないことだ。主観を軸にした自己安寧といったものは、思いこみの域を出ないことにも気が付かないはずはないのだ。そのように考えてみると、芭蕉の示した方位がやや見えてくる。彼が身をもって示したのは、その二つの意向から脱落することでこそ獲得することができるあり方だった、といってみることができる。脱落した下からの目線を軸にして世間の様子に驚き、挨拶する心が言葉のかたちを取りはじめるのはそのときなのだ。

〔一二〕

「ある時は仕官懸命の地をうらやみ、一たびは仏籬祖室の扉に入らむとせしも、たどりなき風雲に身をせめ、花鳥に情を労して、しばらく生涯のはかり事とさへなれば、つひに無能無才にしてこの一筋につながる」と芭蕉が語るのは、競い合いのうちで上昇を願う欲求と自分を中心に据える安寧への欲求から事を脱け落ちさせる試みである。

見るべきは、脱落してまみえた場面においてこそかえって、うわべの装いから身を離すことで自と他とを交換させ合う世界が、予想を越えた局面で現れることになった事態である。そのあり方は、仁といった質の概念を支えとして結晶する方向とは質が異なるものであった。心のうちに眠る、他の人とかかわり合う際に生ずる深い懐かしさにつながる言葉を目覚めさせる質のものであった。そうした心性から発せられる言葉を軸にして、連句の世界が結晶したのであった。芭蕉が言葉の軽業師になることができたのは、そうした世界のうちで、言語の多様の探索に向けて楔を降ろす、という仕方を通してだった。その種の言語の駆使者である姿勢は、人柄として現れ出ることにもなったはずである。孔子とは異なる仕方で人びとを魅了し、利害を越えた共同の感性を培養したのは、そのようにして形成された人柄の発揚でもあるように思われるのだ。孔子も芭蕉も浪人であった。興味となるのは、会えば啓発されるから会うというだけで人が集まる関係がこの二人の周囲に成り立っていたことである。

其角の『芭蕉翁終焉記』の一部を読解しながら、この翁の事績を偲んで、この論を終結に向わせることにしよう。

遊子が一生を旅にくらしてはつ、と聞得し生涯をかろんじ、四たびむすびつる深川の庵を又立出づるとて、「蔦や筍薮に老を鳴く」、人も泣かる丶わかれなりしが、心待ちするかた〳〵とにかくかしがましとて、ふた丶び伊賀の古郷に庵をかまへ、ここにてしばしの閑素をうかゞひ給ふに、心あらん人にみせばやと、津の国なる人にまねかれて、ここにも冬篭する便りありとて、思ひ立ち給ふも道祖神のす丶めなるべし。九月二五日、膳所の曲翠子よりいたはり迎へられし返事に「此道を行くひとなしに秋の昏」と聞えけるも、終《つひ》のしをりをしられたる也。

（前引書、四八六～七頁。以下頁のみ記す。）

江戸での知己であった其角の文面から読み取れるのは、師とする者が江戸に落ち着くことを願っていた心の向きである。

出だしていわれるのは、芭蕉は生涯を旅に傾けて「遊子」として過ごすことを本当は好んでいたわけではなかったのではないか、ということである。深川に庵を結んだのは、定住を願う心があったからだ、というのだ。そうであったはずなのに、自らの願いをいきなり振り捨てるふうに、江戸から旅立ってしまった、と芭蕉の振る舞いを捉えるのである。

出立吟であった「鶯や筍藪に老を鳴く」とはどういう含意か。出立は、元禄七（一六九四）年、旧暦五月一八日だから、季節はすでに夏である。鶯が鳴くとすれば老鶯の仕様である。鶯が鳴くのに実際に接したわけではないだろう。自分を老鶯になぞらえた創作なのに違いない。このとき、芭蕉は自分が老いたという自覚にかなり捕われていたのかもしれない。「筍」が夏の響きとなる。

さはさりながら、其角からは、江戸を離れることで、芭蕉は殊更に成し遂げたいことがあった、とは見られていなかった。人を避けて故郷に滞在した、と記述されているのがその証になる。その彼が大坂に赴くのである。「心あらん人にみせばやと、津の国なる人にまねかれ」たからである。「津」とは摂津である。「津の国なる人」は洒堂と之道に代表される。この二人は、芭蕉の弟子として門戸を張り合っていて、師匠の仲裁が求められたのだ、という話がある。九月二五日付け、膳所の水田正秀宛て書簡に「之道・洒堂両門の連衆打ち込みの会相勤め候。是より外に拙者働きとても御座なく候」とある。「打ち込みの会」とは、仲を戻す会という意味だろう。人付き合いに関してかなり気を配るたちだったらしい芭蕉の人柄を想像してみてもよい。其角は、そうした芭蕉の心の向きをややや過ぎだと思いながら、そうした傾きを優しく受けとめているように思われる。

大坂での芭蕉の最初の宿泊先は洒堂の家だった。が、洒堂は、芭蕉の病床に赴くことはなかった。滞在の過程で、何かどうしても心に染まないことでも発生したか。最後の席で、配慮の役を勤めるのは之道なのだ。結局、芭蕉と馬が合ったのは之道であったか。

其角の文に「九月二五日、膳所の曲翠子よりいたはり迎へられし返事に「此道を行くひとなしに秋の昏」と聞えけるも、終のしをりをしられたる也」とある。芭蕉の孤独に焦点を据え、思いをそこにこそ寄せているのだ。其角はその孤独に自分を重ねているように見える。

〔一三〕

其角は「思ひ立ち給ふも道祖神のすゝめ成るべし」と書く。何であるかは特定できない何ものか、強いていってみれば、人のあり方を越えた何ものかからの呼び掛けを芭蕉が感得するから旅に促されるのだ、と其角は見たかったようである。芭蕉の振る舞いには、他者の予知を越えるようなあり方がかなり示されると見られていもしたか。また、文中に「しをり」とある。漢字で書けば〝枝折り〟で、道みち枝を折ってあとから来る人に進路を示す道しるべのことをいう。「此道を行くひとなしに秋の昏」という句も、孤独が人の基本のあり方であることを人びとへの指標として示す意図から出されたものか、と推察しているのである。芭蕉を軸にした人のつながりの質が垣間見られるようだ。それぞれが、その内側の底部を優しくほのかに眺め合うような交流が、時におもむろに実現していた、と想定できるのである。

伊賀山の嵐紙帳にしめり、有りふれし菌の塊積にさはる也と覚えしかど、苦しげなれば例の薬といふより水あたりして、泄痢、度しげくて、物いふ力もなく、手足氷りぬれば、あはやとてあつまる人々の中にも、去来京より馳せくるに、膳所より正秀、大津より木節・乙州・丈草、平田の梨由つき添ひて、支考・惟然と共にかゝる嘆きをつぶやき侍る。

（四八七頁）

病気の原因は、伊賀の寒気で冷えたことと茸に当ったことにある、とみなされたらしい。ありそうなことである。いつも服用していた薬を飲んでみたが、かえって水当りして下痢が激しくなって止まらず、手足がどんどん冷えてくる、という状態になった。

記述は弟子の集合の様に及ぶ。今の私たちの時代からすると驚くに値する光景である。いざという際には、人が隔てを取り払って寄り合う時代の趨勢が見てとれるのだ。

この人びとは、芭蕉が挨拶をし続けた人たちであった。江戸期は封建の身分社会だ、とはよくいわれることだが、ここに見られるのは、それぞれの趣味の領分の付き合いを基軸に自在に横に接し合う交流の様子である。
京から去来が来た。膳所《ぜぜ》から水田正秀が来た。正秀は膳所藩士である。大津から望月木節と河合乙州と内藤丈草が来た。木節の業は医者である。乙州は膳所藩にかかわる人であったようだ。丈草は膳所の義仲寺のうちの無名庵の寄宿者だった。近江国平田村から梨由が来た。梨由は寺の住職である。美濃から支考が来た。支考は各務氏、美濃派の祖である。美濃の関から惟然が来た。惟然は広瀬氏、「別るゝや柿喰ひながら坂のうへ」といった句がある。このとき、其角はこの場に到るに至らなかった。

もとよりも心神の散乱なかりければ、不浄をはゞかりて、人々近くも招かれず。折々の詞《ことば》につかへ侍りける。たゞ壁をへだてて、命運を祈る声の耳に入りけるにや、心弱き「ゆめのさめたるは」とて、

旅に病んで夢は枯野をかけ廻る

また「枯野を廻るゆめ心」ともせばやと申されしが、是さへ妄執ながら、風雅の上に死なん身の道を切に思ふ也と悔やまれし。（四八七～八頁）

芭蕉の意識から冷静さが消えることはなかったのである。下痢が絶えないので、人々を遠ざけていた。呼ばれたとき、そばに行くということだった。壁を隔てて芭蕉の容体を案ずる語が時に

交され、小声ではあってもそれが芭蕉の耳に達することもあったのだろう。次の部屋のそんな声に促されてか、夢から覚めたかな、と病者は呟き、「旅に病んで夢は枯野をかけ廻る」という句を口で示したのだった。うつうつと夢心地にあったというのは、実際のことだったのに違いない。「枯野」という季語を忘れないところは流石《さすが》というべきか。この句は二重に解することができる。夢に枯野を見たとも解することができる。また、予感として感じられる死への道行きを「枯野」行としている、とも解することができる。其角が解したのは後者の意でだったか。それにしても、俳諧の言葉をこうしたとき口に乗せる芭蕉の心はきわめて強靭である、というべきだろう。そうした場面で成ったものについて、句としての是非を論じる所行をしても仕方がない、と私には思える。苦痛に耐えている芭蕉の心意気を見てとれば充分なのではあるまいか。

とはいえ、この句に、其角は「妄執」を見たのである。「妄執」とはどういう意味で「妄執」なのか。死に面しながら、なお推敲を重ねるあり方に俳諧師の執念を感じとったということか。「風雅」という概念が登場するのが興味深い。彫琢した言葉を、去り行く際に人に託することをするのも「風雅」の一様態か。「風雅」の奥行は深いようだ。

〔一四〕

芭蕉が「旅に病んで夢は枯野をかけ廻る」という句を示したのは一〇月八日のことだった。傍に侍っていた者たちは、説明しがたい切迫感に駆られることになったはずである。其角の記述は、次のように続く。

各《おのおの》はかなく覚えて、

賀会祈祷の句

落つきやから手水して神集め　木節
夙の空見なほすや鶴の声　去来
足がろに竹の林やみそさゞい　惟然
初雪にやがて手引かん佐太の宮　正秀
神のるす頼み力や松のかぜ　之道
居《すえ》上げていさみつきけり鷹の貌《かほ》　伽香
おこさるゝ声も嬉しき湯婆《たんぽ》哉　支考
水仙や使につれて床離れ　呑舟
峠こす鴨のさなりや諸きほひ　丈草
日にまして見ます顔也霜の菊　乙州

すべて、芭蕉の回復を祈って示された句である。

第一句、「落つきや」は、到着してすぐに、の意である。「から手水」の「から」は空である。水で濡らさずに、水を手にうつ振舞いをする意である。神を喚ぶ〝呪《じゅ》〟の営みであったらしい。神頼みしたのである。季にかかわる語としては、「神の留守」を反転させて「神集め」としたか。

第二句、鶴の長寿に願いを託した、ということだろう。鶴も凩も冬の季を示す。

第三句、みそさざいのように軽やかに、もう一度歩くことができるようになってほしいと願ったのである。「みそさゞい」が冬である。

第四句、初雪の頃になったら、芭蕉を「佐太の宮」に導きたい、という意である。「佐太の宮」は、大坂、北河内にあり、菅原道真を祀る宮である、という。

第五句、神の留守の季節で、その力には頼れないからせめて松風の力を借りたい、というのである。

第六句、鷹を腕に止まらせると獲物を獲ろうとして勇むが、その力を借りたい、というのだ。鷹が冬の季を示す。

第七句、湯たんぽをせがむ声に促されて、事に従うのも回復を待つ喜びにつながる、というのである。

第八句、見舞いの花として水仙が届けられたが、花の可憐にあやかって癒えることを願うのである。水仙に季がある。

第九句、鴨の群れが競って峠越えをしている。勢いにあやかって元気を取り戻すことを願うのである。鴨が季である。

第一〇句、日毎に元気を取り戻しているお顔のようだ、というのである。「霜の菊」は健気さの〃喩〃である。

このとき、人びとの心を占めていたのは回復への願いのみだったろう。苦痛のうちにあった芭蕉が句を示したので、寄り添う人びとは、これは回復の兆しか、と感じたのだろう。そこでそれなら、みんなで言葉の祈りを捧げよう、ということだったのに違いない。あとからやって来た其角は、のちに句を見せられたのだろう。

其角の記述は、こう続く。

是ぞ生前の笑ひ納め也。木節が薬を死ぬ迄もと、たのみ申されけるも実《まこと》なり。人々にかかる汚れを恥じ給へば、坐臥のたすけとなるもの呑舟と舎羅也。これは之道が貧しくて有りながら、切に心ざしをはこべるにめでて、彼が門人ならば他ならずとて、めして介抱の便りとし給ふ。そもかれらも縁にふれて、師につかふまつるとは悦びながらも、今はのきはのたすけとなれば、心よわきもことわりにや。

次第に弱ってくる芭蕉の介護に当ったのは、呑舟と舎羅だった。呑舟は、賀の句を捧げた連衆のうちに名が見える。舎羅は記述のうちに登場するだけである。之道の門人だったようだ。世話に当る者が女性ではないことが注目を惹く。芭蕉の美意識が、女性を近付けることを避けたのかもしれない。

衰弱に向う病者の傍に仕える営みは、介護の者にとっても、心の中心を削いで行くようにしか感じられない営みである。呑舟と舎羅にも、疲労の色が大分見えていたのに違いない。その様子をあとから聞いて、其角は「今はのきはのたすけとなれば、心よわきもことわりにや」と記したのだ。

芭蕉が旅先で生涯を閉じることになったのは、仏教ふうにいえば、やはり因縁だったのだろう。文中に「之道が貧しくて有りながら」とある。貧しさのことでいうのなら、芭蕉も人後に落ちるものではなかったのだ。その芭蕉が、豊かではない商人の之道の世話になりながら世を去ることになったのも因縁といえば因縁なのに違いない。そうした因縁を軸にしながら、この俳諧師の回復のために句を捧げる祈りがなされたことは、瞠目に値することのように思われる。

〔一五〕

其角は、遅れて訪ねて来たあと、これまでの経過を聞いて文にしたのである。もう少し追ってみる。

各《おのおの》がはからひに麻の衣の垢つきたるを恨みて、よききぬに脱ぎかはし、夜の衣の薄ければとて、錦繍のめでたきをと丶のへたるぞ、門葉のものどもが面目なり。

病者の衣裳と床の様子を新たに変えたことに、其角は、門弟たちの覚悟を見たはずである。八日には「旅に病んで」の句を出すこともできたが、その後、様態はいよいよ衰弱のほうに向ったらしい。

九日・十日はことにくるしげ成るに、其角、和泉の府、淡の輪といふわたりへ、まゐりたるたよりを乙州に尋ねられけるに、「なつかしと思ひ出でられたるにこそ」とて、やがて文した丶めてむかひ参りし道たがひぬ。予は、岩翁・亀翁ひとつ船に、ふけゐの浦心よく詠《なが》めて堺にとまり、十一日の夕べ大坂に着きて、何心なくおきなの行衛覚束なしとばかりに尋ねければ、かくなやみおはすといふに胸さわぎ、とくかけつけて病床にうかゞひより、いはんかたなき懐ひをのべ、力なき声の詞をかはしたり。是年ごろの深志に通じて住吉の神の引立て給ふにやと歓喜す。わかのうらにても祈りつる事は、かくあるべしとも思ひよらず、蟻通《ありどほし》の明神の物とがめなきも有りがたく覚え侍るに、いとゞ泪せきあげて、うづくまり居るを、去来・支考がかたはらにまねくゆゑに、退いて妄昧の心をやすめけり。膝をゆるめて病顔をみるに、いよ〳〵たのみなくて、知死期も定めなくしぐる丶に、

吹井より鶴を招かん時雨かな　　晋子
と祈誓してなぐさめ申しけり。

其角は、文章を書くことを好む者だったか。そうであったから、貴重な記録が残されることになった、と考えてよいのかもしれない。

その其角は、大津辺りの人に上方を旅することを伝えていたようだ。そのことを知っていたのは大津の乙州《おとくに》だったようだ。文中の「なつかしと思ひ出でられたるにこそ」というのは、芭蕉の発言と取れる。芭蕉が自身で便りを書くことはもはや適わなかっただろうが、訪ねて来るように促しの手紙を書かせることをしたのに違いない。手紙は行き違いになったのである。其角は、何も知らずに一一日の夕方に大坂に着く。容態が気になって病舎に見舞う。「いはんかたなき懐ひをのべ、力なき声の詞をかはしたり」とあって、言葉を交すのに間に合ったのは僥倖だった。「力なき声の詞」であっても、である。文考の『前後日記』にはこうある。「此暮相に晋子幸に来りて、今夜の伽にくはゝりけるも、いとちぎり深き事なるべし」。本当に、こうした出会いが成ったのは、因縁が働いたからなのだ、といってみたい。

この場に及んで其角がとっさに作ったのは、「吹井より鶴を招かん時雨かな」という句である。「吹井」と「鶴」とは、事が善いほうに向うことを願う付け合いだが、そうした質の言葉を繰り出すことで、彼も精一杯の祈りを空しくも篭めてみた、ということだろう。言葉の裏に、かえって絶望が滲み出る。絶望は、事態を見守るほかない諦念に進む。
このとき、芭蕉は自らの死を自覚していた。一〇日には遺書を代筆させた。兄半左衛門には自筆でしたためた。こうある。

御先に立ち候段、残念に思召さるべく候。如何様共又右衛門便りに成され、御年寄られ、御心静に御臨終成さるべく候。爰に至って申し上ぐる事御座なく候。市兵衛・次右衛門殿・意専老を初め、不残御心得頼み奉り候。中にも十左衛門殿・半左殿、ばばさま・およし、力落し申すべく候。以上

十月　　　　　　　　　　　　桃　青（判書）

松尾半左衛門様

新蔵は殊に骨折られ忝く候。

文の雰囲気のうちには冷静さが失われない様子が見て取れる。注目したいのは、兄に向けて「御年寄られ、御心静に御臨終成さるべく候」と語りかけていることである。自らの〝死〟を容認する眼を据え切ったから、まだ生の領分のうちにある他なる者を、死すべきものとして平然と捉える視法が現れ出たか。速断できることには属さない。この際いえるのは、こうした時期に、芭蕉が、こうした文をよくぞかたちに示すことができた、ということだけだ。

この文の基底に漂うのは、不思議な平静さと優しさである。そのように、私には見える。其角が芭蕉に面会することができたのは、おそらくは辛うじてこの言葉がしたためられた、その翌日のことであった。

〔一六〕

芭蕉は、他者の視線のみを通して見られ思われるだけの人になった。事を自分の意志で示す生体を備え行使する人のあり方からは、遠ざかってしまった人になったのである。

不調がはじまったのは、九月一〇日だった。晩になって、寒気・熱・頭痛に襲われた。一三日には住吉神社に詣でて宝の市を見物したが、この日も不快を感じ、月見の会への出席を取り止めた。翌日、予定されていた会の名残りということで、歌仙の興行が行われる。芭蕉の、

升買うて分別かはる月夜かな

という句が発句に据えられる。宝の市で、日用の品である升を買って、月見の雅とは様変りの分別の領分に身を置くことになった、という含意である。自らに諧謔の心をもって向いながら、違約を詫びているのだ。この会には、仲違いしていた洒堂と之道が共に参加している。芭蕉は、両者を一緒の場に置くように、配慮を働かせたのだ。

だが、一〇月一一日には、そうした配慮を示すことからは遠ざかった人になってしまったのである。次の文は、そうした視点から語られたものである、と認められる。

「先づ頼む椎の木もあり」と聞えし幻住庵はうき世に遠し。「木曽殿と塚をならべて」と有りしたはぶれも、後のかたり句に成りぬるぞ。「其のきさらぎの望月の比」と願へるにたがはず、常にはかなき句どものあるを前表と思へば、今さらに臨終の聞えもなしとしられ侍り。

「先づ頼む椎の木もあり」とあって、其角の連想は幻住庵に向く。この安居のことに着想が及んだのはどうしてか。こういうことか。幻住庵にあって躍如としていたかつての日々が、今直面している芭蕉の状態からは遠くなったことを思うのか。そう読んでみることにしよう。

次に「木曽殿と塚をならべて」と記される。この表現には、其角の記憶違いが二つある。一つは、「木曽殿と塚をならべて」は、そもそもは「木曽殿と背《せなか》あはする夜寒かな」という句である、ということである。二つは、この句の作者は芭蕉ではない、ということである。本当の作者は伊勢の又玄《ゆうげん》である。膳所の義仲寺《ぎちゅう》を訪ねた又玄が、木曽義仲の墓に接した際に想として浮かんだ思いである、と察せられる。この句は、義仲寺の境内に今に句碑に刻まれてある。それにしても、どうして記憶違いが其角に生じたのか。考えてみると、その点には面白いことが隠されていそうだ。当然、其角も、義仲寺にある義仲のものとされる墓に接しなかったはずはない。芭蕉が、この墓にかかわってもらした感想を、直接に、または人づてに、耳にすることがあった、と想像してみるのも、事の自然に属するだろう。その感想のうちに、義仲への親愛の心が現れていただろう、と想像してもよいように思われるのである。其角のうちにそうした前提があって、こうした記述がなされるに至った、と考えてみてはどうか。

そのように想像を進めていいなら、そのことから明らかになるのは、芭蕉は、敗けた者に向けて秘かに親近感を寄せる質の人だった、ということである。このことは、「仕官懸命の地」を、その意図の下部のほうに向けて突き抜ける場を求め、その場を軸に置いて事を見直そうとする精神の姿勢と密接にかかわる点があるのではないかと、私には思われるのだ。芭蕉の埋葬の地が義仲寺に定められることになった経緯のうちに、幾分かでもこうした誤解が働いていた、と推察してよいのなら、それも興味深いことだ。

それにしても其角が、「『木曽殿と塚をならべて』と有りしたはぶれも、後のかたり句に成りぬるぞ」としたためたうちに潜んでいるのはどういう心情なのか、問いたくなる。義仲寺に芭蕉を葬ったあと、その地にかかわる因縁を言葉にしたくなった心の傾きがこう書かせたのか。そうした心が働いて其角のうちに誤解が生じたのだとすれば、それも興味深いことである。次の記述の向きとのつながりが見えてくるからだ。

「『其のきさらぎの望月の比』と願へるにたがはず」という表現に篭められているのは、西行が花の下で世を去りたいと願ったからそのことが実現した、という理解の含みである。其角の捉えるところでは「木曽殿と塚をならべ」ることとは、芭蕉の望みでなければならなかったのだ。その「前表」としてあるのが、この「はかなき句」なのだと見たかったのである。芭蕉は、自らの死後のことについてすべてをいいきってしまっていると、其角が見るのはそのためなのに違いない。そこで「今さらに臨終の聞えもなし」（世を去るについて改めて語る何ごともない）と述べることで、強いて納得の筋を立てようとしているのだ。その裏に透けて見えるのは痛恨の心なのである。

芭蕉は、もの言う世界から去った。傍に侍る者たちは、浮遊するだけの虚しい心を言葉にするしかなくなる。

〔一七〕

芭蕉の傍で過ごした者たちは、芭蕉の生が終りに向う頃、再び発句を試みる。無聊をかこつほかない事態に据え置かれていたから、こうした所業にまた及んだのか。前に発句を出した時期からすると、本復を願う心を減退させるほかなくなっているのである。別れを避けることができない現実に立ち合いながら、そのなかで言葉を呼んでいるかのようである。

露しるしなき薬をあたゝむるに、伽のものども寝もやらで、灰書に、

うづくまる薬の下《もと》の寒さかな　丈草
病中のあまりすゝるや冬ごもり　去来
引張つてふとんぞ寒き笑ひ声　惟然
しかられて次の間へ出る寒さ哉　支考
おもひ寄る夜伽もしたし冬ごもり　正秀
鬮《くじ》とりて菜飯たかする夜伽哉　木節
皆子也みのむし寒く鳴尽す　乙州

二度目の発句を示す際には、前に句を出した之道、伽香、呑舟は沈黙の側にまわったらしい。

一句目。「うづくまる」の主語は作者である。「薬」は、当然芭蕉のためのものである。それは人びとが控えている部屋に置かれていて、そこはきわめて「寒」いのである。芭蕉の寝室には、火鉢に鉄瓶の湯がたぎっていた、と想像してみよう。「灰書」とあるから、次の間にも火鉢はあったはずである。だが、寒気の激しい時期で、ここは暖かさが充分に行き渡ることにはならなかったのか。灰書といった仕種のうちに身を置きながら、弛んだ時間が過ぎる様子が、読む者にも感じられて来る。芭蕉はこの句について、秀逸であると述べたという。痛む者の意識の強靭さを見るべきである。

二句目。「病中のあまり」とは、芭蕉に供された、たとえば粥の残りのことか。侍る者は、その余りをすることもしたか。そんな振舞いをしながら、侍る者たちは、病という現象自体をもまるごと「すする」ほかないのだ、と言いたげである。何と特異な「冬ごもり」なのだろう。

三句目。ここでも「寒き」とある。寒さがよほど激しい夜だったのだろう。そうした気候のうちで、芭蕉の容体が不慮の事態に向ったから、夜伽の人びとは深夜も眠るわけにはいかなかったのだ。わずかな蒲団をかけ合って寒をしのいでいる様子が髣髴と浮んで来る。この世界には、事が臨界点にあってその先に行きようがないときに、その事態に向けては笑いをもって対するしかないことがある。ここで述べられているのは、その種の笑いなのだ、といっておこう。

四句目。芭蕉が叱ったのだろう。この場合、叱るのは、生きていればこそ、なのだから、叱られるのは嬉しいことでもあるのに違いない。がまた、別の見方からすると、侍る者たちは、そこに病者の身勝手を少しは感じもしたはずである。叱る男から立ち去らないのが奇妙でもあるという見方も成り立つ。時に自己調整を欠くことがあるのは、病人の習いである。呟かれたのは、何か苦情めいた語なのだろうか。あるいは、芭蕉は、とりわけ支考には甘えをもって対するということであったか。叱られてしまって、次の間に戻ると、身に沁みるのはまたも寒さなのだ。

五句目。この辺りから、句の調子は、やや雰囲気を変えるように見える。師を「おもひ寄る夜伽もしたし」の「も」は、どういう意味の「も」か。今はそのようなあり方ではあり得ないのだが、それとは異なる条件で、切なさを含まない「夜伽」をしたいものだ、ということか。そうだとすれば、発想は仮想の世界に向けられていることになる。だがまた、事を仮想に跳ばせる思いではない、と取ることもできる。今のあり方の「夜伽」で構わないから、その営みをもっと長く続けたいという意味の「も」とも取れる。微妙な「も」である。微妙というのは便利だが、妙な言葉だ。

六句目。炊事の煮炊きは籤でやっていたのか。その点が興味深い。看護の人びとは、共同炊飯をしていた、ということなのか。この句の裏には、互いに交し合ったはずの会話がふんだんに隠されているように見える。「菜飯」を提供したのは世話役の中心だった之道だったか。

七句目。「皆子也」というのは、当然、誰もが芭蕉の子のようだといってみたのである。そんな言い方をすることで、連なる者の連帯を確かめ合っている感じもする。改めて注目したくなるのは、空元気のことだとしても、こうした際にそうした言葉を引き出させる芭蕉の人柄である。季語は「みのむし」だが、これもいかにも寒さを連想させる言葉である。人びとは、本当に泣き「尽」したのに違いない。

こうした句が作られ、記録に残されたのは、きわめて稀有のことであると思える。芭蕉が多くの人に守られながら身罷ることになり、その経緯が仔細に記録されたのも、通常にはあまりない不思議である。其角としても、こうした文章を自分が書くに至ったことについて、いわくいいがたい縁の働きを感じていただろう。

記述は、芭蕉が身罷ってからのことになる。

〔一八〕

十二日の申の刻ばかりに、死顔うるはしく睡れるを期として、物打ちかけ、夜ひそかに長櫃に入れて、あき人《うど》の用意のやうにこしらへ、川舟にかきのせ、去来・乙州・丈草・支考・惟然・正秀・木節・呑舟・寿貞が子次郎兵衛・予ともに十人、「苫《とま》もる雫、袖寒き旅ねこそあれ、たびねこそあれ」と、ためしなき奇縁をつぶやき、坐禅・称名ひとり〳〵に、年ごろ日比のたのもしき詞、むつまじき教へをたびねこそあれ」と、ためしなき教へをかたみにして、誹坐禅・称名ひとり〳〵に、年ごろ日比のたのもしき詞、むつまじき教へをかたみにして、誹諧の光をうしなひつるに、思ひしのべる人の名のみ慕へる昔語りを今さらにしつ。

「ためしなき奇縁」とある。臨終に立ち合ってからこうした舟にも乗り合わせて、「奇縁」はさらに「奇縁」を重ねたのである。それぞれが「坐禅・称名」など供養の行を行うほうに向ったのは、おのずから生じたことだったろう。なかに興味深い言葉がある。「苫もる雫、袖寒き旅ねこそあれ、たびねこそあれ」という表現である。誰が言出した言葉だったか。やはり其角か。「苫」

とはあばら屋である。雨漏りもするのだ。舟の上を「苫」に例えて、雨ざらしの様子をいってみたのだろう。実際に雨が降りかかっていもしたか。含意のうちには、人びとが流す涙のことも入れこんでいるか。寒さの一段と強い本当の「旅ね」になったわけである。

それにしても、一行は奇妙な行動に及んだものである。遺骸を「夜ひそかに長櫃に入れて、あき人の用意のやうにこしらへ、川舟にかきのせ」たのである。ずいぶん大きな荷物になったことだろう。動かなくなった身体をそのようにして運ぶことは、芭蕉自身の意志だった。

何しろ、客死である。葬りの所としてすぐに想定されるのは、故郷の伊賀上野であるはずである。その地に向うことは、その方向を強く押し進めればできないことではなかったろうが、芭蕉の肯ずるところではなかったのだろう。彼は、出奔者だったわけで、遺体で帰ることになると何か事が荒立って、受けとめる者に難が及ぶ怖れがあったのかもしれない。

義仲寺というところは、アジールのような性格をもったところとして機能してもいたようである。

舟の上では思い出の話になったと記されている。芭蕉がいつまでも慕われる人であるのは、その徳がやはり尋常ではなかったからだ、といえるようである。

芭蕉の亡骸は義仲寺まで運ばれることになる。

† † †

義仲寺には、二度訪ねたことがある。二度目は、近い年の春のことだった。寺の門を入ったところに植物の芭蕉が植えられ、無造作に生い茂っているのが印象深かった。

人間としての芭蕉が訪れた頃は、この寺は琵琶湖に面していたといわれる。今は、湖が埋め立てられ、水の景勝からかなり離れている。木曽義仲が、源範頼・義経の軍勢に討たれて果てたのは、この寺の辺り、粟津ケ原と呼ばれるところでだった。一一八四（寿永三）年のことである。近くにあることから、この寺に葬られたらしい。以下、義仲寺で出している案内から引用してみる。「その後、年あって、見目麗しい尼僧が、この公の御墓所のほとりに草庵を結び、日々の供養にねんごろであった。里人がいぶかって問うと、「われは名もなき女性《にょしょう》」と答えるのみである。この尼こそ、義仲公の側室巴御前の後身であった。尼の没後、この庵は「無名庵《むみょう》」ととなえられ、あるいは巴寺といい、木曽塚、木曽寺、また義仲寺と呼ばれたことは、すでに鎌倉時代後期弘安ごろの文書にみられる」。

芭蕉は、無名庵にしばしば滞在した。当然、義仲にまつわる故事のことも詳しく知ることになったに違いない。巴御前のことに思いを傾けることもあったはずである。そうした縁があるこの地の、義仲の墓所のさらに奥の辺りに葬られることになったのは、敗者として志を共にするあり方が実現した、ということなのかもしれない。

芭蕉の墓石には「芭蕉翁」とだけ記されている。内藤丈草の筆になる、という。丈草は無名庵の寄宿者であった。葬りののちしばらくして墓石が作られて、ここに寄宿する彼が文字をしたためることに当ったのだろう。

丈草の句に「時鳥啼くや湖水のさゝ濁り」がある。彼は、芭蕉の没後、無名庵で三年を過ごし、のちその近くに仏幻庵という居を構えて移り住んだ。この句に詠まれたのは、その庵から見える琵琶湖の情景である、とされる。だがまた、無名庵から外を臨んで接した湖の景である、と取ることもできる。芭蕉も、かつてこの句に刻まれているようなやや荒々しい琵琶湖に接することもあったろう。

琵琶湖の大らかな様子、多様に変ずる様子に、この地の人びとと共に触れる機会を何度ももったからこそ、芭蕉は「行く春をあふみの人とおしみける」という懐かしみのある言葉を発することもできたのに違いない。

義仲寺に葬られたのは奇縁といえばこれも奇縁である。だが、本懐というものがあるとするなら本懐であったか。そうとはいいきれないように、私には思われる。芭蕉は、たとえば谷村を訪ねてみたかったのではあるまいか。

あとがき

本書は、村田脩氏主宰の俳句雑誌『萩』に、一九九五（平成七）年一〇月から二〇〇四（平成一六）年七月に亘って連載した文章を元にし、それにやや推敲を施すことでできあがった。連載の期間は、足掛け一〇年に及んだ。書きはじめた動機のことは書き出しの箇所に記してあるが、そのあと事を解明するのに、これだけの時を要することになったのである。一回にすれば、四〇〇字にして五枚ほどの文章だったが、書くたびに何かが探求された感じになって、愉しい思いにいつも出会うことができた。

一番最後は、一〇七回目だった。最後のタイトルは終了の言とした。その一文をあとがきのうちに再録しておきたい。

終了の言

近ごろは、連句の座に加わる人はかなりの数になる。第二次戦後は〝個〟の佇立を重んずる風潮が世に広がり、連句の特徴である共同の表現のうちに言葉を溶け込ませる営みは関心を惹く程度が薄かった。泰平期の停滞といった気配もある近年、横向きに眼を据え合うことを好む傾向も生まれ、この表現に興味を寄せる人びとが増えはじめたようである。私自身も勤務先で出会う若者たちと時に座を組むことがある。

そうした仕方で知り合った一人に連句熱心がいる。彼からは時に書信の訪れがある。連句の一つの会に属していて、会報を同封しながら、そのグループについて感ずることを書いてくれるのだ。感想の中心は、連句作りに参加する人びとのこの表現への興味の方向を吟味する点にある。

稿を閉じるに当って、彼の提起とかかわらせてみると、芭蕉の特質としてどういうことが考えられることになるか、その点について手紙のかたちで記してみる。

貴君が、時に感じられるという連句参加者への不満のことを思っていたら、芭蕉のことを思い出しました。芭蕉もまた、貴君が抱くに似た不満を、当時の連句が作製される事情に向けて抱いていたように私には思われるからです。

貴君が、接しておられる連衆に感ずる不満は、煎じ詰めれば、式目という形式に几帳面にこだわるあり方に対してであるように、私には見えます。式目に過度にこだわる方向では、連句における〃詩〃の表出に関しては、どちらかというと不問に付して、技術上の言葉遊びに傾く面が強くなるように、私には見えます。その傾向は、芭蕉が、点取り俳諧に嫌気がさしたことと類似する点があるように思えるのです。

連句の営みに従うことで面白いといえるのは、私が考えるところでは、二つの点に要約できるように思います。一つは、自分のうちに潜む〝詩〟に出会う喜びを経験できることです。もう一つは、自分とは異なる他なる人びとと、忌憚なく言葉を重ね、出立点では予想もできない表現世界を積み上げて行く経験に参加できることです。後者についていえば、こうした経験は、人の領分のうちにどうして成り立ちうるのでしょうか。人というものは、一人だけでは、他者と語を交換して事を捉える世界から元もと疎外されたあり方をしているからなのではないでしょうか。しかし通常は、そうしたことに人は気がつかずにいます。必要がなければ気づかなくてもよいことのようです。このことは、連句の営みのうちに実際に身を置いてみるときに、そうだったのだ、他者とのこういう付き合い方があったのだ、ということを知るという質の事柄だからです。それに、人のうちに、〝詩〟といった領分と折り合いがよくない者がいるのも致し方ないことです。ただの言葉遊びといった感じで連句の表現に向う人がいても当然だ、というべきです。このことは、次のようにいってみることもできるでしょう。〝詩〟の表現は、いわば語が垂直を辿ると発生する無限といっていい深みのほうに事を差し向ける点に特徴がある、といえます。したがって、〝詩〟の追及という点に関しては、ここで終了ということはないのです。何かを言葉で言いとったとしても、その先にまだ違う何かが潜んでいるような余韻が漂うのが〝詩〟の言葉が動く際の特質です。が、そうした言葉の性格を認知するほうに向ける感性が充分である人は、私たちも含めて、むしろ多くはない、というべきでしょう。

芭蕉は、連句の営みに身を置くことで、自分のなかに根づく〝詩〟の領分を何度も発見し、他者のうちに潜む〝詩〟に出会う経験を深めて行ったように思われます。だが、彼の特質は、〝詩〟の深みに目覚めることが苦手な人びとに出会うことを厭わなかった点にあるのではないでしょうか。とりわけ興味深いのは、そうした人びとに向うときの彼の態度です。彼は、そうした人びとに面して、忍耐する心を養い続けたのではないか、と私には想像されるのです。そして、その人びとに向けて挨拶の心を行使し続けながら、その人なりの〝詩〟の呼び出しをするように促し続けたように思われるのです。

しかし、そのようにいうだけでは、芭蕉はただの道学者と変らないことになります。彼のすごいところは、〝詩〟が萌していないように見える場からも〝詩〟を引き出すことがどのようにできるか、その点をいつも自問自答していた点にあるのではないでしょうか。〝詩〟とは無縁なように見える人にも、彼は心を寄り添わせました。彼が試みたのは、そうした寄り添いを通して、〝詩〟とかかわりがないように見える地点に、意表をいつも越える仕方で〝詩〟を呼び出そうとする営みだったのではないでしょうか。これまで、私が点検してきたのは、そうした道過ぎの一端だったように思われるのです。

彼をそのように進ませたのは何ゆえなのか、その深部を見透せたという自信は私には未だありません。ただ、いえるのはこういうことです。彼の働きの動因となったのは、もしかしたら自分自身の無能への感慨を梃子にすることで、不毛なようにも見える場に〝愛〟とか〝大切〟とかいうに足る何ものかを見出し続ける意志の力なのか、ということです。

私たちも何度も自問自答を続けましょう。

連載時にお世話になった村田脩さん、単行本製作の過程でお世話になった柴崎郁子さん、書き物がこのようなかたちで一本になるまで、さまざまにご援助くださったことについて感謝の念を捧げます。

野崎守英 記す

二〇〇六年二月

〔 ら－ろ 〕

〔 わ－を 〕

〔 は－ほ 〕

〔 ま－も 〕

〔 や－よ 〕

〔 さ－そ 〕

〔 た－と 〕

事項・概念

〔 まーも 〕

〔 やーよ 〕

〔 らーろ 〕

書　名

索　引

人　名

（俳諧への参加者については、内容を違えて登場する場合だけに摘出した）

〔 あ－お 〕

〔 か－こ 〕

〔 さ－そ 〕

著者略歴

一九三四（昭和九）年、東京に生まれる。
東京大学文学部倫理学科卒業。
二〇〇五年、中央大学（文学部教授）を定年退職。
専攻―日本思想史、倫理学、古層探究学
主著―『本居宣長の世界』（塙書房）
『道――近世日本の思想』（東京大学出版会）
『宣長と小林秀雄』（名著刊行会）
『歌・かたり・理』（ペリカン社）

二〇〇六年三月三〇日　初版第一刷発行

芭蕉という精神

著者　野《の》崎《ざき》守《もり》英《ひで》
発行者　福田孝志
発行所　中央大学出版部
東京都八王子市東中野七四二番地一
電話　〇四二（六七四）二三五一
FAX　〇四二（六七四）二三五四
印刷　株式会社　大森印刷
製本　大日本法令印刷製本

ISBN4-8057-5162-2
本書の出版は中央大学学術図書出版助成規程による。